A
bússola
de
Noé

ANNE TYLER

A bússola de Noé
romance

Tradução de
Adriana Lisboa

EDITORA RECORD
RIO DE JANEIRO • SÃO PAULO
2013

CIP-BRASIL. CATALOGAÇÃO NA FONTE
SINDICATO NACIONAL DOS EDITORES DE LIVROS, RJ

T972b Tyler, Anne, 1941-
A bússola de Noé / Anne Tyler; tradução de Adriana Lisboa. – Rio de Janeiro: Record, 2013.

Tradução de: Noah's Compass
ISBN 978-85-01-09599-2

1. Ficção americana. I. Lisboa, Adriana, 1970-. II. Título.

13-0527

CDD: 813
CDU: 821.111(73)-3

TÍTULO ORIGINAL EM INGLÊS:
Noah's Compass

Copyright © Anne Tyler, 2009

Texto revisado segundo o novo Acordo Ortográfico da Língua Portuguesa.

Todos os direitos reservados. Proibida a reprodução, no todo ou em parte, através de quaisquer meios. Os direitos morais da autora foram assegurados.

Editoração eletrônica: Abreu's System

Direitos exclusivos de publicação em língua portuguesa somente para o Brasil adquiridos pela
EDITORA RECORD LTDA.
Rua Argentina, 171 – Rio de Janeiro, RJ – 20921-380 – Tel.: 2585-2000, que se reserva a propriedade literária desta tradução.

Impresso no Brasil

ISBN 978-85-01-09599-2

Seja um leitor preferencial Record.
Cadastre-se e receba informações sobre nossos lançamentos e nossas promoções.

Atendimento e venda direta ao leitor:
mdireto@record.com.br ou (21) 2585-2002.

1

No 61º ano de sua vida, Liam Pennywell perdeu o emprego. De todo modo, não era um emprego tão bom assim. Ele dava aulas para o quinto ano numa escola particular de segunda categoria, para meninos. Nem sequer tinha sido treinado para o quinto ano. Nem sequer tinha sido treinado para *dar aulas*. Seu diploma era em filosofia. Ah, não queira saber. As coisas pareciam ter assumido uma curva descendente muito tempo antes, e talvez não tivesse importância o fato de que ele não voltaria a ver os corredores empoeirados e gastos de St. Dyfrig, nem aquelas intermináveis reuniões depois do horário escolar e a papelada sobre detalhes sem importância.

Na verdade, talvez fosse um sinal. Poderia ser apenas o empurrão de que precisava para passar à etapa seguinte — a etapa final, a do compêndio. A etapa em que iria se sentar em sua cadeira de balanço e refletir sobre o que tudo aquilo significava, ao fim.

Ele tinha uma poupança respeitável e a promessa de uma pensão, então sua conjuntura financeira não era um desespero completo. Ainda assim, ele teria que economizar. E essa perspectiva lhe interessava. Mergulhou nela com mais entusiasmo do que havia sentido em muitos anos — deixou seu grande e antiquado apartamento em menos de uma semana e alugou um lugar menor, um quarto e sala com um pequeno gabinete num condomínio moderno na direção da Baltimore Beltway. Claro que isso significava reduzir suas posses, o que era ainda melhor. Simplificar, simplificar! De algum modo, ele havia acumulado estorvos demais. Jogou fora fardos de revistas velhas, envelopes pardos cheios de cartas e três caixas de sapatos com fichas para a tese que ele nunca havia começado a escrever. Tentou empurrar a mobília extra para as suas filhas, duas das quais eram adultas e tinham suas próprias casas, mas elas disseram que estava surrada demais. Ele teve que doá-la à Goodwill. Mas até mesmo a Goodwill recusou seu sofá, e ele acabou pagando ao 1-800-GOT-JUNK para levá-lo. O que sobrou, por fim, era compacto o suficiente para que ele pudesse reservar o segundo menor modelo de van da U-Haul, um daqueles de 4 metros, para o dia da mudança.

Numa manhã clara de junho, com uma brisa soprando, ele, seu amigo Bundy e o namorado de sua filha caçula tiraram tudo do antigo apartamento e colocaram no meio-fio. (Bundy havia decretado que precisavam desenvolver uma estratégia antes de começar a encher o caminhão.) Liam se lembrou de uma série de fotografias que havia visto numa daquelas revistas que acabara de jogar fora. *National Geographic? Life?* Diferentes pessoas de diferentes partes do mundo posaram com seus pertences em vários cenários, fora de casa. Havia uma progressão desde o conteúdo da cabana do mais primitivo homem de uma tribo (uma panela e uma manta, na África ou num lugar assim) até uma família suburbana americana e sua coleção do tamanho de um campo de futebol, composta por móveis e carros, várias TVs e aparelhos de som, estruturas com rodinhas para pendurar roupas, louça para o dia a dia e para receber visitas e assim por diante. A própria coleção de Liam, que parecera tão escassa nos cômodos cada vez mais vazios do apartamento, ocupava um espaço constrangedoramente grande junto ao meio-fio. Ele estava ansioso para tirá-la da vista pública. Tinha apanhado a caixa mais próxima antes mesmo que Bundy sinalizasse para começarem.

O amigo dava aulas de educação física em St. Dyfrig. Era um homem esquelético, uma girafa de um preto-azulado, com aparência frágil, mas que conseguia levantar uma quantidade surpreendente de peso. E Damian — um garoto mole e murcho de 17 anos — estava sendo pago para fazer aquilo. Então Liam deixou os dois se virarem com as coisas mais pesadas enquanto ele, baixinho, atarracado e fora de forma, cuidou de abajures, panelas e outros objetos leves. Embalara seus livros em caixas pequenas de papelão e as carregou também, empilhando-as com carinho e precisão junto à parede interna esquerda da van enquanto Bundy lutava sozinho com uma escrivaninha e Damian cambaleava com uma cadeira Windsor equilibrada em sua cabeça, de pernas para o ar. Damian tinha a postura de um tuberculoso — costas estreitas e curvas e joelhos vergados. Parecia uma vírgula ambulante.

O novo apartamento ficava a uns 8 quilômetros do antigo, um trajeto breve subindo a North Charles Street. Depois que a van estava carregada, Liam os guiou em seu carro. Havia suposto que Damian, abaixo da idade legal para dirigir um carro alugado, fosse se sentar no banco do carona na van com Bundy, mas, em vez disso, ele se esgueirou para o lado de Liam e se sentou num silêncio irrequieto, roendo unha e espiando por trás de uma juba de cabelos pretos e escorridos. Liam não conseguia pensar em nada para dizer a ele. Ao pararem no sinal na Wyndhurst, ele considerou perguntar como Kitty estava, mas concluiu que poderia soar estranho demais perguntar por sua própria filha. Foi só quando estavam fazendo a curva da Charles que um dos dois falou, e foi Damian.

— Adesivo maneiro no para-choque — disse ele.

Como não havia carros à frente deles, Liam sabia que Damian devia estar se referindo ao adesivo de seu próprio para-choque. ("ADESIVO DE PARA-CHOQUE", estava escrito — um dito espirituoso que ninguém jamais parecera apreciar antes.)

— Ora, obrigado — disse ele. E então, sentindo-se encorajado: — Também tenho uma camiseta que tem escrito "CAMISETA".

Damian parou de roer unha e olhou para ele, pasmo. Liam disse "Ha-ha" num tom de voz encorajador, mas ainda parecia que Damian não tinha entendido.

O condomínio para o qual Liam estava se mudando ficava diante de um pequeno shopping center. Consistia em vários prédios de dois andares, de fachada lisa, bege e sem graça, erguidos formando ângulos uns com os outros debaixo de pinheiros altos e estreitos. Liam havia ficado preocupado com a privacidade, ao notar o emaranhado de caminhos entre os prédios e os lados com janelas amplas e examináveis, mas durante todo o processo de descarregar a van eles não encontraram um único vizinho. O carpete de agulhas marrons de pinheiro abafava suas vozes, e o vento nas árvores acima deles murmurava lúgubre e constante.

— Legal — disse Damian, presumivelmente se referindo ao som, pois estava com o rosto virado para cima enquanto falava. Ele estava debaixo da cadeira Windsor outra vez. Ela se erguia como um gorro grande demais acima de sua testa.

O apartamento de Liam era no térreo. Infelizmente, tinha uma entrada comum — uma pesada porta de aço marrom que se abria para um vestíbulo de blocos cinza de concreto, de cheiro úmido, com sua própria porta à esquerda e um lance de escada também de concreto bem em frente. O aluguel dos apartamentos do segundo andar era mais barato, mas Liam acharia deprimente subir aquela escada todos os dias.

Não tinha pensado muito, antes, em como iria dispor a mobília. Bundy colocou as coisas no chão em qualquer lugar, mas Damian se mostrou surpreendentemente meticuloso, empurrando a cama de Liam primeiro para cá e depois para lá, em busca da melhor vista.

— É que o senhor tem que poder ver a janela quando abrir os olhos — disse ele —, ou então como vai saber como está o tempo?

A cama estava escavando marcas pelo carpete, e Liam só queria deixá-la ali onde estava. Qual a importância de como o tempo estava? Quando Damian começou a fazer o mesmo com a escrivaninha — tinha de ser posicionada onde o sol não fosse refletir na tela do computador —, Liam disse a ele:

— Bem, como eu não tenho um computador, a escrivaninha pode ficar onde está agora. Isso resolve tudo, eu acho.

— Não tem um computador! — ecoou Damian.

— Então me deixe pegar o seu dinheiro, e você pode ir.

— Mas como o senhor se comunica com o mundo?

Liam estava prestes a dizer que se comunicava usando uma caneta-tinteiro, mas Bundy falou, rindo:

— Ele não se comunica. — Então bateu com a mão no ombro de Liam. — Muito bem, Liam, boa sorte, cara.

Liam não tencionava mandar Bundy embora junto com Damian. Tinha imaginado os dois compartilhando a tradicional cerveja e pizza do dia de mudança. Mas, claro, Bundy ia dar uma carona de volta a Damian. (Havia sido Bundy quem buscara a van da U-Haul, abençoado fosse, e agora iria devolvê-la.) Então Liam disse:

— Bem, obrigado, Bundy. Você precisa vir fazer uma visita depois que as coisas estiverem arrumadas.

Então ele entregou a Damian 100 dólares em espécie. Os 20 a mais eram uma gorjeta, porém, como Damian colocou tudo no bolso sem contar, o gesto pareceu um desperdício.

— A gente se vê por aí — foi tudo o que ele disse.

Então ele e Bundy foram embora. O trinco da porta interna fez um ruído suave quando saíram, mas a porta externa, a marrom de aço, fez o prédio inteiro tremer ao se fechar com um estrondo, deixando por um bom tempo um silêncio assustador e enfatizando, de algum modo, a repentina solidão de Liam.

Bem. Pronto. Ali estava ele.

Fez um pequeno tour. Não havia muito para ver. Uma sala de estar de tamanho médio, com suas duas poltronas e a cadeira de balanço dispostas ao acaso e sem ocupar espaço suficiente. Uma área na outra extremidade para a mesa de jantar (aquela com tampo de fórmica, do seu primeiro casamento, e três cadeiras dobráveis) com uma alcova para a cozinha logo atrás. O gabinete e o banheiro se abriam para o corredor que dava no quarto. Todos os cômodos estavam acarpetados com a mesma substância sintética bege, todas as paredes eram branco-gelo; e não havia molduras em parte alguma, não havia rodapé nem molduras nas janelas ou nas portas, nenhuma dessas gradações que suavizavam os ângulos de seu antigo apartamento. Ele ficou satisfeito com isso. Ah, sua vida estava se tornando mais pura, com certeza! Enfiou a cabeça no pequenino gabinete (sofá-cama, escrivaninha, cadeira Windsor) e admirou as estantes embutidas. Elas haviam sido um ponto favorável quando estava procurando apartamento: duas estantes de livros altas e brancas, ladeando a porta que dava para o pátio. Por fim, ele conseguira se livrar daquelas monstruosidades de nogueira e porta de vidro que herdara da mãe. Verdade que essas estantes eram menos espaçosas. Teve que reduzir um pouco sua coleção, descartando a ficção e as biografias e alguns dicionários mais velhos. Mas ficara com seus adorados filósofos, e agora estava ansioso para arrumá-los. Curvou-se sobre uma caixa de papelão e abriu as abas. Epicteto. Arriano. Os volumes mais espessos iriam para as prateleiras de baixo, ele decidiu, mesmo que não precisassem, afinal todas as prateleiras tinham exata e matematicamente a mesma altura. Era, na verdade, uma questão de estética — o efeito visual. Cantarolou para si mesmo sem uma melodia em particular, caminhando sem fazer ruído entre as estantes e as caixas. O sol entrando pela porta de vidro trouxe um ligeiro suor ao lábio superior, mas ele adiou enrolar as mangas da camisa, pois estava absorto demais em sua tarefa.

Depois do gabinete veio a cozinha, menos interessante, mas ainda assim necessária, e então ele passou às caixas com comida e utensílios. Era uma cozinha das mais básicas, com uma única fileira de armários, mas tudo bem; ele nunca fora um grande cozinheiro. Na verdade, a tarde já chegava ao fim, e só agora ele se dava conta de que era melhor preparar algo para comer. Fez um sanduíche de geleia e comeu enquanto trabalhava, bebendo leite direto da embalagem para ajudar a descer. A visão de uma embalagem de seis latas de cerveja na geladeira, levada para lá na véspera com a comida perecível, fez com que sentisse uma pontada de arrependimento que levou um momento para se explicar. Ah, sim: Bundy. Tinha que se lembrar de ligar para Bundy no dia seguinte e lhe agradecer melhor. Convidá-lo para jantar, até. Ele se perguntou quais restaurantes entregavam em casa naquela nova vizinhança.

Na sala de estar, dispôs as cadeiras no que esperava ser um agradável arranjo, umas viradas para as outras. Colocou um abajur entre as duas poltronas e a mesinha de centro diante delas, e o outro abajur ele apoiou ao lado da cadeira de balanço, que estava onde ele se imaginava sentando para ler ao final de cada dia. Ou, aliás, o dia *inteiro*. De que outro modo preencheria suas horas?

Até mesmo no verão, ele estava acostumado a trabalhar. Era garantido que os alunos de St. Dyfrig precisariam de muitas aulas de recuperação. Quase não havia tirado férias — só uma semana no começo de junho e duas em agosto.

Bem, pense nisso como uma daquelas semanas. É só considerar um dia de cada vez, só isso.

Na parede da cozinha, o telefone tocou. Ele tinha um novo número, mas mantivera o plano existente, que incluía um identificador de chamadas (uma das poucas invenções modernas que ele aprovava), e verificou a tela antes de pegar o fone. "ROYALL J S". Sua irmã.

— Alô? — atendeu ele.

— Como vai, Liam?

— Ah, tudo bem. Acho que estou praticamente instalado.

— Já fez a cama?

— Bem, não.
— Faça. Agora. Devia ter sido a primeira coisa a fazer. Logo você vai perceber que está exausto, e então não vai querer sair catando os lençóis.
— Tudo bem — concordou ele.
Julia era quatro anos mais velha. Ele estava acostumado a receber ordens dela.
— Mais para o fim da semana é possível que eu faça uma visita. Vou levar uma panela de ensopado de carne.
— Bem, isso é muito gentil da sua parte, Julia.
Fazia 35 anos que ele não comia carne vermelha, mas teria sido inútil recordá-la disso.

Após desligar, Liam fez obedientemente a cama, e isso foi fácil, pois Damian a havia posicionado de modo a deixar espaço para andar dos dois lados. Então foi cuidar do closet, onde as roupas haviam sido jogadas de qualquer maneira. Prendeu a sapateira na porta do armário e arrumou os sapatos dentro dela; pendurou as gravatas no porta-gravatas que encontrou já instalado. Nunca tivera um porta-gravatas antes. Então, como estava com o martelo à mão, decidiu pendurar os quadros. Ah, ele estava *muito* adiantado no trabalho! Pendurar os quadros era um toque de acabamento, algo que levava dias para a maioria das pessoas. Mas ele podia muito bem fazer isso agora.

Seus quadros não tinham nada de mais — reproduções de Van Gogh, pôsteres de bistrôs franceses, o que quer que ele tivesse escolhido por acaso há anos e anos só para que suas paredes não ficassem inteiramente nuas. Mesmo assim, levou um tempo até encontrar o lugar apropriado para cada um deles, e centralizá-los de forma adequada. Quando terminou, passava das oito, e já tivera que acender todas as luzes. O globo no teto da sala estava com uma lâmpada queimada, ele descobriu. Bem, não tinha importância, cuidaria disso no dia seguinte. De repente, aquilo já era o suficiente.

Ele não sentia a menor fome, mas esquentou um prato de sopa de legumes em seu pequeno micro-ondas e se sentou à mesa para comer. Primeiro, sentou-se de frente para a porta da alcova onde ficava a cozinha, de costas para a sala de estar. A vista, porém, não era inspiradora, então ele mudou para a cadeira da ponta, virada para a janela. Não que tivesse muito para ver mesmo dali — só uma folha de escuridão lustrosa e um reflexo vago e transparente de sua própria cabeça redonda, cinzenta e careca —, mas seria bonito durante o dia. Ele achava que ia se instalar automaticamente naquela cadeira dali por diante. Tinha um apreço pela rotina.

Quando se levantou para levar o prato de sopa vazio à cozinha, foi surpreendido numa emboscada de dores súbitas em várias partes do corpo. Os ombros doíam, e a parte inferior das costas, e as panturrilhas e as solas dos pés. Mesmo sendo tão cedo, ele trancou a porta, apagou as luzes e foi para o quarto. A cama feita foi uma visão acolhedora. Como de hábito, Julia sabia o que estava dizendo.

Ele pulou o banho. Meter-se no pijama e escovar os dentes gastou seu último grama de energia. Quando afundou na cama, estava quase além de suas forças estender a mão e desligar o abajur, mas ele se obrigou a fazê-lo. Então se esticou ali, com um longo, profundo e rouco suspiro.

Seu colchão era confortavelmente firme, e o lençol de cima estava bem preso dos dois lados, como ele gostava. Seu travesseiro era fofo na medida exata. A janela, a cerca de 1 metro dali, estava aberta para deixar entrar a brisa, e oferecia uma visão do pálido céu noturno com umas poucas estrelas visíveis por trás dos galhos pretos e esparsos dos pinheiros — só umas poucas agulhas espalhadas. Ele estava feliz agora por Damian ter se dado o trabalho de situar a cama corretamente.

Era bastante provável, ele refletiu, que aquela fosse a última morada de sua vida. Que razão poderia ter para se mudar outra vez? Novas perspectivas não eram prováveis para ele. Tinha cumprido todas as tarefas habituais — crescido, encontrado trabalho, se casado, tido filhos —, e agora estava desacelerando.

É isso, ele pensou. O fim da linha. E sentiu uma leve pontada de curiosidade.

Então acordou num quarto de hospital com um capacete de gaze na cabeça.

2

Ele sabia que era um quarto de hospital por causa do aparato médico em torno da cama — o suporte para soro, os tubos e o monitor piscando e trinando — e por causa da cama em si, que estava elevada a uma posição meio sentada e que tinha aquele singularmente desconfortável colchão escorregadio e duro de hospital. O teto só podia ser um teto de hospital, com seu revestimento acústico cheio de pústulas e crateras, feito a lua, e em nenhum outro lugar seria possível encontrar a mesma mobília estéril de metal cinza-acastanhado.

Ele soube que sua cabeça estava enfaixada antes mesmo de estender a mão para tocá-la porque a gaze cobria suas orelhas e transformava os chilreios do monitor num pio distante. Mas foi só ao estender a mão que percebeu que ela também estava enfaixada. Um pedaço largo de fita adesiva circundava a palma da mão esquerda, e na verdade havia uma pontada aguda na palma da direita, na parte mais carnuda, agora que ele pensava a respeito. Onde exatamente sua cabeça estava ferida, porém, ele não sabia dizer. Ela doía uniformemente, em toda parte, um latejar implacável e vago que parecia ligado à sua visão, pois olhar para as luzes que piscavam no monitor fazia com que piorasse.

Ele sabia, pelo quadrado de céu branco-perolado emoldurado pela janela de vidro e metal, que devia ser dia. Mas *que* dia? E que hora do dia?

A qualquer segundo agora uma explicação lhe ocorreria. Tinha de haver uma. Ele caíra de alguma escada ou sofrera um acidente de carro. Mas, ao buscar em sua mente a última memória disponível (o que levou um momento incomodamente longo), tudo que conseguiu encontrar foi a imagem de estar indo dormir no novo apartamento. O endereço dele era Wines Pine Court, número 102C; que alívio conseguir se lembrar disso. Seu novo número de telefone era... ah, Deus! Ele não conseguia se lembrar.

Mas isso era compreensível, não era? Só tinha recebido o número uma semana antes. Os primeiros números eram 882. Ou talvez 822. Ou 828.

Ele desistiu da busca pelo número de telefone e voltou à imagem de estar adormecendo. Tentou inventar um ato seguinte. Então: pela manhã, havia acordado, suponhamos. Talvez tivesse se perguntado onde estava, por um instante, mas em seguida se orientara, saíra da cama, encaminhara-se ao seu novo banheiro...

Não funcionava. Ele tinha se esquecido. Tudo que conseguia se lembrar era de estar deitado na cama de costas, no escuro, achando seus lençóis agradáveis.

Uma enfermeira entrou, ou talvez uma auxiliar; difícil dizer hoje em dia. Ela era jovem, rechonchuda e sardenta, e usava calças azul-bebê e um avental branco estampado com ursinhos. Apertou um botão no monitor e ele parou de trinar. Então ela se curvou sobre o rosto de Liam, perto demais.

— Ah! — disse ela. — O senhor está acordado.

— O que aconteceu?

— Vou informar à recepção — declarou ela.

E saiu outra vez.

Ele podia ver agora que um tubo corria do suporte para soro ao seu braço direito. Sentiu que também estava com um cateter. Estava amarrado como Gulliver, preso por fios e cordões. Um leve pânico ameaçou brotar em seu peito, mas ele o subjugou olhando fixamente pela porta aberta, onde um corrimão de madeira clara percorria a parede do corredor de modo previsível e mitigante.

Cirurgia. Talvez ele tivesse sofrido uma cirurgia. A anestesia podia fazer isso com você — apagar qualquer noção de que o tempo passara enquanto estava inconsciente. Ele se lembrava disso de sua amigdalectomia, há cinquenta e tantos anos. Mas havia acordado da cirurgia com uma memória nítida de começar a ficar inconsciente, e das horas anteriores. Não foi o que aconteceu, agora.

Outra enfermeira, ou alguém assim, entrou tão rapidamente que provocou uma brisa. Essa era uma mulher mais velha, porém seu uniforme era igualmente ambíguo, todo estampado com carinhas sorridentes.

— *Boa* tarde! — disse ela, a voz alta. E, no final das contas, ouvir também era uma punhalada em sua cabeça, tanto quanto ver.

Ela tirou algo do bolso, uma caneta-lanterna, e a acendeu dolorosamente diante dos olhos dele. Ele se obrigou a não os fechar. Perguntou:

— É de tarde?
— Aham.
— O que há de errado comigo?
— Concussão — disse ela. Deslizou a caneta-lanterna de volta para o bolso e se virou para conferir o monitor. — O senhor sofreu uma pancadinha na cabeça.
— Não me lembro de nada disso.
— Bem, aí está, então. Isso é o que as concussões fazem às pessoas.
— Quero dizer que não me lembro de ter estado numa situação em que pudesse *sofrer* uma concussão. Tudo que me lembro é de ir para a cama.
— Será que talvez caiu da cama? — perguntou-lhe ela.
— Cair da cama?! Na minha idade?

— Bem, não sei. Só vim aqui fazer o meu trabalho. Vamos perguntar à sua filha.

— Uma das minhas filhas está aqui? Qual delas?

— Uma de cabelo escuro. Meio encaracolado. Acho que ela foi para a lanchonete. Mas vou tentar encontrá-la e trazê-la até aqui para o senhor.

Ela verificou alguma coisa na lateral da cama — a bolsa do cateter, ele imaginava — e depois saiu.

Era absurdamente reconfortante saber que uma filha estava ali. A própria palavra era reconfortante: *filha*. Alguém que o conhecia pessoalmente e se importava com outras coisas além de sua pressão sanguínea e sua produção de xixi.

Mesmo que ela *tivesse* fugido para a lanchonete sem olhar para trás.

Ele fechou os olhos e despencou de um abismo, para dentro de um sono que era como se afogar em penas.

Quando acordou, um homem barbado estava abrindo de leve suas pálpebras.

— *Aí* está o senhor — disse o homem, como se Liam tivesse saído do quarto por um instante.

A filha mais velha de Liam estava sentada ao pé da cama, seu rosto sensato e familiar quase surpreendente naquele ambiente. Ela usava uma blusa sem mangas que não devia ser quente o bastante para o ar refrigerado, pois envolvera as costelas com seus sólidos braços pálidos.

— Sou o Dr. Wood — disse o homem barbado a Liam. — O hospitalista.

Hospitalista?

— Sr. Pennywell, o senhor sabe onde está?

— Não tenho a menor ideia de onde estou.

— Que dia é hoje, então?

— Também não sei — respondeu Liam. — Acabei de acordar! O senhor está me fazendo perguntas impossíveis.

Xanthe disse:

— Papai, *por favor*, colabore.

Mas o Dr. Wood levantou a palma da mão em sua direção (ela não tinha nada a temer; ele sabia como lidar com esses velhos meio malucos) e falou:

— O senhor tem razão, é claro, Sr. Pennywell. O presidente. O senhor pode me dizer quem é o nosso presidente.

Liam fez uma careta.

— Ele não é o *meu* presidente. Eu me recuso a reconhecê-lo como tal.

— Pai...

Liam disse:

— Veja, Dr. Wood, eu é que deveria estar fazendo as perguntas. Estou completamente no escuro! Fui para a cama ontem à noite, ou em alguma noite; acordo num quarto de hospital! O que aconteceu?

O Dr. Wood olhou de relance para Xanthe. Era possível que ele próprio não soubesse o que havia acontecido — ou já tivesse esquecido, em meio aos seus outros pacientes. De todo modo, foi Xanthe quem por fim respondeu.

— Você foi atacado por um invasor — disse ela a Liam.

— Um invasor?

— Ele deve ter entrado pela porta do pátio, que, por acaso, você deixou destrancada para qualquer fulano, beltrano ou sicrano entrar com tranquilidade, se estivesse a fim.

— Um invasor esteve no meu *quarto*?

— Acho que você lutou, gritou ou algo assim, porque os vizinhos ouviram uma confusão, mas quando a polícia chegou o homem tinha fugido.

— Eu estava lá? Estava consciente? Estava lutando contra um atacante?

Ele sentiu um intenso calafrio na nuca, e não era do ar-condicionado.

— Eles precisam que você fique aqui durante um tempo, em observação — informou-lhe Xanthe. — É por isso que eles o acordam com tanta frequência para lhe fazer perguntas.

Era novidade para Liam que tivesse sido acordado com frequência, mas ele não queria admitir mais uma falha da memória.

— Eles pegaram o sujeito? — perguntou a ela.

— Ainda não.

— Ele ainda está solto?

Antes que ela pudesse responder, o Dr. Wood disse:

— Sente-se, por favor, Sr. Pennywell.

Então ele pediu que Liam realizasse uma série de exercícios que fizeram com que ele se sentisse um tolo. Levantar esse braço; levantar o outro braço; tocar o próprio nariz; acompanhar o dedo do Dr. Wood com os olhos. Xanthe ficou do lado, vigiando de perto, enquanto as solas dos pés descalços dele eram arranhadas com um objeto pontudo. Durante todo o processo o Dr. Wood permaneceu com o rosto inexpressivo.

— Como eu estou? — Liam se viu forçado a perguntar, por fim.

O Dr. Wood falou:

— Precisamos que fique aqui mais uma noite, só para garantir. Mas, se tudo correr bem, podemos lhe dar alta amanhã.

— Amanhã? — questionou Xanthe. — Está falando sério? Olhe para ele! Está fraco feito um gatinho! Está com um aspecto muito doente!

— Ah, isso vai mudar — respondeu o médico, informalmente. Ele disse a Liam: — Não vai poder comer nada além de líquidos, sinto muito, para o caso de termos que levá-lo numa emergência à sala de cirurgia. — Então ele cumprimentou Xanthe com a cabeça e saiu do quarto.

— Típico — murmurou Xanthe, depois que ele se foi. — Primeiro diz que vão mandá-lo embora e depois, no mesmo embalo, diz que talvez você precise operar o cérebro.

Ela se virou com um safanão da saia. Liam temeu por um momento que ela também estivesse indo embora, mas só ia até o canto pegar uma cadeira de vinil verde. Arrastou-a mais para perto da cama dele e caiu pesadamente ali.

— Espero que esteja satisfeito — disse a Liam.

— Bem, não completamente — falou ele, áspero.

— Eu sabia que você não devia ter se mudado para aquele lugar. Não falei, quando você assinou o contrato de aluguel? Um homem de 60 anos num apartamento vagabundo em frente a um shopping center! E depois deixar a porta aberta! O que você esperava?

Ele não havia deixado a porta aberta. E não tivera a intenção de deixá-la destrancada. Não sabia que *estava* destrancada. Mas sua política era não discutir. (Uma política enervante, suas filhas sempre alegavam.) Discutir não levava você a lugar algum. Ele alisou a roupa de cama com a mão livre, puxando sem querer o tubo que saía de seu braço até o suporte para soro.

— Um homem de 60 anos — disse Xanthe — que ainda consegue transportar todos os seus pertences na menor caminhonete da U-Haul.

— A segunda menor.

— Cujo veículo que chama de carro é o Geo Prizm. Um Geo Prizm *usado*. E cuja família ninguém sabe onde está quando ele leva uma pancada na cabeça.

— Como foi que eles descobriram? — perguntou ele. Só então isso lhe ocorreu. — Quem telefonou para você?

— A polícia telefonou. Vêm fazer umas perguntas a você mais tarde, disseram. Conseguiram o meu telefone no seu caderno de endereços; eu era o único nome com o mesmo sobrenome que você. Tive que ouvir isso pelo telefone! Às duas da manhã! Se você não acha que *essa* é uma experiência e tanto...

Ele estava acostumado aos discursos de Xanthe. Eram uma espécie de hobby dela. Engraçado: ela era tão completamente diferente da mãe, a primeira mulher dele — uma musicista frágil, com ar de criança abandonada e um véu de cabelo transparente. Millie havia tomado pílulas demais quando Xanthe ainda não tinha 2 anos. Foi sua segunda esposa quem acabou criando Xanthe, e era com ela que a filha se parecia — com seu cabelo castanho, robusta e de aparência normal, agradavelmente comum. Ele às vezes se perguntava se os traços genéticos podiam ser alterados por osmose.

— E o pior de tudo — dizia Xanthe. — Você convida um viciado em drogas à sua casa e lhe dá livre acesso.

— Perdão? — Estava surpreso. Será que houvera algum outro episódio desaparecido devido à sua amnésia?

— Damian O'Donovan. No que você estava *pensando*?

— Damian... o Damian de *Kitty*? O namorado de Kitty?

— O namorado preguiçoso e viciado de Kitty em quem nenhum de nós confia nem por um segundo. Mamãe nem deixa os dois ficarem juntos em casa sozinhos.

— Ora, é claro que não — disse Liam. — Eles têm 17 anos. Mas Damian não é um viciado.

— Pai. Como você pode deixar essas coisas sumirem da sua mente? Ele foi suspenso no ano passado por fumar maconha nos bastidores do auditório da escola.

— Isso não faz dele um viciado.

— Ele foi suspenso por uma semana! Mas você: você é tão trouxa. Prefere esquecer tudo isso. Diz: "Ah, venha, Damian, deixe mostrar a você onde moro. Deixe-me indicar a frágil porta da minha varanda, que pretendo deixar destrancada." Na verdade, eu não ficaria surpresa se ele tivesse destrancado ele mesmo a porta enquanto estava lá, só para poder voltar e roubar você.

— Ah, pelo amor de Deus! — exclamou Liam. — Ele é um garoto completamente inocente. Um pouco... apático, talvez, mas ele nunca iria...

— Não quero dizer que você soubesse que isso ia acontecer, mas escute bem o que vou dizer, pai: "Aqueles que não conseguem se lembrar da história estão condenados a repeti-la." Harry Truman.

— O passado — disse Liam, meditativo.

— O quê?

— "Aqueles que não conseguem se lembrar do *passado* estão condenados a repeti-lo." E é George Santayana.

Xanthe lhe lançou um olhar gélido, seus olhos do mesmo castanho-escuro opaco da madrasta.

— Vou procurar um lugar onde meu celular pegue e avisar aos outros como você está — disse ela.

Ainda que Xanthe às vezes fosse um pouco cansativa, ele ficou com pena de vê-la ir embora.

A cabeça latejava tanto que fazia um som dentro de seus ouvidos, como passos se aproximando. Ele sentia pontadas na palma da mão machucada e algo parecia estar errado com o pescoço. Pelo lado esquerdo descia uma dor que repuxava.

Ele havia brigado com alguém? Se envolvido numa luta física?

Vamos tentar mais uma vez: ele tinha ido para a cama em seu novo quarto. Havia se sentido grato por seu colchão firme, seu travesseiro flexível, o lençol de cima preso com firmeza. Tinha olhado pela janela e visto as estrelas salpicadas acima dos galhos dos pinheiros.

Em seguida, o que mais? O quê? *O quê?*

Sua memória perdida era como um objeto físico que por muito pouco estava fora de seu alcance. Ele podia sentir o esforço em sua cabeça. Piorava o latejamento.

Muito bem, melhor deixar para lá. Ele ia se lembrar, no devido tempo.

Fechou os olhos e deslizou para dentro do sono, mas não completamente. Uma parte sua estava de ouvidos atentos a Xanthe. O que ela diria às suas irmãs? Seria bom se estivesse dizendo: "Que susto, nós quase o perdemos. Ando fora de mim de preocupação." Embora o mais provável fosse: "Dá para acreditar no que ele fez *dessa vez*?"

Mas não era culpa sua!, ele queria dizer. Dessa vez, não podiam culpá-lo.

Liam sabia que as filhas achavam que ele não tinha jeito. Diziam que ele não prestava atenção. Alegavam que era obtuso. Reviravam os olhos uma para a outra quando ele fazia o comentário mais inofensivo. Chamavam-no de Mr. Magoo.

Em St. Dyfrig, uma vez, quando o convidaram para ver um poema no computador do departamento de inglês, ele tinha clicado em *Como ouvir* e ficado decepcionado ao encontrar meras instruções técnicas para tocar a versão em áudio. O que ele esperava eram conselhos sobre como ouvir poesia — e, por extensão, como ouvir, *realmente* ouvir, o que era dito ao seu redor. Parecia faltar-lhe alguma habilidade básica para isso.

Ele não tinha jeito. Suas filhas estavam certas.

Tentou alcançar o sono como se fosse um cobertor debaixo do qual pudesse se esconder, e por fim conseguiu.

Quando abriu os olhos, havia um policial de pé ao lado da cama — um jovem musculoso, de uniforme completo.

— Sr. Pennywell? — dizia ele. Já estava com sua identidade nas mãos, mas não que fosse necessária. Ninguém iria achar que ele era qualquer outra coisa que não um policial. Sua camisa branca estava tão limpa que doía olhar para ela, e o peso da arma e do rádio e o grande cinto preto de couro fariam com que afundasse feito uma pedra se caísse dentro d'água. — Gostaria de fazer umas perguntas — acrescentou.

Liam se sentou com dificuldade, e algo feito um tijolo golpeou sua têmpora esquerda. Ele deu um gemido e recostou devagar no travesseiro outra vez.

O policial, distraído, guardava outra vez sua carteira de identidade. (Se lhe informara seu nome, devia tê-lo feito antes que Liam acordasse.) Tirou uma pequena caderneta do bolso da camisa, com uma caneta esferográfica, e disse:

— Consta que o senhor deixou sua porta dos fundos destrancada.

— Foi o que me disseram.

— Perdão?

— Eu falei que foi o que me disseram!

Ele achava que estava falando alto o bastante, mas era difícil ter certeza dentro de toda aquela gaze.

— E quando o senhor saiu de cena? — perguntou o homem, tomando nota de alguma coisa.

— Ainda não estou me considerando fora de cena.

— Perdão?

— Ainda não estou me considerando fora de cena! Tenho que ver se o dinheiro vai dar.

— Quando o senhor foi para a *cama*, Sr. Pennywell. Na noite do incidente.

— Ah. — Liam refletiu por um momento. — Isso não foi ontem à noite?

O policial consultou a caderneta.

— Ontem à noite, sim — disse ele. — Sábado, dia 10 de junho.

— O senhor chamou isso de "a noite do incidente".

— Certo — concordou o homem, com uma expressão intrigada.

— Foi o seu modo de falar, veja, que fez com que eu me perguntasse...

— Fez com que o senhor se perguntasse o quê, Sr. Pennywell?
— Eu quis dizer...

Liam desistiu.

— Não sei a que horas fui para a cama. Mas era cedo.
— Cedo. Digamos, às oito?
— Oito! — Liam estava escandalizado.

O policial fez mais uma anotação.

— Oito horas. E quanto tempo depois o senhor acha que pegou no sono? — perguntou ele.
— Eu nunca iria para a cama às oito!
— O senhor acabou de dizer...
— Eu disse "cedo", mas não *tão* cedo.
— Bem, a que horas, então?
— Nove, talvez, ou, não sei. O quê? O senhor quer que eu invente alguma coisa? Não sei a que horas! Estou completamente às cegas, não está vendo? Não me lembro de nada!

O policial riscou a última anotação. Fechou a caderneta de um jeito ostensivamente paciente e deliberado e a colocou de volta no bolso.

— Vamos fazer o seguinte — disse ele. — Voltamos a falar com o senhor dentro de alguns dias. Com frequência coisas desse tipo voltam à memória das pessoas aos poucos.

— Vamos esperar que sim — disse Liam.
— Perdão?
— Vamos esperar que voltem à memória!

O policial fez um gesto meio indefinido, meio aceno e meio continência, e saiu.

Vamos esperar que sim, meu bom Deus do céu. Mesmo que tivesse havido alguma cena violenta e perturbadora (bem, é claro que seria violenta e perturbadora), ele precisava recuperá-la.

Pensou naquelas comédias de pancadaria em que um dos personagens leva um golpe na cabeça e desmaia, esquecendo o próprio nome; então, de algum modo, ele leva outro golpe e magicamente se lembra.

Embora a mera ideia de mais uma batida na cabeça fizesse Liam estremecer.

Ele se deu conta, tarde demais, de que também devia ter feito ao policial algumas perguntas. Algum dos seus pertences havia sido roubado? Avariado? Em que estado se encontrava o apartamento? Talvez Xanthe soubesse. Ele se virou cuidadosamente de lado de modo a ficar de frente para a porta, atento ao seu retorno. Onde *estava* aquela garota? E quanto às suas irmãs? Não iam visitá-lo? Ele parecia estar completamente só ali.

Mas os passos que ouviu em seguida eram as solas de borracha de uma auxiliar alta e magrela com uma bandeja.

— Jantar — disse ela.

— Que horas são? — perguntou ele. (O céu lá fora ainda estava claro.)

Ela olhou de relance para um relógio de parede gigante que ele, de algum modo, não notara antes. Cinco e vinte e cinco, ela não se deu o trabalho de dizer. Colocou a bandeja numa mesa com rodinhas e a empurrou na direção dele. Geleia, uma caneca de aço com a etiqueta de um saquinho de chá pendurada e suco de maçã num copo de plástico. Ela saiu sem dizer mais uma palavra. Centímetro a centímetro ele se ergueu e pegou o suco. Estava lacrado com uma tampa apertada de metal que se revelou além de suas capacidades. Puxá-la completamente requeria mais força do que ele conseguia reunir no momento, e quanto mais ele tentava, mais sujeira fazia, porque tinha que apertar o copo com sua mão enfaixada e o plástico dobrava e derramava o suco. Por fim ele se deitou, exausto. De qualquer forma, não estava com fome.

O mais angustiante sobre perder a memória, ele pensou, é que a sensação era de perder o controle. Algo havia acontecido, algo significante, e ele não sabia dizer como tinha se comportado. Não sabia se tinha ficado calmo, aterrorizado ou zangado. Não sabia se agira com covardia ou com heroísmo.

E ele sempre se orgulhara tanto de conseguir se lembrar de tudo! Conseguia citar passagens inteiras dos estoicos — no original grego, se necessário. Embora se lembrar de um evento pessoal, ele supunha, fosse um pouco diferente. Nunca tinha sido do tipo que se atinha ao passado. Acreditava em seguir em frente. (Costumava dizer às suas filhas, sempre que elas tinham um daqueles ataques estilo a-culpa-é-dos-pais, que as pessoas verdadeiramente adultas não ficam a toda hora rediscutindo a infância.) Ainda assim, essa era a primeira vez que ele passava por uma verdadeira falha de memória. Um buraco, era o que parecia. Um buraco em sua mente, cheio de um sopro vazio e azul de ar.

Ele se instalara em seu novo quarto. Sentira-se grato por seu colchão firme e seu travesseiro fofo de espuma de borracha. Seu lençol de cima bem esticado, a janela aberta, as estrelas acima dos pinheiros...

Pela manhã, a dor em sua cabeça estava mais localizada. Especificamente na têmpora esquerda. Ele achava que conseguia detectar um ovo de ganso ali, não pelo contorno, pois a atadura era bastante espessa, mas pelo modo como sentia uma dor intensa num ponto específico que se manifestava antes da área ao redor quando Liam apertava receoso com os dedos.

Ainda não havia sinal de Xanthe. Será que ela havia voltado e ido embora enquanto ele dormia? Uma sucessão de outras pessoas passou, contudo. Uma mulher conferiu seus sinais vitais; outra lhe trouxe o café da manhã. (Torrada com ovos e flocos de milho; ele devia ter sido promovido aos sólidos.) Uma terceira mulher o libertou do soro e do cateter, e depois disso ele foi cambaleante até o banheiro, sozinho. No espelho, parecia um indigente. O capacete de gaze branca dava à sua pele um tom amarelado, e ele estava com uma barba espetada e grisalha nas bochechas e nas bolsas sob os olhos.

Claro que seria impossível ver seu couro cabeludo, mas uma vez seguro em sua cama de novo, ele começou a tirar a faixa adesiva da mão. Por baixo, encontrou gaze manchada de sangue. Por baixo daquilo, 5 centímetros de pontos grosseiros, pretos e curvos, sobre a palma inchada e pálida. Ele lamentou ter olhado. Recolocou a faixa da melhor maneira que conseguiu e se deitou e ficou olhando para o teto.

Se o seu agressor o havia derrubado enquanto ele dormia, o nó em sua cabeça teria sido o único ferimento. Estava claro, então, que ele devia estar acordado. Ou isso, ou acordara assim que ouvira um barulho. Devia ter erguido a mão para se proteger.

A mulher que havia lhe trazido o café da manhã voltou para buscá-lo e o repreendeu.

— Ora, como o senhor vai recobrar as forças se não comer mais do que isso?

— Eu tomei o café.

— Certo; isso ajuda *muito*.

Encorajado, ele disse:

— Eu estava pensando se não poderia ter um telefone aqui no quarto.

— O senhor não tem nenhum telefone?

— Não, e preciso ligar para a minha filha.

— Vou avisar na recepção.

Mas a mulher que entrou em seguida trazia uma caixa compartimentada com apetrechos médicos.

— Sou a Dra. Rodriguez — apresentou-se. — Vou trocar os curativos antes que o mandemos para casa.

— Bem, mas a minha filha não está aqui — disse ele.

— Sua filha.

— Como vou para casa sozinho?

— Não vai. Não tem permissão para isso. Alguém tem que levá-lo. E alguém tem que ficar de olho no senhor durante as próximas 48 horas.

Ela colocou os apetrechos na mesa dele e selecionou uma tesoura envolvida em celofane. Liam duvidava que ela tivesse mais de 30 anos. Sua pele brilhante, cor de azeitona, não possuía uma única ruga, e seu cabelo era preto retinto. Talvez fosse necessário ser mais velho para se dar conta de que nem sempre era fácil encontrar alguém que fosse ficar por perto durante 48 horas seguidas.

Ele fechou os olhos enquanto ela cortava a gaze em torno de sua cabeça, e então sentiu um frescor e uma leveza quando ela a retirou.

— Hmm — disse ela, em seguida. Olhou de perto, franzindo os lábios.

— Como está?

Ela abriu uma gaveta sob a mesa dele. Por um momento ele achou que ia deixar sua pergunta sem resposta, mas afinal ela só queria lhe mostrar seu reflexo num pequeno espelho dobrável. Liam viu primeiro seu pescoço, de lampejo (velho!), e em seguida a lateral da cabeça, o cabelo curto e grisalho raspado revelando um inchaço roxo no couro cabeludo e um "V" raso de pontos pretos salpicado de sangue coagulado.

— As beiradas estão bem limpas — declarou a médica, dobrando e guardando o espelho. — Isso é bom. — Ela desdobrou um quadrado de gaze e o colou no lugar com fita adesiva; bastava de capacete. — Seu clínico vai tirar os pontos. Vamos lhe dar instruções por escrito quando for embora. Agora me deixe ver sua mão.

Ele a ergueu, e ela tirou a fita adesiva sem muito interesse e colocou uma nova.

— Vou deixar uma receita para analgésico também, caso o senhor precise.

Ela jogou os curativos velhos, as embalagens de papel e até mesmo a tesoura num cesto vermelho de plástico. A tesoura fez um ruído tão alto que Liam sentiu a cabeça doer. Quanto desperdício! As coisas não era nem mesmo recicladas! Mas ele tinha coisas mais importantes a discutir.

— Tudo bem se eu for de táxi para casa?

— De jeito nenhum. Alguém tem de ir com o senhor. Não tem ninguém? Será que devemos entrar em contato com uma assistente social?

Por um minuto ele achou que ela se referia a Xanthe, que por acaso era assistente social. Quando se deu conta do engano, corou e falou:

— Ah, não, não vai ser necessário.

— Bem, boa sorte — disse ela. Pegou sua caixa de apetrechos médicos e saiu do quarto.

Assim que ela se foi, ele apertou o botão em sua cama.

— Sim? — crepitou uma voz, de um local invisível.

— Poderia me arranjar um telefone?

— Vou pedir.

Ele afundou de novo no travesseiro e fechou os olhos.

Como podia ter acabado tão só?

Dois casamentos fracassados (pois ele devia considerar a morte de Millie um fracasso), três filhas que levavam suas próprias vidas e uma irmã com quem raramente falava. Um punhadinho de amigos — que eram mais conhecidos do que amigos, na verdade. Uma juventude promissora que de algum modo se perdera numa série de empregos malpagos bem abaixo de suas qualificações. Ora, aquele último emprego requeria o uso de cerca de 10 por cento do seu cérebro!

E ele deveria ter levantado a voz em defesa própria quando o demitiram. Devia ter insistido que, se eles de fato precisassem reduzir as duas turmas do quinto ano para uma só, ele deveria ser o professor que iam manter. Era muito, muito mais velho do que Brian Medley. Brian havia sido contratado há apenas dois anos! Mas, em vez disso, ele tentara fazer com que tudo parecesse correto. Tentara fazer com que o Sr. Fairborn se sentisse menos culpado por demiti-lo. "Claro", tinha dito. "Compreendo perfeitamente." E esvaziara as gavetas de sua mesa de trabalho quando não havia por ali ninguém que pudesse se sentir desconfortável com aquela visão. Por que fazer uma cena?, ele se perguntara, quando Bundy expressara seu ultraje. "Não faz sentido guardar ressentimentos", dissera.

Ele nem devia ter roupas para ir para casa. Não roupas de usar de dia, pelo menos; só o pijama. Estava nu e sozinho e desprotegido e mal-amado.

Bem, era só um estado de espírito em que se encontrava, criado pelas atuais circunstâncias. Ele sabia que não iria durar.

Antes que pudessem levar-lhe um telefone — se é que planejavam fazer isso —, sua ex-mulher chegou. Alegre e determinada, abraçada a um saco de supermercado de papelão marrom de onde se entrevia a camisa azul favorita dele, ela entrou, caminhando com agilidade e já falando:

— Céus, como foi difícil encontrar isto aqui! A telefonista disse um quarto, a recepção disse outro...

Liam se sentiu tão aliviado que ficou sem fala. Olhava para ela com os olhos muito arregalados, de sua cama, agarrando-se à visão.

Ela era um tipo médio de mulher, médio em todos os sentidos. Cabelo castanho encaracolado de comprimento médio, com fios grisalhos, peso médio, e aquele estilo de maquiagem só-batom cujo objetivo é não atrair atenção para si. Suas roupas sempre pareciam ligeiramente desarrumadas — o cinto de seu vestido, hoje, estava alguns centímetros acima da linha da cintura —, mas poderia passar despercebida em praticamente qualquer multidão. Ele costumava ter dificuldades em se lembrar de seu rosto quando estavam namorando. Isso parecera um atrativo a mais, ele recordou. Bastava daquelas mulheres adoráveis, poéticas e etéreas que assombravam os sonhos das pessoas!

— Bom ver você, Barbara — dirigiu-se a ela, por fim. Então teve de pigarrear.

— Como está se sentindo?

— Estou bem.

— Que experiência *terrível* — disse ela, despreocupadamente. — Não sei aonde o mundo vai parar. — Ela se sentou na cadeira de vinil verde e começou a remexer na sacola, tirando primeiro a camisa azul e depois um par de meias de seda pretas que iam até o alto da panturrilha; não o que ele teria escolhido para usar com a calça cáqui que ela tirou em seguida. — Se a pessoa não pode dormir com segurança na própria cama...

Liam pigarreou outra vez. Falou:

— Mas não acho que tenha sido Damian.

— Damian?

— Xanthe acha que foi Damian quem me agrediu.

Barbara fez um gesto com a mão e então se curvou para colocar os elegantes sapatos pretos dele no chão ao lado da cama.

— Tenho certeza de que eu trouxe roupa de baixo — murmurou ela, espiando dentro da sacola. — Ah, aqui está. Bem, você conhece Xanthe. Ela acha que maconha é o primeiro passo rumo à perdição.

Barbara costumava fumar um pouco de maconha, Liam se lembrava. Às vezes, podia ser surpreendente. Apesar de toda a aparência mediana e o emprego desinteressante como bibliotecária numa escola, ela gostava de rock e costumava dançar como uma possuída, golpeando o ar com seus punhos macios e pálidos e fazendo os grampos de seu cabelo voar para todos os lados. Isso nos dias em que ainda estavam juntos, antes que ela desistisse dele e pedisse o divórcio. Era estranho, porém, o quão distintamente aquela imagem se apresentava agora, de súbito. Talvez fosse um efeito colateral da concussão.

— Você ainda gosta de Crack the Sky? — perguntou Liam.

— O quê? — disse ela. — Ah, céus, faz milênios que não ouço Crack the Sky! Estou com 62 anos, agora. Vista suas roupas, está bem? Só Deus sabe quando eles vão mandá-lo embora, mas é melhor estar pronto quando fizerem isso.

Do modo como ela lhe estendia suas cuecas, esticando convidativamente o elástico da cintura com os dois dedos mínimos estendidos, parecia que esperava que ele entrasse nelas ali mesmo, naquele exato instante. Mas Liam as apanhou, recolheu o resto de suas roupas e se encaminhou para o banheiro, segurando a camisola do hospital atrás com a mão livre.

— Após instalarmos você em casa — disse ela, da cadeira —, as meninas e eu vamos ficar em contato por telefone para ter certeza de que está bem.

— Só por telefone?

— Bem, e Kitty vai passar a noite com você assim que sair do trabalho. Ela encontrou um emprego durante o verão, preenchendo fichas no consultório do nosso dentista.

— Seu dentista atende aos domingos?

— Hoje é segunda.

— Ah.

— Vamos telefonar e perguntar se você sabe o seu nome, só para garantir que está *compos mentis*. Ou onde mora, ou que dia é hoje... — Houve uma súbita pausa. Em seguida, ela perguntou: — Você achou que hoje fosse domingo?

— Isso poderia acontecer com qualquer um! Só perdi a conta, só isso.

Ele teve que se sentar na tampa do vaso para calçar as meias; seu equilíbrio parecia estar um tanto comprometido. E se curvar para baixo fazia sua cabeça latejar.

— Eles nos disseram que você deveria ficar sob constante observação, mas isso é o melhor que podemos fazer. — Ele ouviu através da abertura da porta. — Xanthe trabalha em horários impossíveis, e Louise, é claro, tem Jonah.

Barbara não disse por que *ela* não podia fazê-lo, dentro da sua importante programação de verão, mas Liam não salientou isso. Veio arrastando do banheiro seus pés calçados com meias, segurando as calças na cintura. (Barbara parecia ter se esquecido de seu cinto.)

— Poderia me dar os meus sapatos, por favor? — pediu-lhe, sentando-se na beirada da cama.

— Quarenta e oito horas foi o que nos disseram — falou ela. Curvou-se para pegar um sapato e, sem que ele pedisse, calçou-o nele e puxou o cadarço e o amarrou. Ele se sentia bem-cuidado e submisso, como uma criança. Ela disse: — Cheguei a ligar para a sua irmã. Ela entrou em contato?

— Este quarto não tem telefone.

— Bem, ela provavelmente vai ligar quando você estiver em casa. Eu disse que você teria alta hoje. Ela quer que compre um alarme antirroubo assim que possível.

Ele fez que sim, sem se dar o trabalho de discutir, e levantou o outro pé.

Então houve um período de limbo durante o qual eles esperaram pela papelada dele. Barbara tirou uma revista de palavras cruzadas de sua sacola de compras e Liam se deitou, de sapatos e tudo, e ficou olhando fixamente o teto.

Nas poucas vezes em que tinha sido hospitalizado antes, ele mal podia esperar para ir embora, lembrava-se. Apertava o botão de chamada repetidas vezes, e ficava mandando quem quer que estivesse com ele até a sala das enfermeiras para ver por que o atraso. Mas agora se sentia grato pela hospitalização. Ali, pelo menos, não estava sozinho. Sentia-se preguiçoso e satisfeito, e o som do lápis de Barbara sussurrando sobre o papel quase o fez adormecer.

Suponha que ele fosse um homem que vivesse permanentemente no hospital. Tinha nascido ali e, de algum modo, nunca fora embora. Suas refeições, suas roupas, suas atividades — cuidavam de tudo. Não era de estranhar, portanto, que tivesse esquecido como chegara! Estivera ali desde sempre; aquele era todo o seu mundo. Não havia nada mais para lembrar.

Em algum momento, porém, uma enfermeira entrou com suas receitas e instruções. Ela se empoleirou bem na beirada da cama, exalando um cheiro de antisséptico bucal, e repetiu as orientações da médica, uma por uma.

— O senhor não pode ficar sozinho pelos próximos dois dias, e não pode dirigir seu carro por uma semana — declarou ela.

— Uma semana!

— Mais tempo se, por acaso, sentir a menor vertigem.

— Você não está sendo razoável — argumentou Liam.

— E é crucial completar todas as doses de antibióticos. Não há nada no mundo mais séptico do que a mordida de outro ser humano.

— O quê? — disse ele. — Uma mordida?

— A mordida na sua mão.

— Eu fui *mordido*?

Uma onda de náusea golpeou o fundo do seu estômago, como se um elevador tivesse caído. Até mesmo Barbara estava surpresa.

— Bem, não de propósito, talvez — disse a enfermeira. — Mas, pelo formato do ferimento, eles acham que o senhor deve ter se debatido e feito contato com os dentes do outro sujeito.

Ela sorriu de um modo que provavelmente pretendia tranquilizá-lo.

— Então é muito, muito importante tomar estas pílulas durante dez dias — completou ela. — Não são nove dias, não são oito dias...

Liam se deitou e cobriu os olhos com a mão boa. De propósito ou não, havia algo tão... íntimo em um estranho mordê-lo.

Depois disso, houve a espera infinita por uma cadeira de rodas, e Barbara aproveitou esse tempo para ir até a farmácia do hospital e comprar os remédios receitados. Liam pegou a revista de palavras cruzadas dela e a estudou enquanto ela não voltava. *Famoso campo de batalha da Segunda Guerra Mundial, Local de nascimento de FDR* e *Palindrômica Ms. Gardner* — ela sabia todos, boa bibliotecária que era, e Liam também, ou pelo menos reconhecia as respostas dela como corretas ao vê-las. Mas *Ocupação estressante* deu-lhe uma comichão de ansiedade bem funda dentro do crânio, do modo como jogos de charada costumavam fazer quando ele era criança. *Poeta,* Barbara escrevera, tão confiante que o traço horizontal do *T* cruzava empinado o traço vertical. Ele se sentiu derrubado pelo desencorajamento, e jogou as palavras cruzadas sobre a cama.

Eram quase onze horas da manhã — Barbara havia muito já tinha voltado da farmácia e estava absorta na leitura de um romance — quando um auxiliar chegou com uma cadeira de rodas e os dois se viram livres para ir embora. Sair da cama e se sentar na cadeira de rodas fez com que Liam se desse conta de que não estava com sua carteira. Sentiu falta da pressão daquela pequena protuberância no bolso de trás ao se sentar.

— Como foi que eles me internaram? — perguntou a Barbara.

— O que você quer dizer? — Ela seguia pelo corredor atrás dele, no mesmo ritmo do servente do hospital.

— Quero dizer, sem o cartão do meu plano de saúde e sem a minha identidade.

— Ah, Xanthe deu a eles as informações quando chegou aqui. Estou com o seu cartão do plano aqui na minha bolsa; não me deixe esquecer de devolvê-lo.

Ele imaginou como devia ter sido — seu vulto flácido e inconsciente erguido sobre uma maca, colocado dentro de uma ambulância, empurrado sobre as rodinhas da maca pela emergência.

— Dependente da gentileza de estranhos — disse ele.
— Perdão?
— Nada.

Mas assim que se viram sozinhos — assim que ela trouxe o carro para a porta e o auxiliar o instalou lá dentro —, ele lhe falou:

— Eu odeio, odeio, odeio não me lembrar de como isso aconteceu.

— Provavelmente não faz diferença.

Ela remexia na bolsa e parecia distraída. Ele esperou até ela pagar o estacionamento no guichê para voltar a falar.

— *Faz* diferença. Um pedaço da minha vida está faltando. Eu me deito uma noite; vou dormir; acordo num quarto de hospital. Você consegue imaginar como me sinto?

— Não tem nenhuma lembrança, nem uma única que seja? Por exemplo, um barulho suspeito? Alguém na porta?

— Nada.

— Talvez você se lembre quando for para a cama, hoje à noite.

— Ah! — disse ele. Pensou no assunto. — Sim, isso faz sentido.

— Você sabe como às vezes sonha com alguém, se esquece até mesmo que chegou a sonhar, mas então por acaso vê a pessoa e aquela espécie de ideia vaga passa pela sua mente...

— Sim, é possível — concordou Liam.

Eles pararam num sinal de trânsito, e de repente ele se sentiu impaciente para estar em casa. Iria se deitar imediatamente em sua cama e ver se a memória flutuava de seu travesseiro do modo como seus sonhos passados com frequência faziam. Era provável que nada viesse até escurecer, mas não custava tentar antes disso.

— Se fosse eu, porém — disse Barbara —, preferiria não saber.

— Você diz isso agora. Aposto que não ia se sentir assim se acontecesse de fato.

— E quanto aos seus nervos? Você acha mesmo que vai conseguir dormir confortavelmente naquele apartamento de novo?

— Claro.

Ela lhe lançou um olhar tão longo e desconfiado que o carro atrás deles buzinou; o sinal estava verde.

— Eu ficaria aterrorizada — comentou ela, pisando no acelerador.

— Bem, eu *vou* trancar a porta do pátio daqui por diante. Sabe como trancar aquelas portas de vidro de correr?

— Tem um negócio, eu acho. Vamos procurar.

Isso significava que ela o acompanharia, e ele ficou feliz em ouvir isso. Não era medo de uma nova invasão, era mais a desconfiança de suas próprias capacidades. Ele havia perdido sua autoconfiança. Já não tinha mais certeza de ser capaz de cuidar de si mesmo. Invasores era a última de suas preocupações.

Barbara parou no estacionamento correto sem que ele lhe desse instruções. Era óbvio que, agora, o apartamento dele lhe era familiar. E ela estava com as chaves na bolsa — sua bolsa de camurça para chaves, com a chave do carro e a da porta. Ela as apanhou enquanto esperava que ele saísse devagar do assento do carona. (Levantar-se rápido demais fazia com que ficasse tonto.)

— Quer se apoiar no meu braço? — ofereceu-lhe.

Mas ele disse:

— Estou bem.

E estava, depois de esperar que as amebas saíssem de seu campo de visão.

As agulhas dos pinheiros desprendiam um aroma agradável sob o sol, mas o cheiro do saguão era úmido como sempre, feito o de um porão. Barbara destrancou a porta da frente e recuou para deixá-lo entrar.

— As meninas e eu demos uma arrumada.

— Estava precisando?

— Bem, um pouco.

Ele não sabia ao certo ao que ela se referia quando entrou, pois a sala de estar estava como ele a havia deixado: mais ou menos arrumada, se você não contasse as caixas de papelão ainda fechadas, junto à parede. Ele percorreu o corredor, passando pelo gabinete, Barbara em seus calcanhares, e também não viu nada de diferente ali. Mas, quando chegou ao quarto, encontrou uma faixa de papel pardo no carpete, indo em direção à cama. E a cama estava arrumada com lençóis que ele nunca vira antes — um cobertor anêmico, azul-claro, levemente felpudo, e lençóis salpicados de flores. Ele evitava lençóis estampados desde uma febre na infância durante a qual as bolinhas nos lençóis enxameavam como insetos.

— Alugamos uma daquelas máquinas de lavar carpete no supermercado — disse Barbara. — Mas o carpete ainda não está completamente seco; você vai ter que andar sobre o papel por algum tempo. E os lençóis e o cobertor estavam, bem, me desculpe; colocamos tudo no lixo. Eu não sabia onde você guardava a roupa de cama extra.

— Ah! — exclamou Liam. — Entendo.

Ele ficou parado ali, aturdido, movendo os olhos lentamente da cama à janela e ao closet. Tudo parecia benigno e comum e, de algum modo, não exatamente seu. Mas isso talvez fosse porque não *era* exatamente seu; fazia pouco tempo que havia se mudado.

— Levaram alguma coisa?

— Achamos que não, mas só você vai poder dizer com certeza. A polícia vai voltar e entrevistá-lo mais tarde. Vimos que a gaveta estava arrancada da mesa entre as poltronas, e não havia nada dentro dela, mas não sabíamos se isso significava que alguma coisa tinha sumido ou que você ainda não havia colocado nada ali.

— Não, ela estava vazia.

Liam entrou no quarto, arrastando os sapatos sobre o papel pardo, sentou-se na beirada da cama e continuou olhando ao redor. Barbara o observava da porta.

— Você está bem? — perguntou ela.

— Sim, estou.

— Na verdade, a polícia fez uma bagunça maior do que o ladrão, eu acho. E o pessoal da ambulância.

— Bem, foi gentil vocês terem arrumado — declarou ele. Seus lábios se moviam com rigidez, como se não fossem exatamente seus.

— Foi Louise quem alugou a máquina de limpar carpete; Louise e Dougall. Você talvez queira reembolsá-los; sabe que eles não estão nadando em dinheiro.

— Sim, certamente.

— Tem certeza de que está bem, Liam?

— Claro.

— Eu poderia preparar alguma coisa para você antes de ir embora.

Ela ia embora?

— Uma xícara de café ou de chá — sugeriu ela. — Ou talvez um pouco de sopa.

— Não, obrigado — falou ele. Pensar em comida o deixava nauseado.

— Está certo, então. Vou colocar o seu cartão do plano de saúde aqui na cômoda. Não se esqueça de tomar os remédios.

— Vou me lembrar.

Ela hesitou. Depois disse:

— Bem, Kitty deve estar aqui por volta das seis. E, enquanto isso, você tem o meu telefone, caso haja algum problema.

— Obrigado, Barbara.

Ela foi embora.

Ele ficou sentado até ouvir a porta da frente se fechar, e em seguida colocou os pés sobre a cama e se deitou de costas. A fronha cheirava a algum sabão que não lhe era familiar. E o travesseiro dentro dela também não lhe era familiar — recheado com penas de ganso, alguma coisa que afundava e assim permanecia.

Ele sabia que deveria se sentir grato a Barbara até mesmo por aquilo. Ela não era mais responsável por ele.

Mas ela não havia prometido que veria a tranca da porta do pátio?

Do outro lado de sua janela ele via galhos de pinheiro, quase pretos até mesmo à luz do dia, e um céu azul como vidro de garrafa. Não havia estrelas, claro. Nada se conectava àquela noite.

Ele precisava se levantar. Tinha coisas a fazer. Ia preparar uma boa refeição e se obrigar a comer. Encontraria a caixa com seus lençóis e ia colocá-los no sofá-cama para Kitty. Talvez terminar de tirar as coisas das caixas também. Desmontar a última delas para o lixo reciclável.

Mas continuou deitado, olhando não para a janela, mas para a porta do quarto, e invocando a imagem de um vulto grande emergindo da escuridão. Ou um vulto pequeno e furtivo. Ou talvez dois vultos; por que só um?

Nada surgiu. Tinha lhe dado um branco. Ele ouvira aquela expressão mil vezes *dar um branco,* mas só agora entendia que a mente de alguém de fato podia ficar vazia e branca e sem textura, como uma folha de papel ainda não usada.

3

Kitty chegou com uma bolsa de lã quase maior que ela. Levava-a pendurada no ombro, e o peso a obrigava a ficar apoiada na porta — uma pessoinha numa camiseta presa atrás do pescoço e um minúsculo short de brim, o cabelo picotado e cor de areia e um rostinho ágil e alerta.

— Papi! — disse ela. (Era a única que o chamava assim.) — Parece que você foi atropelado!

Mesmo assim, ela tirou a bolsa do ombro e a colocou nos braços dele.

— O que tem aqui dentro, a pia da cozinha? — perguntou ele, mas estava secretamente satisfeito. Ela devia estar planejando ficar por algum tempo.

Parou para receber um beijo rápido no rosto e depois a seguiu até a sala, onde ela se jogou numa poltrona.

— Estou tão, mas tão cansada de velhinhas — disse ela. — Não há uma única paciente no consultório abaixo de 90 anos, juro.

— Ah, e ah, é assim que você se veste para o trabalho? — perguntou ele.

— Hã? Não, eu troquei de roupa antes de sair. Você não ia acreditar no meu uniforme. É de poliéster! E cor-de-rosa!

Ele colocou a bolsa no chão, ao lado dela. (Em sua presente condição, não podia imaginar carregá-la até o gabinete.) Em seguida se sentou na outra poltrona.

— O que você acha do meu apartamento?
— O antigo tinha uma lareira.
— Mas eu nunca usava.
— E o antigo não tinha maníacos homicidas entrando pela janela.
— Porta — corrigiu ele. Apertou as mãos entre os joelhos. — Mas podemos supor que não seja uma ocorrência diária.

Kitty não parecia convencida.

— Que seja — disse ela. — Vejamos: o que eu devo perguntar? Você sabe em que ano estamos? Pode me dizer seu sobrenome?
— Sim, sim...
— E não está se sentindo tonto nem sonolento?
— De jeito nenhum.

Na verdade, tinha dormido durante a maior parte da tarde, acordando apenas com os telefonemas para saber como ele estava, de Louise, Louise de novo, e depois da irmã dele. Havia sido perturbado por sonhos estranhos e vívidos, e algum tipo de alucinação olfativa — um cheiro de vinagre —, mas ele tinha respondido a cada um dos telefonemas com sua voz mais animada: "Sim, estou *bem*, obrigado! *Obrigado* por telefonar!" Louise parecera se tranquilizar, mas era mais difícil enganar a irmã dele, que o conhecia melhor.

— Tem certeza de que está bem? — perguntara ela. — Acha que eu devia ir até aí?
— Isso seria uma perda de tempo para você. Estou bem. E Kitty deve chegar logo — dissera ele.
— Ah. Bem, está certo.

Ela estava aliviada por ser dispensada, ele podia notar. (Também a conhecia bastante bem.) Eles não punham os olhos um no outro mais que uma ou duas vezes por ano.

Kitty examinava a mesa com o abajur ao lado de sua poltrona. Abriu a gaveta e espiou seu interior.

— O que havia aqui dentro? — perguntou a Liam. — Alguma coisa de valor?

— Nada.

— Nada mesmo?

— Em geral, coloco canetas, lápis e blocos de notas, sabe, mas ainda não tinha tirado essas coisas das caixas. Na verdade, até onde posso dizer, não está faltando nada. Até mesmo a minha carteira ainda estava na cômoda, o primeiro lugar onde você pensaria que um ladrão olharia. Acho que ele não teve tempo.

— Sorte sua — disse Kitty.

— Sorte minha, é. Exceto...

Kitty estava curvada agora, remexendo no bolso de fora da sua sacola. Tirou um computador fino e prateado, do tipo que Liam achava se chamar "notebook", um iPod cor-de-rosa bastante atraente e por fim um celular que não era maior do que um saquinho de balas. (Esses jovens pareciam precisar de tantos equipamentos!) Ela abriu o telefone, levou-o à orelha e falou:

— Alô? — E, em seguida, depois de um momento: — Ora, me *desculpe*. Estava para vibrar. Sim, é claro que eu estou aqui. Onde mais estaria? *Sim*. Ele está bem. Quer falar com ele?

Liam inclinou o corpo para a frente, na expectativa, mas Kitty disse:

— Ah. Está bem. Tchau. — Ela fechou o telefone com um estalo e disse a Liam: — Mamãe.

— Ela não queria falar comigo?

— Não. Aquela mulher está sempre conferindo por onde eu ando. Achou que talvez eu estivesse com Damian.

— Ah.

— Sabe essa história de eu ficar com você? É só uma desculpa. O que ela quer é garantir que eu seja vigiada a cada minuto, e agora que arranjou um namorado está ocupada demais para fazer isso ela mesma, então me mandou para a sua casa.

— Sua mãe tem um namorado? — perguntou Liam.

— Ou algo do tipo.

— Eu não sabia.

Mas Kitty estava golpeando as teclas do telefone.
— Oi — disse ela. — E aí?
Liam recobrou o controle da melhor forma possível e se levantou para ir cuidar do jantar.

O cheiro de vinagre persistia. Parecia emanar de sua própria pele. Perguntou a Kitty, durante o jantar (sopa de aspargos em lata e biscoitos cream-cracker):
— Para você eu estou com cheiro de vinagre?
— Hã?
— Continuo achando que estou com cheiro de vinagre.
Ela o fitou com um olhar suspeito e perguntou:
— Sabe em que ano estamos?
— Pare de me perguntar isso!
— Mamãe me disse para perguntar. Não é ideia *minha*.
— Durante metade do tempo eu não sei em que ano estamos, de todo modo — disse ele —, a menos que pare para pensar. Os anos começaram a passar voando, então não consigo acompanhar. Você vai ver isso por si mesma, com o tempo.
Mas Kitty parecia ter perdido o interesse no assunto. Estava esmigalhando cream-crackers na sopa com as costas da colher. Seus dedos eram longos e flexíveis, terminando em tocos com unhas roídas — dedos de lêmure, pensou Liam. Ele não tinha certeza de que ela já tivesse tomado uma colherada que fosse de sopa. Quando Kitty sentiu o olhar dele nela, levantou os olhos.
— Vou ter que dormir no quarto por onde ele entrou, não é? — perguntou ela.
— Perdão?
— O quarto por onde o ladrão entrou. Vi aquela porta! Foi por lá que ele entrou, não foi?

— Bem, mas ela não estava trancada. Agora está — disse Liam. Ele próprio checara a tranca, mais cedo. Era um pequeno mecanismo de alavanca, nada complicado. — Mas, se quiser — completou ele —, eu posso dormir lá.

Melhor desistir de tentar fazer sua memória voltar no escuro. Mas ele já havia começado a admitir que provavelmente isso não ia acontecer.

— Acho que você também ia ficar com medo — falou Kitty. — Seria de se esperar que você tivesse crises de nervos para todo o sempre depois disso! Morar no lugar onde foi atacado.

— Agora que eu *fui* atacado, porém, de algum modo sinto que não vou voltar a ser — disse ele. — Como se uma cota tivesse sido alcançada, por assim dizer. Sei que isso não é lógico.

— Pode crer que não é lógico. O cara invade o seu apartamento, vê todas as coisas que poderia levar, não tem tempo... O mais lógico é que decida voltar para pegar depois.

— Que coisas? — perguntou Liam. — Não tenho joias, nem prataria, nem eletrônicos. Ele voltaria para levar o quê, além daquela carteira com 7 dólares dentro?

— *Ele* não sabe que são 7 dólares.

— Bem, eu não imaginaria que...

— Sete dólares são *tudo*?

— Tudo o quê?

— Tudo o que você tem no mundo?

Liam começou a rir.

— Você ouviu falar em bancos, eu imagino..

— Quanto você tem no banco?

— Kitty, francamente!

— Mamãe diz que você é um indigente.

— Sua mãe não sabe de tudo — retrucou ele. E, em seguida: — Quem é esse tal namorado dela?

Kitty dispensou a pergunta com um gesto da mão.

— Ela está preocupada que você acabe na rua, depois de ter sido despedido e tudo mais.

— Eu não fui despedido, fui... parte de uma redução de custos. E tenho uma poupança perfeitamente adequada. Diga isso a ela. Além do mais — falou ele —, fiz 60 anos em janeiro. — Ele deixou uma pausa significante se interpor.

A pausa era para que Kitty percebesse que tinha se esquecido do aniversário dele. A família inteira havia esquecido, à exceção de sua irmã, que sempre enviava um cartão da Hallmark. Mas Kitty disse apenas:

— O que isso tem a ver?

— Depois de 59 anos e meio, posso tirar dinheiro da minha pensão.

— Certo; aposto que deve ser uma fortuna.

— Bem, na verdade eu não preciso de muita coisa. Nunca fui um comprador.

Kitty colocou outro cream-cracker na sopa e falou:

— *Eu* que o diga. Quando entrei no gabinete, pensei: "Uau! Ah, meu Deus! O ladrão roubou a TV!" Depois lembrei que você não tem sequer uma TV. Quer dizer, eu sabia disso antes, mas nunca tinha ligado os fatos. Vou sentir falta dos meus programas enquanto estiver aqui! Não tem uma única TV em lugar algum deste apartamento!

— Não sei como você vai sobreviver — comentou Liam.

— Aposto que o ladrão olhou ao redor e pensou: "Fantástico; alguém passou na minha frente. O apartamento já foi limpo."

— Engraçado como as pessoas supõem que seja "o ladrão" — disse Liam. — Não existem ladras? De algum modo, nunca ouvimos falar nelas.

Kitty derramou parte do leite na sopa. Em seguida, começou a misturar a sopa para lá e para cá, sonhadora.

— Eu vivo tentando dar um rosto para ele. Ou para ela — disse Liam. — Tenho certeza de que deve estar em algum lugar no meu subconsciente, não acha? Você não pode imaginar qual a sensação de saber que passou por algo tão catastrófico *e*, no entanto, não há um único traço em sua mente. Eu quase chego a desejar que vocês não tivessem limpado as provas. Não que eu não esteja grato; não estou querendo dizer isso. Mas é como se eu tivesse sido excluído da minha própria experiência. As outras pessoas sabem mais sobre ela do que eu. Por exemplo: em que estado estavam os meus lençóis? Estavam *ensopados* de sangue, de um vermelho sólido? Ou só manchados aqui e ali?

— Eca — exclamou Kitty.

— Bem, me desculpe, mas...

Um som áspero surgiu, como o som que um sapo ou uma rã fariam. Kitty pulou da cadeira e agarrou o celular na mesa de centro.

— Alô? — atendeu ela. E, em seguida: — Oi.

Liam suspirou e largou a colher. Não havia avançado muito com sua sopa, e a tigela de Kitty estava mais cheia do que quando ela começara — um mingau nojento de cream-crackers e leite misturado. Talvez no dia seguinte eles devessem comer fora, em algum lugar.

— Ah! — dizia ela. — Ah, hmm... *você* sabe. — Visivelmente respondia em código.

As mãos de Liam estavam com um aspecto de pergaminho que ele nunca notara antes, e seus dedos tremiam de leve quando os levantava. Além disso, o cheiro de vinagre ainda o incomodava. Ele tinha certeza de que devia ser evidente para as outras pessoas.

Aquele não era o seu "eu" verdadeiro, ele queria dizer. Seu verdadeiro "eu" tinha se afastado e tido uma experiência crucial sem ele e depois não voltara mais.

Liam sabia que estava exagerando.

Liam uma vez teve um aluno chamado Buddy Morrow, que tinha vários problemas de aprendizagem. Isso havia sido na época em que ensinava história antiga, e tinham lhe pagado uma fortuna para ir à casa de Buddy duas vezes por semana ajudá-lo com as leituras sobre os espartanos e os macedônios. Qualquer um poderia ter feito isso, claro. Não era preciso ter conhecimentos especiais. Mas os pais estavam bastante bem de vida e acreditavam na contratação de especialistas. O pai era neurologista. Um neurologista muito bem-sucedido. Uma autoridade de fama mundial em danos cerebrais.

Liam gostava da expressão "danos cerebrais". Na verdade, talvez não fosse uma expressão que o próprio Dr. Morrow tivesse usado; era possível que ele dissesse "*lesão* cerebral". Nunca dissera nem uma nem outra a Liam, de qualquer forma. Só conversaram sobre o progresso de Buddy nas poucas ocasiões em que se falaram.

Ainda assim, às oito e vinte e cinco da manhã de terça-feira, Liam telefonou para o consultório do Dr. Morrow. Escolheu deliberadamente o horário, pensando bastante no assunto no meio da noite, quando o nome do Dr. Morrow lhe ocorreu. Acreditava que devesse haver um horário para os telefonemas dos pacientes, e que isso provavelmente era ou antes das nove da manhã ou ao meio-dia. Das oito às nove da manhã, ele apostava. Mas teve que esperar até Kitty sair para o trabalho, não queria que ela escutasse. Ela saiu às oito e vinte e três, indo a pé até o ponto de ônibus junto ao shopping center. Dois minutos depois, ele estava no telefone.

Disse a verdade à recepcionista: era o ex-professor do filho do Dr. Morrow, não um paciente oficial, mas esperava que o doutor pudesse lhe responder a uma rápida pergunta sobre alguns efeitos secundários de uma pancada que recebera na cabeça. A recepcionista — cuja voz era mais a de uma garçonete de meia-idade que a repreensiva e gélida jovem que ele esperara — estalou a língua e disse:

— Bem, espere; vou checar.

A voz que ele ouviu em seguida foi a do próprio Dr. Morrow, cansada e surpreendentemente envelhecida.

— Sim? — disse ele. — Aqui é o Dr. Morrow.

— Dr. Morrow, aqui é Liam Pennywell. Não sei se o senhor se lembra de mim.

— Ah, sim! O filósofo.

Liam se sentiu satisfeito, mesmo achando ter ouvido um tom levemente irônico. Continuou:

— Peço desculpas por telefonar assim do nada, mas recentemente levei uma pancada e fiquei inconsciente, e desde então tenho tido alguns sintomas bastante perturbadores.

— Que tipo de sintomas?

— Bem, perda de memória.

— Memória recente?

— Não recente, na verdade. Mas também não antiga. Seria mais... intermediária.

— Memória *intermediária*?

— Não me lembro de ter sido agredido.

— Ah, isso é muito comum — declarou o Dr. Morrow. — É de se esperar. Está sob cuidados médicos?

— Sim, mas... no hospital eu estava, mas... Dr. Morrow, não quero abusar, mas eu poderia ir conversar com o senhor?

— Conversar — disse o médico, pensativo.

— Só por alguns minutos? Ah, eu tenho plano. Tenho plano de saúde. Isto é, seria uma consulta puramente profissional.

— O que está fazendo agora? — perguntou o médico.

— Agora?

— Poderia chegar aqui antes das nove e quinze?

— Claro!

Não tinha a menor ideia se conseguiria; a lista telefônica indicava um endereço no centro da cidade e estava muito distante dali, perto... ah, Deus, ele nunca devia ter se mudado. Estava muito ao norte, perto da Beltway! Mas disse:

— Chego aí em menos de um segundo. Obrigado, Dr. Morrow. Não tenho como lhe dizer como estou agradecido.

— Menos de um segundo, então — disse o médico, e o tom levemente irônico parecia ter voltado à sua voz.

Liam usava uma roupa mais informal do que em geral usaria em público: uma camisa polo larga e calças cáqui com uma das passadeiras do cinto rasgada. Mas não havia tempo para se trocar. Tudo o que fez foi substituir os chinelos por tênis. Curvar-se para amarrá-los fez sua cabeça latejar, o que ele achou bom. Queria tantos sintomas quantos fosse possível, se ia apresentar seu caso a um médico.

No estacionamento, o latejar em sua cabeça estava incomodando o suficiente para que ele tentasse deslizar para dentro do carro sem se curvar, dobrando apenas os joelhos. Liam acabara de conseguir se sentar quando uma mulher gritou, a voz esganiçada:

— O que você está *fazendo*?

Ele se virou e viu um velho sedã azul parar atrás dele. Sua filha do meio estava olhando para ele através da janela aberta, e o neto dele estava sentado no banco de trás.

— Ora, Louise — disse Liam. — Que bom ver você! Desculpe, estou com um pouco de...

— Você sabe que não deveria dirigir!

— Ah!

— Eles lhe disseram isso no hospital! Vim até aqui caso você estivesse precisando de alguma coisa da rua.

— Bem, isso foi muito gentil da sua parte — disse ele. — Talvez pudesse me levar ao consultório do neurologista.

— Onde é?

— Em St. Paul — disse ele. Estava saindo do carro agora, tentando não abaixar a cabeça mais do que 1 centímetro. Que sorte Louise ter aparecido; ele não tinha se dado conta de como estava tonto. Arrastou os pés em torno do capô do carro dela até o banco do passageiro e entrou.

— Vai doer à beça quando você tirar essa atadura — disse Louise, olhando para o couro cabeludo dele.

Louise tinha a pele escura de Barbara, mas não a suavidade; havia sempre uma espécie de impaciência, sobretudo quando apertava os olhos desse jeito. Liam se encolheu para longe do olhar dela e disse:

— Sim, bem. — E começou a remexer nos bolsos. — Ora, estava em algum lugar... — murmurou ele. — Ahá! — Levantou um canto rasgado de um cardápio de comida chinesa. — O endereço do Dr. Morrow.

Louise deu uma olhada rápida antes de engrenar o carro. Liam se virou e fitou o neto.

— Jonah! Olá!
— Oi.
— O que você tem feito?
— Nada.

Na opinião de Liam, faltava entusiasmo àquela criança. Tinha... o quê, 3 anos? Não, 4; 4 anos e meio, mas ainda se sentava num daqueles assentos de elevação, dócil como uma pequenina marionete loura, com um urso de pelúcia agarrado contra o peito. Liam considerou tentar um outro assunto, mas não parecia valer a pena o esforço, e acabou por se virar para a frente de novo.

Louise falou:

— Eu estava pensando que você poderia precisar de umas compras do supermercado, ou que buscássemos remédios na farmácia. Ninguém mencionou uma consulta médica.

— Foi coisa de última hora — informou-lhe Liam.
— Há algo de errado?
— Não, não.

Louise fez a volta numa curva ampla e dirigiu em direção à entrada, ignorando várias setas apontando na direção oposta. Liam se agarrou ao painel, mas não fez qualquer tentativa de corrigi-la.

— Embora eu esteja, ah, aparentemente tendo certo problema com a minha memória — replicou ele, por fim.

Ele esperava que pudessem conversar sobre o assunto, mas, em vez disso, ela falou:

— Imagino que tenha sido bastante perturbador ficar no apartamento na noite passada.

— Não, de modo algum — disse ele. — Mas Kitty estava um pouco nervosa. Tive que dar a ela o meu quarto.

Com isso, ele se lembrou de falar:

— Eu devo dinheiro a você pelo limpador de carpete.

— Não se preocupe com isso.

— Não, eu insisto. Quanto foi?

— Você pode me pagar quando arranjar um emprego.

— Um emprego. Bem...

— Já se candidatou a algum?

— Não estou nem mesmo certo de querer — disse ele. — É possível que eu me aposente.

— Se aposentar! Você tem 60 anos!

— Exatamente.

— O que faria da sua vida?

— Ora, há muita coisa que poderia fazer — respondeu ele. — Poderia ler, poderia pensar... Não sou um homem sem recursos, você sabe.

— Vai ficar sentado o dia inteiro *pensando*?

— Ou também... tenho opções! Tenho muitas possibilidades. Na verdade — disse ele, espontaneamente —, eu talvez me torne um zayda.

— Um o quê?

— É uma posição de professor-assistente numa pré-escola em Reisterstown Road — explicou ele. Estava orgulhoso de si mesmo por se lembrar daquilo; fazia semanas que não pensara mais a respeito. — Um dos pais em St. Dyfrig mencionou que havia uma vaga. Usam pessoas da terceira idade como, por assim dizer, figuras de avós nas classes das crianças mais novas. Zayda é a palavra judaica para avô.

— Mas você não é judeu.

— Não, mas a pré-escola é.

— E você também não está na terceira idade. Além disso, essa posição me soa como algo voluntário. Tem certeza de que não é voluntária?

— Não, não, eu seria pago.

— Quanto?

— Ah... — disse ele. Depois falou: — Qual é o *problema* com vocês, garotas? De repente parecem achar que têm o direito de bisbilhotar as minhas finanças.

— Temos bons motivos — replicou Louise. Ela reduziu a velocidade diante de um sinal e falou: — Nem vou mencionar a óbvia ironia, aqui.

— Que ironia?

— Avô! — disse ela. — Você, entre todas as pessoas!

Ele ergueu as sobrancelhas.

— Você por acaso *gosta* de crianças pequenas? — perguntou ela.

— É claro que gosto!

— Hã — disse ela.

Liam se virou e olhou mais uma vez para Jonah. O neto lhe lançou de volta um olhar fixo, azul e leitoso que não dava a menor indicação do que ele estava pensando.

Saíram da periferia da cidade e passaram pela antiga vizinhança de Liam — edifícios dignos, antigos, agrupados ao redor do campus da Hopkins. Ele sentiu uma pontada de saudade. Desviou resolutamente seus pensamentos na direção do novo apartamento: sua pureza, sua angularidade nua. Louise (uma leitora de mentes, como as suas irmãs) disse:

— Você sempre pode voltar.

— Voltar! Por que eu iria querer isso?

— Duvido que seu antigo apartamento já tenha sido alugado. Já foi?

— Estou muito contente onde estou — disse ele. — Agora tenho uma geladeira que serve água pela porta.

Louise ligou a seta. Atrás dela, Jonah começou a cantar suas cantigas de ABC com uma voz fina, monótona e desafinada. Liam se virou e abriu um sorriso que esperava demonstrar apreço, mas Jonah estava olhando pela janela e não notou.

Imagine dar a uma criança o nome de Jonah. Isso, com certeza, era coisa de Dougall — o marido de Louise. Dougall era algum tipo de fundamentalista cristão. Ele e Louise haviam namorado durante a adolescência, na escola, e se casado logo depois da formatura, enfrentando a oposição de todos, e, em seguida, Dougall foi trabalhar com a empresa da família, de encanamento, enquanto Louise, que quando estudante só tirava A, abandonou qualquer ideia de ir para a faculdade e deu à luz pouco depois a Jonah.

— Por que Jonah? — perguntara Liam. — Quem é o próximo? Judas? Herodes? Caim? — Louise pareceu confusa. — O que quero dizer é que a história de Jonas não foi muito *feliz,* foi?

Tudo o que Louise disse foi:

— Na verdade, eu conheço alguém chamado Caim.

— Ele por acaso tem um irmão? — perguntou Liam.

— Não que eu saiba.

— *Inn*-teressante — disse Liam.

— Hmm?

Entrar para o Tabernáculo do Livro da Vida não melhorara o senso de humor dela.

O escritório do Dr. Morrow por acaso era logo depois da Fender Street, num prédio antigo e ornamentado espremido entre uma lavanderia e uma casa de penhores. Estacionar, claro, era impossível. Louise disse:

— Pode descer, vou ver se encontro uma vaga no quarteirão.

Liam não discutiu. De acordo com seu relógio, eram nove e dez. Ele se perguntou se o Dr. Morrow lhe daria meros cinco minutos.

O saguão tinha um teto alto e ornamentado e um piso de mármore com emendas de metal. Uma pessoa de verdade — um negro muito velho, de uniforme completo — operava o elevador sentado num banco de madeira e fechando a porta pantográfica com a mão numa luva branca. Liam ficou boquiaberto. Quando o único outro passageiro, uma mulher num vestido de seda, disse "Três, por favor", ele se sentiu como se tivesse sido transportado de volta à sua infância, a uma das lojas de departamento onde sua mãe era capaz de passar horas examinando peças de tecido.

— Senhor? — perguntou o operador.

— Ah. Quatro, por favor — disse Liam.

O quarto andar era moderno de uma forma chocante, acarpetado de parede a parede num tom prático de cinza e com o teto coberto de placas acústicas. Um desapontamento, mas também um alívio. (Você não ia querer que o seu neurologista fosse antiquado *demais*.)

Uma coluna inteira de nomes de médicos descia pela porta de vidro do grupo 401, sob um letreiro maior onde estava escrito: NEUROLOGISTAS ASSOCIADOS DE ST. PAUL. Até mesmo àquela hora, havia um número razoável de clientes na sala de espera. Estavam sentados em cadeiras de plástico sob a barreira dos guichês das recepcionistas — uma para cada médico. A recepcionista do Dr. Morrow tinha o cabelo tingido de preto, o que tornava o seu aspecto menos amigável do que sua voz parecera ao telefone. No instante em que Liam lhe disse seu nome, ela entregou a ele uma prancheta com um formulário para que preenchesse.

— Vou precisar fazer uma cópia do cartão do seu plano de saúde e da sua carteira de motorista — disse.

Liam fora sincero ao dizer ao Dr. Morrow que pretendia pagar, mas de algum modo ainda assim ficou surpreso com o interesse comercial crasso da mulher.

Os outros pacientes estavam em um estado terrível. Meu Deus, a neurologia era uma especialidade penosa! Um homem tremia tanto que sua bengala não parava de cair no chão. Uma mulher segurava uma criança grande demais que parecia não ter ossos. Outra, volta e meia, enxugava a boca de seu inexpressivo marido com um lenço de papel. Ah, Liam não devia estar ali. Não tinha o direito de desperdiçar o tempo do médico com uma queixa tão trivial. Mas mesmo assim continuou a escrever seu endereço com letras de forma grandes e legíveis.

Louise e Jonah entraram e se sentaram em frente a ele, embora houvesse cadeiras disponíveis de seus dois lados. Ninguém imaginaria que tinham qualquer relação com Liam. Não olhavam em sua direção, e Louise começou imediatamente a escolher uma revista entre as que estavam na mesa diante dela. Acabou pegando uma para crianças.

— Veja! — disse a Jonah. — Coelhinhos! Você adora coelhinhos!

Jonah agarrou o urso de pelúcia com força e olhou na direção em que o dedo dela apontava.

Para ser honesto, Liam pensou, os Pennywell eram uma família bastante *sem graça*. (Ele próprio incluído.) O cabelo de Louise era curto demais e seu rosto, excessivamente anguloso. Ela usava uma bermuda de ciclista, reta e vermelha, um estilo que não caía bem em ninguém, e sandálias de dedo que expunham seus pés compridos, brancos e ossudos. Jonah respirava pela boca e tinha uma expressão apática e estonteada enquanto olhava para a página.

Numa voz baixa e audível, a poucos centímetros da orelha direita de Liam, uma mulher disse:

— Verity.

Ele levou um susto e se virou.

Era uma mulher jovem e roliça, de cabelos longos e cacheados, usando uma saia volumosa de estamparia indiana e sandálias toscas que pareciam feitas artesanalmente. Tinha a mão no braço de um senhor de terno.

Liam perguntou:

— O quê?

Mas ela já havia passado por ele. Ela e o senhor — seu pai? — se aproximavam da recepcionista do Dr. Morrow. Quando chegaram ao guichê, ela largou o braço do velho e recuou. Ele disse à recepcionista:

— Ora, Verity! Bom dia! Como você está linda hoje!

A recepcionista falou:

— Obrigada, Sr. Cope. — E levou a mão ao cabelo tingido. — Sente-se, o Dr. Morrow vai ver o senhor daqui a pouco.

Quando o casal virou as costas ao guichê, Liam abaixou os olhos para que não soubessem que os estivera observado. Sentaram-se nas duas cadeiras ao lado de Jonah. Louise dizia:

— E, nesse exato momento, um leão muito, muito grande saiu de trás de uma árvore. — Nem ela nem Jonah olharam na direção deles.

— Sr. Pennywell? — chamou uma enfermeira da outra extremidade da sala de espera.

Liam se levantou e foi até onde ela o esperava.

— Como vai o *senhor*? — perguntou-lhe.

— Bem, obrigado — respondeu ele. — Quer dizer, *mais ou menos...* — Mas ela já tinha se virado para conduzi-lo através de um corredor.

No fim do corredor, num consultório pequenino, o Dr. Morrow estava sentado escrevendo alguma coisa atrás de uma mesa imensa. Liam não o teria reconhecido. O homem havia envelhecido tanto que isso já não seria possível — seu cabelo ruivo era de um cor-de-rosa embaciado agora, e suas muitas sardas desbotadas se transformaram em largas manchas bege no rosto. Ele usava um paletó esporte em vez do jaleco branco, e a única indicação de sua profissão era um modelo de gesso de um cérebro na estante atrás dele.

— Ah! — disse ele, abaixando a caneta. — Sr. Pennywell. — E ergueu-se, não por completo, de uma forma desconjuntada e rígida, para apertar-lhe a mão.

— Foi gentil da sua parte encontrar um horário para mim — disse Liam.

— Não foi nada, não foi nada. Sim, o senhor está com um pequeno corte, aqui.

Liam virou o lado ferido da cabeça para o médico, caso ele quisesse examinar mais de perto, mas o Dr. Morrow afundou na cadeira e entrelaçou os dedos na frente da camisa.

— Vamos ver: quanto tempo faz? — perguntou a Liam. — Oitenta, oitenta e um...

— Oitenta e dois — informou-lhe Liam. Sabia com certeza, porque havia sido seu último ano na Fremont School.

— Vinte e tantos anos! Vinte e quatro, meu Deus! E o senhor ainda está dando aulas?

— Ah, sim — disse Liam. (Não fazia sentido se deixar desviar por qualquer longa explicação.)

— Ainda tentando meter um pouco de história na cabeça daqueles garotos malandros da Fremont — brincou o Dr. Morrow, dando uma risadinha em seu novo modo de velho.

— Bem, ah, na verdade são os garotos de St. Dyfrig, agora — admitiu Liam.

— Ah? — O Dr. Morrow franziu a testa.

— E, hmm, quinto ano.

— Quinto ano!

— Mas seja como for — disse Liam, apressado. — Me conte como anda Buddy.

— Bem, hoje em dia nós o chamamos de Haddon, é claro.

— E por quê?

— Bem, Haddon é o nome dele.

— Ah!

— Sim, Haddon está crescido; fez 40 anos em abril, pode acreditar? Tem sua própria companhia de caminhões. Faz transporte estadual. *Muito* bem-sucedido, considerando a situação.

— Fico muito feliz em saber disso.

— O senhor foi extremamente gentil com ele — disse o Dr. Morrow, e de repente sua voz soou diferente, não tão áspera e pomposa. — Não me esqueci da paciência que teve com ele.

— Ah, bem — disse Liam, mudando de posição em seu assento.

— A sua foi praticamente a única matéria em que ele conseguiu se interessar, pelo que me lembro. Sêneca! Não foi esse o tema da monografia dele? Sim, costumávamos ouvir falar bastante de Sêneca à mesa do jantar. O suicídio de Sêneca! Uma grande novidade, como se tivesse acontecido ontem.

Liam riu alto, e sua risada soou estranhamente como a risadinha do Dr. Morrow.

— Vou ter que contar a ele que estive com o senhor — falou o Dr. Morrow. — Haddon vai adorar saber disso. Mas chega de conversa fiada; me conte do seu ferimento.

— *Ah*, sim — disse Liam, como se isso não tivesse estado em primeiro lugar em sua mente o tempo todo. — Bem, evidentemente eu levei uma pancada na cabeça que me deixou inconsciente.

— É mesmo? Por alguém que o senhor conhece?

— Ora, não — disse Liam.

— Meu Deus, o que está acontecendo com o mundo? — perguntou o Dr. Morrow. — Eles pegaram o agressor?

— Hmm, não que eu saiba — respondeu Liam.

A palavra *agressor* o desnorteou por um instante. Era uma daquelas palavras que só se via impressas, como *vestuário*. Ou *trucidado*. Ou... qual era aquela outra palavra que ele tinha notado?

— E ainda assim eles alegam que estão trabalhando para transformar esta cidade num lugar seguro — comentou o Dr. Morrow.

— Na verdade, eu vivo longe do centro urbano — disse Liam.

— Ah, é mesmo?

Exclamou. Aquela era outra palavra que só se via impressa.

— Mas a questão é — disse Liam — que recebi essa pancada e fiquei inconsciente, e não me lembro de mais nada até acordar num leito de hospital.

— Eles fizeram uma tomografia, eu imagino.
— Foi o que me disseram.
— E não encontraram nenhum sinal de sangramento interno.
— Não, mas...

Barbara costumava afirmar que ele não dizia as coisas de maneira enfática o suficiente quando ia ao médico. Ela lhe perguntava: "Falou com ele sobre as suas costas? Falou que estava sentindo dor?" E Liam dizia: "Bem, mencionei que estava sentindo um certo desconforto." Barbara revirava os olhos. Então ele, agora, se inclinou para a frente em sua cadeira.

— Estou muito, muito preocupado — disse ele. — Preciso muito falar sobre isso. Tenho a sensação de estar ficando louco.

— Louco! O senhor me falou de perda de memória.

— Estou ficando louco por causa dessa história de perda de memória.

— Do que não se lembra, exatamente?

— De nada em absoluto envolvendo o ataque — declarou Liam. — Tudo o que sei é que fui para a cama, me enfiei debaixo das cobertas, olhei pela janela... e *puf*! Lá estou eu num quarto de hospital. Um pedaço de tempo sumiu. Alguém invadiu o meu apartamento e eu devo ter acordado, porque me disseram que machuquei a mão lutando com o... agressor. Então um vizinho ligou para a emergência, e a polícia chegou, e a ambulância, porém tudo isso desapareceu da minha mente.

— Mas o senhor se lembra de outras coisas — disse o Dr. Morrow. — Antes de ir para a cama. Depois que acordou no hospital.

— Sim, de tudo isso. Só não me lembro do ataque.

— Nem jamais vai se lembrar, eu arrisco dizer. As pessoas sempre esperam que vai haver um momento ao estilo telenovela em que tudo vai voltar. Mas as memórias relativas a um traumatismo craniano se vão para sempre, na maioria dos casos. Na verdade, o seu caso é bem incomum, por se lembrar de tanta coisa. Algumas vítimas se esquecem de dias e dias anteriores ao evento, e só têm lembranças pontuais dos dias posteriores. Se considere afortunado.

— Afortunado — repetiu Liam, torcendo a boca.

— E por que o senhor iria *querer* se lembrar de uma experiência dessas?

— O senhor não entende.

Ele sabia que seu tempo já tinha acabado. Uma nova tensão havia se esgueirado para a atmosfera da sala; a postura do médico estava mais ereta. No entanto, isso era importante. Liam apertou os joelhos.

— Sinto ter perdido algo — declarou. — Uma parte da minha vida me foi roubada. Não me importo que tenha sido desagradável; preciso saber o que foi. Quero isso de volta. Daria tudo para ter isso de volta! Queria ter alguém como... a rememoradora lá fora na sua sala de espera.

O Dr. Morrow indagou:

— A quê?

— A jovem que está acompanhando, não sei, o pai, eu acho, para ver o senhor. Ele parece necessitar que lhe recordem nomes e coisas do tipo, e ela fica bem ali, junto ao seu cotovelo, lhe soprando as respostas.

— Ah, sim — disse o Dr. Morrow, e sua expressão se desanuviou. — Sim, *todos nós* gostaríamos de uma rememoradora, como o senhor a chama, depois de uma certa idade. E não é verdade que todos gostaríamos de ter o dinheiro do Sr. Cope para pagá-la?

— Ele a paga?

— Ela é uma assistente contratada, acredito — disse o médico. Mas então ele deve ter achado que cometera alguma indiscrição, porque se levantou de forma abrupta e caminhou até a frente de sua mesa. — Temo que não possa lhe ajudar mais, Sr. Pennywell. Não há realmente nada que eu possa fazer. Mas acho que com o tempo o senhor vai ver que essa questão perderá a importância. Encare os fatos: esquecemos coisas todos os dias da nossa vida.

Muitos momentos se perdem. Mas não se vive em função deles, não é?

Liam também se levantou, mas não podia desistir com tanta facilidade. Disse:

— O senhor não acha que eu poderia, por exemplo, ser hipnotizado?

— Eu não aconselharia.

— E drogas? Alguma espécie de pílula ou soro da verdade?

O Dr. Morrow agora segurava com firmeza o braço de Liam. Guiava-o na direção da porta.

— Acredite em mim: toda essa preocupação vai desaparecer em pouco tempo — disse ele, e sua voz havia assumido o tom calmante de quem lida com um chato. — Fale com Melanie no caixa antes de ir embora, por favor.

Liam se deixou ser expulso. Murmurou alguma coisa, algo como "Obrigado pelo seu tempo, diga alô a Buddy, ou Haddon...", depois foi ao guichê do caixa e assinou um cheque num valor superior ao que gastava com um mês de compras de supermercado.

Na sala de espera, Louise fazia que sim com a cabeça e estalava a língua enquanto escutava uma garota pálida, que vestia um macacão — uma recém-chegada, que se sentara no antigo lugar de Liam.

— Estou ali regando as plantas perenes — dizia a garota. — Trabalho no horto Happy Trowel, na New York Road; sabe onde fica? E de repente começo a escutar essa música tocando rápido demais. Mas não parece real. Parece... de metal. Toda metálica e acelerada. Então eu pergunto ao Earl, esse cara que está trazendo as petúnias: "Está ouvindo o Pavement tocar?" Earl pergunta: "O quê?" Eu digo: "Parece que estou ouvindo o Pavement cantando 'Spit on a Stranger'." Earl olha para mim como se eu estivesse maluca. Bem, sobretudo porque na verdade ele não tinha a menor *i*-deia de que Pavement fosse uma banda. Achou que eu estava querendo dizer que a York Road estava cantando.

— Por onde ele tem andado esse tempo todo? — perguntou Louise. — Todo mundo sabe o que é o Pavement.

— Mas ele achou que eu estava maluca, de todo modo, porque não havia música nenhuma tocando. Estava tudo no meu cérebro. Esse grumo de vasos sanguíneos velhos e emaranhados no meu cérebro.

Liam fez as moedas em seu bolso tilintarem, mas Louise não levantou os olhos.

— A sensação deve ser muito estranha — comentou ela.

— O Dr. Meecham acha que eles podem destruir o negócio num flash.

— Bem, você sabe que vou rezar por você.

Liam interrompeu:

— Podemos ir, Louise.

— Certo; tudo bem. Este é o meu pai — disse Louise à garota. — Levou uma pancada na cabeça, de um assaltante.

— Mentira!

Louise se dirigiu a Liam:

— Tiffany tem um grumo de...

— Sim, eu ouvi — disse Liam.

Mas ele não olhava para a garota; olhava para o velho sentado ao lado de Jonah, o que tinha a rememoradora contratada. Não se podia dizer, naquele momento, que havia algo de errado com ele. Lia um exemplar da *New Yorker*, virando as páginas atentamente e examinando as charges. Sua assistente fitava o próprio colo. Parecia fora de lugar ao lado do velho, com seu terno de bom corte e colarinho engomado. O rosto dela era redondo e brilhante, seus óculos com armação de chifre estavam sujos de impressões digitais e suas roupas, completamente desalinhadas. Liam se perguntou como podia ter achado que fosse filha do velho.

Bem, mas se levasse em consideração sua própria filha, que se levantava agora para segurar as mãos da garota de macacão...

— Tenha no coração o Evangelho de Marcos — dizia ela. — *Filha, a tua fé te salvou. Vai em paz e sê curada do teu mal.*

— É isso aí, irmã — disse a garota a ela.

Liam pediu:

— Podemos, por favor, ir agora?

— Claro, pai. Vamos, Jonah.

Passaram entre duas fileiras de pacientes, todos eles (Liam estava convencido) projetando ondas de ávida curiosidade, embora ninguém levantasse os olhos.

— Você precisa mesmo fazer isso? — perguntou Liam, no instante em que chegaram ao corredor.

Louise balbuciou:

— Hmm? — E apertou o botão para chamar o elevador.

— Você precisa divulgar sua religião aonde quer que vá?

— Não sei do que está falando — disse ela. Virou-se para Jonah. — Você se comportou tão bem, Jonah! Talvez a gente possa comprar um sorvete para você quando estivermos voltando para casa.

— Menta com pedaços de chocolate? — perguntou a criança.

— Podemos comprar de menta com pedaços de chocolate. O que o médico tinha a dizer? — indagou ela a Liam.

Mas ele se recusou a mudar de assunto. Falou:

— Suponha que aquela garota por acaso fosse ateia? Ou budista?

A porta do elevador abriu com um estrépito e Louise entrou com passo enérgico, um braço ao redor dos ombros de Jonah. Disse ao ascensorista:

— Não vou de modo algum me desculpar pelas minhas crenças.

O ascensorista piscou os olhos. Os dois outros passageiros — um casal de idade — pareceram igualmente surpresos.

— *Assim, brilhe vossa luz diante dos homens* — declarou Louise —, *para que vejam as vossas boas obras, e glorifiquem vosso Pai que está nos céus.*

— Amém — disse o ascensorista.

— Mateus, capítulo 5, versículo 16.

Liam tinha o rosto voltado para a frente e olhava fixamente o mostrador de metal acima da porta enquanto desciam.

Assim que saíram do elevador, Louise voltou a falar:

— Não espero muita coisa de você, pai. Aprendi a não esperar. Mas peço que não fique denegrindo a minha religião.

— Não estou denegrindo a sua...

— Você é indiferente, sarcástico e desdenhoso — disse Louise. (A raiva parecia ampliar o seu vocabulário — um traço que Liam também notara na mãe dela.) — Aproveita cada oportunidade para sublinhar o quão equivocados os verdadeiros cristãos são. Quando estou tentando educar uma criança! Como posso esperar que ele tenha uma vida moral com você como exemplo?

— Ah, pelo amor de Deus; isto é, por favor — exclamou Liam, trotando atrás dela através da porta giratória. Na calçada, a súbita luz do sol incomodou sua cabeça. — Levo uma vida *perfeitamente* moral.

Louise fungou e puxou Jonah mais para perto, como se achasse que ele precisava de proteção.

Ela não voltou a falar até chegarem ao carro. Mesmo então, estava toda cheia de preocupação materna excessiva e alvoroçada.

— Sente na sua cadeirinha Jonah; não enrole. Me deixe ajeitar esse cinto.

Liam se instalou no banco da frente com um suspiro. Estava se obrigando a não dizer mais nada, embora sempre se sentisse incomodado quando as pessoas partiam do pressuposto de que você tinha de ter uma religião para se ater a qualquer padrão de comportamento.

E então, do nada, enquanto Louise se deixava cair no assento, quicando de leve e de um jeito um tanto indignado, ocorreu a ele quem era o velho na sala de espera. Ora, é claro: Sr. Cope. Sr. Ishmael Cope, da Cope Development — o bilionário cujos prédios comerciais, condomínios de luxo e shopping centers imensos haviam depredado toda a área. Seu retrato aparecia no jornal quase toda semana, seu vulto parecido com o de uma garça se curvando para apertar a mão de algum cúmplice por conta de seu mais recente projeto arruinador do meio ambiente.

Bilionários podiam comprar qualquer coisa, evidentemente, incluindo memórias melhores. Liam viu a assistente do Sr. Cope outra vez em sua mente — seus óculos de coruja e seu rosto honesto, transpirando de leve. Que ideia: pagar a alguém para ter a experiência da sua vida em seu lugar! Porque era para isso que ela havia sido contratada, na verdade.

Uma nova onda de dor atingiu sua têmpora esquerda quando Louise ligou o motor, e ele fechou os olhos e descansou a cabeça na janela lateral.

4

Durante os dias que se seguiram, Liam com frequência notou que seus pensamentos retornavam à rememoradora contratada. Não que ele quisesse contratá-la. Que vantagem haveria nisso? Ele já tinha passado pelo evento de que precisava se lembrar. Não, era apenas o conceito que o intrigava. Imaginava como funcionaria. Imaginava *se* funcionaria.

Na noite de quarta-feira, perguntou a Kitty se poderia usar seu computador. Ela o estava usando naquele momento, sentada na beira da cama, com ele apoiado sobre os joelhos, e escondeu a tela de um jeito paranoico quando Liam entrou no quarto.

— Não estou olhando! — declarou ele. — Só queria saber se poderia fazer uma rápida pesquisa quando você tiver terminado.

— Pesquisa... no meu computador?

— Isso.

— Bem, claro, acho que sim — concordou ela. Mas parecia desconfiada. A aversão dele por computadores era conhecida por todos. Houvera inúmeras reclamações por parte dos pais dos alunos de St. Dyfrig por não conseguirem se comunicar com ele por e-mail.

Liam foi até a cozinha, onde estava esquentando uma pizza para o jantar. (Kitty ia sair com Damian, era o que tinha dito.) Alguns minutos depois ouviu-a falando:

— É todo seu.

Quando entrou no quarto, ela estava calçando sandálias adornadas com pedrinhas que imitavam diamante.

— Sabe como fazer log off quando tiver terminado? — perguntou ela. — Sabe como usar isso, aliás?

— Claro que sei!

O computador estava na mesa de cabeceira, plugado à linha telefônica. Ele deduziu que isso significava que ninguém conseguiria telefonar, o que não o incomodou tanto quanto poderia. Sentou-se na beirada da cama e esfregou as mãos. Então levantou os olhos para Kitty.

— Quer alguma coisa? — perguntou ele.

— Não, não — disse ela, e fez um gesto vago com a mão. — Estou de saída.

— Está bem.

Ela não mencionou quando iria voltar. Será que deveria ter horário?

Ao meio-dia, tinham passado da marca das 48 horas desde que ele saíra do hospital, mas ela não dissera nada sobre ir para casa. Bem, isso não dizia respeito *a ele*.

Esperou até que ela tivesse saído do quarto e então digitou *Ishmael Cope* na janela de busca. Era verdade que ele sabia como usar um computador — tinha feito um curso obrigatório para professores —, mas o teclado menor lhe dava um pouco mais de trabalho e teve que apertar a tecla *delete* várias vezes.

Havia algo em torno de 4.300 referências a Ishmael Cope. Liam sabia, por experiência própria, que muitas delas seriam pistas falsas — parágrafos inteiros em que *Ishmael* e *Cope* por acaso apareciam em pontos bastante separados, ou mesmo (o que era, no entanto, surpreendente) outros Ishmael Cope em outras cidades —, mas ainda assim ficou impressionado.

Ishmael Cope estava comprando terras rurais em Howard County. Ishmael Cope e sua esposa haviam comparecido a uma festa de gala em benefício do diabetes juvenil. O plano de Ishmael

Cope de construir um centro comercial na Eastern Shore estava encontrando forte oposição. Adiante, adiante. Ahá: um perfil publicado no jornal, datado de abril do ano anterior. O Sr. Cope tinha nascido em Eutaw Street em 1930, o que significava que tinha... 76 anos. Mais novo do que o pai de Liam, embora Liam tivesse achado que fosse muito mais velho. Só possuía o diploma do ensino médio; começara a vida ajudando na padaria dos pais. Seu primeiro milhão tinha advindo da invenção do "grampo comestível" para prender massas e pastéis recheados. (Liam se permitiu um breve sorriso.) O restante de sua carreira foi muito pouco surpreendente, porém: o milhão se transformou em 2 milhões, 4 milhões, depois 1 bilhão conforme ele seguia sem obstáculos pelo seu tabuleiro pessoal de Banco Imobiliário. Casado, divorciado, casado de novo; dois filhos no negócio com ele...

Nada sobre problemas de memória.

A referência seguinte lidava com um problema de remoção de dejetos de esgoto para uma comunidade de golfe que o Sr. Cope propunha construir, perto da fronteira com a Pensilvânia. Na seguinte, ele era apenas um nome numa lista de doadores à Gilman School. Liam fez log off e fechou o computador. Deveria ter sabido que sairia de mãos vazias. Afinal o objetivo de contratar uma rememoradora era esconder o fato de que ela era necessária.

E, de qualquer forma, o que ele esperava mesmo que tivesse encontrado o que procurava?

Na manhã de terça-feira recebeu outra visita da polícia. Havia dois policiais, dessa vez — um homem e uma mulher. A mulher fez todas as perguntas. Queria saber se Liam se lembrava de alguma conversa recente em que tivesse mencionado publicamente algum bem de valor. Liam respondeu:

— De jeito nenhum, pois não tenho bens de valor.

Ela disse:

— Bem, talvez não para os *seus* padrões, mas... digamos, uma TV de alta definição? Para muitas pessoas, isso é bastante coisa.

— Eu não tenho nem mesmo uma TV de baixa definição — disse Liam.

Ela parecia aborrecida. Era uma jovem atraente, miúda e de cabelos claros, mas um pequeno "W" de rugas entre suas sobrancelhas prejudicava a impressão geral. Ela falou:

— Só estamos tentando descobrir por que o seu apartamento foi escolhido, e logo na primeira noite que passou aqui.

— Bem, não foi Damian, se é o que estão pensando.

— Damian?

Ele se arrependeu de ter chamado atenção para o nome. Continuou:

— Não foram os caras que me ajudaram com a mudança.

— Não. Eram amigos, pelo que sei.

— Sim.

— E quanto à voz do homem? O senhor o ouviu falar?

Ele sentiu um desespero súbito. Disse:

— Eles não contaram que não me lembro? Não me lembro de absolutamente nada!

— Só estava conferindo.

— O quê, acha que vai me pegar de surpresa?

— Não precisa se exaltar, senhor.

Liam se obrigou a respirar fundo. Não precisava; ela estava certa, mas ele, de algum modo, se sentia acusado. Para aquela mulher, parecia desatento, desleixado, negligente. Decidiu partir para a ofensiva.

— Então, o que vão fazer em seguida? — perguntou a ela.

— Bem, seu caso está nos nossos arquivos, agora.

— Isso é *tudo*?

Ela olhou para ele com desdém.

— E quanto a impressões digitais? Eles encontraram impressões digitais?

— Ah, bem, impressões digitais são superestimadas — respondeu ela.

Em seguida disse-lhe para se cuidar (uma expressão que ele detestava; como se não estivesse se cuidando!), e ela e seu parceiro foram embora.

Durante o primeiro casamento de Liam, quando todos os seus amigos estavam tendo filhos, ele e Millie conheceram uma mulher que teve complicações terríveis no parto e ficou em coma durante várias semanas. Ela havia recobrado gradualmente a consciência, mas por um bom tempo não teve lembranças de todo o ano precedente. Ela sequer se lembrava de ter estado grávida. Ali estava aquele bebê, um menino adorável e tudo mais, porém o que ele tinha a ver com *ela*? Então um dia uma vizinha subiu os degraus de sua varanda e cantarolou: "Iu-hu!" Evidentemente, era a saudação que a vizinha costumava usar, pronunciada numa voz aguda de flauta com as vogais arredondadas do sotaque sulista. A mulher se levantou devagar da cadeira. Seus olhos se arregalaram, seus lábios se entreabriram. Como ela descreveu mais tarde, foi como se o "Iu-hu" de sua vizinha tivesse lhe dado um cordão ao qual ela conseguiu se segurar, e, quando puxou, outras memórias vieram junto — não apenas os "Iu-hus" prévios como também o fato de que aquela vizinha sempre levava tortas caseiras para as pessoas, e como ela sempre identificava as assadeiras das suas tortas com seu nome num pedaço de fita crepe, e como, na verdade, ela contribuíra com uma torta para o encontro final e comemorativo do curso preparatório para o parto que ambas tinham frequentado. Parto! E aos pouquinhos, ao longo dos dias subsequentes, mais lembranças voltaram, até a mulher se recordar de tudo.

Não seria maravilhoso se Liam encontrasse um cordão daqueles?

* * *

— Boa tarde, consultório do Dr. Morrow — disse a voz ao telefone.
Liam respondeu:
— Ah, alô. Verity? Estou telefonando em nome de Ishmael Cope. O Sr. Cope perdeu o cartão com a data de sua consulta, e me pediu que descobrisse quando deve voltar ao consultório.
— Cope — disse a recepcionista. Houve uma série de estalidos. — Cope. Cope. Ishmael Cope. Ele *não tem* nenhuma consulta marcada.
— Não tem?
— Ele disse que tinha?
— Bem, ah... bem, ele parecia achar que tinha.
— Mas ele esteve aqui há pouco — falou a recepcionista.
— Esteve? Ah, ele se enganou, então. Não tem problema.
— Em geral ele espera chegar mais perto da hora para marcar a consulta seguinte, considerando que só o vemos a cada três meses, mas, se preferir marcar alguma coisa para ele...
— Vou descobrir e telefono de volta. Obrigado.
Liam recolocou o fone no lugar.

Naquela noite, sua irmã chegou com uma panela de ferro fundido.
— Ensopado — anunciou ela, e passou por ele, entrando no apartamento e parando, de repente, para olhar ao redor. — Meu Deus!
Liam não sabia por quê. Todas as suas caixas estavam agora desfeitas e ele achava que o apartamento estava bastante decente. Mas:
— Sabe — disse ela —, só porque você vive sozinho não significa que precise viver miseravelmente.

— Mas não estou vivendo miseravelmente!

Ela se virou e o fuzilou com o olhar.

— E não pense que eu não sei o que você anda aprontando — disse ela. — Está tentando fazer isso até mesmo com as suas roupas.

— Fazer...?

— Você acha que, se tudo der certo, não vai ter que comprar mais roupas até morrer.

— Eu não acho nada disso — disse Liam. Embora fosse verdade que a ideia lhe havia passado pela cabeça uma ou duas vezes, apenas como possibilidade teórica. — O que há de errado com o que estou usando? — perguntou ele.

— Suas calças estão sem uma presilha do cinto e essa camisa é tão velha que está transparente.

Ele havia esperado que ninguém notasse.

Julia estava, como sempre, impecável. Vestia o que devia ter usado para ir trabalhar naquele dia: um terno azul-marinho sóbrio e sapatos de salto alto combinando. Era óbvio que ela e Liam eram parentes — Julia tinha o mesmo cabelo liso e grisalho, os mesmos olhos castanhos e era baixa como ele, embora tivesse, claro, os ossos menores —, mas ela nunca se permitira ganhar um quilo que fosse, e seu rosto ainda era definido e firme enquanto o de Liam se tornara um pouco rechonchudo. Além disso, seu modo de falar era muito mais decidido. (Isso talvez se devesse à sua profissão. Ela era advogada.) Falou, por exemplo:

— Vou ficar e comer com você. Imagino que não tenha planos. — E algo em seu tom sugeria que, se ele tivesse planos, naturalmente ia cancelá-los.

Ela caminhou para a cozinha, onde colocou a panela sobre o fogão e deixou uma sacola de compras feita de lona escorregar do ombro.

— Onde estão os talheres? — perguntou.

— Ah, hmm...

Nesse instante, Kitty se aproximou pelo corredor, vindo do quarto, claramente intimada pelo som das vozes.

— Tia Julia!

— Olá, Kitty. Trouxe um pouco de ensopado para o seu pai.

— Mas ele não come carne vermelha.

— Ele pode tirar a carne, então — disse Julia, ríspida. Estava abrindo gavetas; na terceira, encontrou os talheres. — Vai comer conosco?

— Ora, claro, acho que sim — disse Kitty, embora mais cedo tivesse avisado a Liam que não contasse com ela para o jantar. (Todas as suas três filhas pareciam atraídas pela companhia de Julia, talvez por ser tão rara.)

Kitty usava uma daquelas roupas que deixaram sua barriga de fora, e em seu umbigo ela de algum modo afixara um espelhinho redondo do tamanho de uma moeda. De onde Liam estava, parecia que havia um buraco na barriga dela. Era um efeito bem esquisito. Ele não parava de olhar para lá e piscar os olhos, mas Julia parecia impenetrável.

— Pegue — disse ela, entregando um punhado de talheres a Kitty. — Ponha a mesa, por favor.

Não havia dúvidas de que ela via todo tipo de apresentações na corte de justiça de família. Bateu com uma baguete numa tábua e voltou a remexer nas gavetas, presumivelmente em busca de uma serra de pão, embora Liam pudesse ter dito a ela que não a encontraria. Ela se contentou com uma faca serrilhada de cortar frutas.

— Imagino que esteja pesquisando alarmes contra roubo — observou ela.

— Não, na verdade não estou — disse ele.

— Isso é importante, Liam. Se você insiste em viver num lugar que não é seguro, deveria pelo menos tomar medidas para se proteger.

— A questão é que eu não acho que este lugar *não seja* seguro — declarou Liam. — Acho que o que aconteceu foi só um acidente.

Se eu não tivesse deixado a porta do pátio destrancada, e se algum sujeito drogado não tivesse vindo espiar pensando na possibilidade remota de conseguir entrar em algum lugar... Mas pelo menos pareço ter vizinhos que chamam a polícia, como pode perceber.

Ele havia conhecido os vizinhos naquela manhã — um casal corpulento, de meia-idade, dirigindo-se para o carro no momento em que ele jogava um saco de lixo na lata.

— Como está a sua cabeça? — perguntara-lhe o marido. — Somos os Hunstler. Fomos nós quem ligamos para a emergência.

Liam disse:

— Ah, prazer em conhecê-los. — Teve que se forçar a proceder de acordo com as etapas habituais (agradecer-lhes pela ajuda, dizer como estavam os ferimentos) antes de poder perguntar: — *Por que* exatamente vocês telefonaram? Isto é, o que ouviram? Por acaso me escutaram dizer alguma coisa?

— Bem, não, palavras não — disse o marido. — Foi mais um grito. Só um grito como "Aah!" ou "Ahn?", e Deb disse: "O que foi *isso*?" E eu olhei pela janela do nosso quarto e vi um cara fugir correndo. Meio como uma sombra mais escura no escuro, foi tudo o que pude ver. Acho que eu não ia ser grande coisa como testemunha se isso viesse a julgamento.

— Entendo.

— Mas era um sujeito de altura mediana; isso eu tenho como dizer. Um indivíduo de altura mediana.

— Hmm — disse Liam, mal prestando atenção, porque não lhe importava a altura do sujeito. Ele esperara ficar sabendo quais tinham sido as suas próprias palavras. Era *isso*? "Aah!" e "Ahn?". Com certeza, dissera mais coisas. Sentiu uma pontada de exasperação com os Hunstler.

Como disse Julia, colocando o prato com o pão em cima da mesa:

— É uma tolice confiar nos vizinhos.

— Bem, talvez você esteja certa. Vou pensar no alarme.

Mas ele sabia que não iria.

— E prenderam alguém? — perguntou ela, quando se sentaram.

— Não que eu tenha ficado sabendo.

— Alguma pista, pelo menos?

— Ninguém me falou nada.

— Eis o que *eu* acho — disse ela. — Acho que foi alguém deste condomínio.

— Um vizinho?

— Dá para perceber que este é o tipo de lugar onde moram pés-rapados. Apartamentos para alugar construídos de qualquer maneira, em frente a um shopping center. Imagine o tipo de gente que mora aqui.

— *Eu* moro aqui, por exemplo — afirmou Liam. Ele começou a passar manteiga numa fatia de pão. — E os Hunstler também.

— Quem são os Hunstler?

— Julia, isso não vem ao caso — disse Liam.

— *O que* vem ao caso, então? Você certamente quer que a justiça seja feita.

— É mais sobre mim — declarou ele. — Por que não consigo me lembrar do que aconteceu?

— E por que você iria querer?

— Todo mundo me pergunta isso! Você não entende.

— Não, evidentemente que não — disse Julia, e então se virou para Kitty. E, num óbvio tom de vamos-mudar-de-assunto, começou a lhe fazer perguntas sobre seus planos para a universidade.

O que, na verdade, não foi muito bem-sucedido. Kitty falou:

— Não tenho planos. Acabei de terminar o meu penúltimo ano na escola.

— Achei que estivesse no último ano.

— Não.

— Ela não deveria estar no último ano? — perguntou Julia a Liam.

— Não.

Julia se virou outra vez para Kitty.

— Mas mesmo assim você deve ter visitado algumas universidades — insistiu.

— Ainda não. Talvez eu nem vá para a universidade. Talvez eu decida viajar por algum tempo.

— Ah... Para onde você viajaria?

— Dizem que Buenos Aires é divertido.

Julia olhou perplexa para ela um momento. Depois sacudiu a cabeça e disse a Liam:

— Achei que ela estivesse no último ano.

— Isso mostra — disse Liam, alegre — o tipo de coisa que acontece quando você não mantém contato com a sua família.

— Eu mantenho contato!

Liam ergueu as sobrancelhas.

— Telefonei no sábado passado, quando você estava se mudando para cá!

— É mesmo — admitiu Liam.

— E trouxe este ensopado que você nem provou!

— Desculpe.

Era verdade; tudo o que ele tinha em seu prato era uma fatia de pão. Serviu-se de um pouco do ensopado. Havia pedaços de cenoura, batata e aipo junto com a carne — o bastante para uma refeição, se ele retirasse o molho.

— Seu pai foi chato para comer a vida toda — disse Julia a Kitty.

— Não se trata de ser chato, mas de ter perdido o hábito — argumentou Liam. — Se eu voltasse a comer carne agora, duvido que fosse ter enzimas para digeri-la.

— Está vendo o que eu quero dizer? — perguntou Julia a Kitty.

— Houve um período na infância dele em que não queria comer nada que não fosse branco. Macarrão, purê de batatas e arroz. Nossa mãe tinha que preparar para ele uma refeição separada.

Liam disse:

— Não me lembro disso.

— Bem, você era pequeno. E em outro período só queria comer com hashis. Durante um ano inteiro você insistiu em comer tudo, até mesmo sopa, com aqueles pauzinhos pontudos de marfim que voltaram com os pertences do tio Leonard depois que ele morreu na guerra.

— Pauzinhos?

— E você tinha que ouvir aquela velha gravação todas as noites antes de ir para a cama: "It's Been a Long, Long Time", da Kitty Kallen. Que fim levou Kitty Kallen? *"Kiss me once, kiss me twice"* — cantou Julia, numa voz de soprano inesperadamente bonita. — Foi como a nossa mãe ensinou você a nos dar um beijo de boa-noite. Você mandava beijinhos no ar. Um beijo à direita, um beijo à esquerda... um barulho alto, um sorrisão no rosto. Usando aqueles pijamas com pés e que abria no bumbum.

— Por que você sempre se lembra de muito mais coisa do que eu? — perguntou Liam.

— Porque você tinha 2 anos.

— Sim, mas você se lembra de tantos detalhes. E alguns são de quando eu tinha 10 ou 12 anos, quando, em tese, eu era um ser 100 por cento consciente; mas é tudo novidade para mim.

Embora se lembrar de tudo não fosse uma dádiva pura, ele notara. Sua irmã podia guardar rancor para sempre. Ela colecionava e polia ressentimentos como se fossem alguma espécie de passatempo. Fazia mais de meio século que não falava com o pai deles. (Ele os deixara para se casar com uma mulher mais jovem quando eram crianças.) Até mesmo quando sofreu um ataque cardíaco, há poucos anos, Julia se recusou a visitá-lo.

— Tomara que ele bata as botas — dissera ela —, e já vai tarde.

E ela insistia em usar o nome de solteira da mãe, embora sua mãe tivesse continuado a ser uma Pennywell até o dia de sua morte. Talvez por causa desse traço de seu temperamento continuasse solteira. Julia jamais namorara alguém a sério, até onde Liam sabia.

— Consigo vê-lo com a maior clareza — disse ela, em seguida. — Suas bochechinhas vermelhas, seus olhos brilhando. Seus dedinhos gordos atirando beijos. Não me diga que você não sabia como estava sendo fofo.

Havia um quê ácido em sua voz, mas mesmo assim Liam sentia inveja da clareza com que ela conseguia visualizar aquele quadro, pairando no ar sobre a mesa.

O escritório da Cope Development ficava na Bunker Street, perto da estação de trem, de acordo com a lista telefônica. Seria de se imaginar que Ishmael Cope tivesse se mudado para um endereço melhor — algum lugar perto de Harborplace, por exemplo. Mas os ricos eram assim, às vezes. Talvez fosse *por isso* que eram ricos.

Pouco antes do meio-dia, na sexta-feira, desobedecendo ordens médicas, Liam dirigiu até a Bunker Street. Quando chegou à Cope Development, parou junto ao meio-fio e desligou o carro. Esperara encontrar algum tipo de parque, ou pelo menos uma faixa de grama com um banco onde pudesse se sentar, mas estava claro que aquele não era esse tipo de bairro. Todos os prédios estavam espremidos juntos, as portas de madeira lascada, a tinta fosca e descascando, os tijolos se desmanchando como biscoitos. A empresa à direita da Cope Development vendia material para encanamento; à esquerda, havia uma missão para indigentes. (Era o que dizia a placa na janela. Será que os indigentes conheciam a palavra "indigentes"?) Com a exceção de uma velha corcunda arrastando uma sacola de compras com rodinhas atrás de si, não havia um único pedestre à vista. O plano original de Liam — misturar-se à multidão na calçada, seguindo, sem ser notado,

Ishmael Cope e sua assistente quando fossem a alguma cafeteria nas proximidades — agora parecia tolo.

Ele afundou atrás do volante, os braços cruzados sobre o peito, os olhos no prédio da Cope. Seu aspecto era tão desolado quanto o dos outros, mas a placa ao lado da porta era de metal, recém-polida. Por duas vezes a porta se abriu e pessoas saíram — um garoto com uma sacola de mensageiro, dois homens de terno. Em determinado momento, uma mulher se aproximou do prédio, vindo da direção da St. Paul Street, e parou, porém seguiu em frente depois de consultar um pedaço de papel que tirou da bolsa. O dia estava quente, abafado, encoberto, e Liam abriu a janela, mas mesmo assim começou a ficar desconfortável dentro do carro.

Ele não havia planejado o que faria depois que os seguisse na hora do almoço. Imaginara conseguir uma mesa ao lado da deles e, ah, só se infiltrar, por assim dizer. Juntar-se a ele. Tornar-se um membro.

Era bom que eles não tivessem aparecido, porque nunca teria dado certo.

Ainda assim, ele continuava esperando. Notou que, embora estivesse atento aguardando ver ambos, era com a assistente que queria falar. O Sr. Cope não tinha nada a lhe ensinar; Liam sabia tudo o que era necessário sobre esquecimento. A assistente, por outro lado... Inconscientemente, ele parecia atribuir à assistente habilidades profissionais especializadas, como se ela fosse uma psicóloga ou uma neurologista. Ou algo ainda mais misterioso: uma espécie de adivinha às avessas. Alguém que previa o passado.

Foi esse pensamento que fez com que ele finalmente caísse em si. Não pela primeira vez ele se perguntou se a pancada em sua cabeça teria de algum modo afetado sua sanidade. Sacudiu-se de leve; enxugou o rosto úmido na manga da camisa. Em seguida ligou o carro e, após uma última olhada para a porta (ainda fechada), juntou-se ao tráfego e foi para casa.

* * *

Barbara telefonou na manhã de sábado e disse que queria pegar Kitty.

— Vou passar para pegá-la dentro de meia hora — falou. — Em torno das dez, mais ou menos. Ela ainda está dormindo?

— Acho que sim.

— Bem, acorde-a e diga para arrumar as coisas. O meu dia está cheio, hoje.

— Está bem, Barbara. E como anda *você*? — indagou Liam, porque se sentia um tanto magoado por ela não ter perguntado sobre os seus ferimentos.

Mas ela disse apenas:

— Bem, obrigada. Tchau. — E desligou.

Ele lamentaria ver Kitty ir embora, em certo sentido. Ter outra pessoa por perto era estranhamente animador. E, ao contrário de suas duas irmãs, que pareciam adotar um tom ressentido sempre que falavam com ele, Kitty com frequência agia como se de fato gostasse de sua companhia.

Por outro lado, seria bom ter sua própria cama de volta. Ele se deu conta, quando enfiou a cabeça no quarto para acordá-la, de que o aposento já estava com o cheiro dela — vários cosméticos perfumados se misturando ao cheiro de roupa usada —, e por ali se espalhavam mais pertences do que poderiam caber naquela sacola, com certeza. Frascos e jarros cobriam a cômoda; camisetas se amontoavam no chão; cabos pendiam das tomadas. A cama em si estava coberta de revistas brilhantes. Ele não entendia como ela conseguia dormir daquele jeito.

— Kitty, sua mãe vai estar aqui em meia hora. Vem para levar você para casa.

Kitty era só um diáfano emaranhado de cabelo sobre o travesseiro, mas disse "Mmf" e se virou, de modo que ele pensou ser seguro deixá-la.

Serviu o café da manhã: pães torrados e (contra seus princípios) a Coca Diet de que ela sempre alegava precisar para fazê-la engrenar. Para si, Liam fez café. Estava começando a segunda xícara, sentado à mesa observando os pães esfriarem, quando ela emergiu do quarto. Ainda estava de pijama, e um vinco descia por uma das bochechas, e o cabelo apontava em todas as direções.

— Que horas são? — perguntou ela, puxando a cadeira.

— Quase dez. Você já arrumou suas coisas?

— Não — disse ela. — Escuta, alguém por acaso me avisou de alguma coisa? De repente me arrancam da cama e me dizem que estou sendo expulsa.

— Acho que é o único horário em que a sua mãe pode vir — disse Liam. Serviu-se de um pão. — Ela disse que tinha um dia cheio, hoje.

— Então ela não podia me informar com antecedência? Talvez me perguntar se era conveniente?

Kitty abriu a Coca Diet e bebeu um gole. Depois ficou olhando mal-humorada para a lata.

— Não sei por que ela quer que eu volte. Não estamos nos dando nem um pouco bem.

— Ora, todo mundo tem seus altos e baixos.

— Ela é toda cheia de regras. Tudo tem que ser sempre certinho. Se eu me atrasar meio minuto, uau, fico de castigo para sempre.

— Imagino — disse Liam, escolhendo com muito cuidado as palavras — que ela fosse ficar menos preocupada com tudo isso agora que tem um... namorado, foi o que você disse?

— Howie — disse Kitty. — Howie, o basset.

— Basset?!

— Ele tem uns olhos caídos, deste jeito — disse Kitty, e puxou as pálpebras inferiores com os indicadores até o interior cor-de-rosa aparecer.

Liam disse "He-he" e ficou esperando para ouvir mais, no entanto Kitty apenas estendeu o braço para pegar a manteiga.

— Então você acha que... é sério, entre eles? — perguntou Liam, por fim.

— Como é que eu vou saber?

— Ah!

— Eles vão juntos a esses filmes no Charles onde todo o pessoal cult vai.

— Entendo.

- Ele tem uma indigestão permanente e não pode comer absolutamente nada.

Liam fez "Tsc". E então, depois de uma pausa, disse:

— Deve ser difícil para a sua mãe. Ela adora cozinhar.

Kitty deu de ombros.

Era o primeiro namorado de que Liam ouvia falar desde que Madigan havia morrido — o segundo marido de Barbara. Ele morrera de um derrame havia vários anos. Liam sempre vira Madigan como algo temporário, uma imitação, um mero marido *substituto*; mas na verdade ele ficara casado com Barbara durante mais tempo do que o próprio Liam, e tinha sido ele quem ocupara o posto de pai da noiva no casamento de Louise. (Tudo exceto a entrada na igreja em si; isso eles haviam muito generosamente concedido a Liam.) No enterro de Madigan, as meninas tinham derramado mais lágrimas do que jamais derramariam por Liam, ele podia apostar.

— Só fico grato por sua avó Pennywell não ter vivido para ver sua mãe se casar com Madigan — comentou com Kitty. — Isso a teria arrasado.

— Ahn?

— Ela gostava muito da sua mãe. Sempre teve esperanças de que fôssemos nos reconciliar.

Kitty lhe lançou um olhar de tamanha perplexidade e espanto que ele disse, às pressas:

— Mas de toda forma... Você não devia estar arrumando as suas coisas?

— Tenho tempo — disse Kitty. E embora a campainha tivesse soado no instante seguinte, ela continuou lambendo a manteiga de cada um dos dedos sem pressa, como se fosse um gato.

Antes que ele pudesse chegar à porta, Barbara entrou. Usava uma espécie de roupa de sábado — calça esporte larga e desalinhada e uma camiseta. (Sem dúvida, ela teria se vestido de outro modo para como-é-mesmo-o-nome-dele. Para Howie.) Trazia um recipiente de plástico tampado e um saco de celofane com pãezinhos.

— Como está a cabeça? — indagou ela, entrando com passos largos.

— Ninguém parece mais perguntar sobre isso — disse ele, tristemente.

— Acabei de perguntar, Liam.

— Bem, está melhor. Pelo menos não dói. Mas ainda não consigo me lembrar do que aconteceu.

— Quando você tira os pontos?

— Na segunda — respondeu ele. Ficou desapontado por ela ignorar a referência à sua memória ruim. — Espero que talvez, quando eu estiver dormindo de novo na minha cama, a memória volte. O que você acha?

— Talvez — disse Barbara, ausente. Estava colocando o recipiente na geladeira. — Isto é sopa de legumes caseira para o seu almoço. Onde está Kitty?

— Deve estar arrumando as coisas dela. Obrigado pela sopa.

— De nada.

— Adivinhe o que Julia trouxe: ensopado.

— Rá! — exclamou Barbara. Mas dava para ver que ela não estava interessada. Perguntou: — Até que horas Kitty ficou na rua, à noite?

Liam não teve tempo de responder (não que ele fosse capaz de fazê-lo, pois em geral estava profundamente adormecido quando Kitty chegava em casa) antes que a filha gritasse, do quarto:

— Eu ouvi isso!

— Só estava me perguntando — falou Barbara.

— Então por que não pergunta *a mim*? — questionou Kitty. Apareceu no corredor, lutando com o peso da sacola, que estava abarrotada e aberta, cheia demais para ela conseguir fechar o zíper. — Típico — disse a Liam. — Ela está sempre fazendo as coisas pelas minhas costas. Não confia em mim.

Liam disse:

— Ah, veja, tenho certeza de que não...

— É isso mesmo, não confio em você — afirmou Barbara. — Quem foi que mudou o horário do relógio no meu quarto aquela vez?

— Isso foi há meses!

— Ela se esgueirou para dentro do meu quarto antes de sair e atrasou meu relógio em uma hora — explicou Barbara a Liam. — Acho que ela pensou que eu não ia notar quando fosse para a cama. Acordaria no meio da noite, olharia para o relógio e acharia que ainda não estava na hora de ela voltar.

Liam falou:

— Mas com certeza...

— Ah, por que você sempre, sempre fica do lado dela e contra mim? — perguntou Barbara.

— Quando foi que fiquei contra você?

— Você nem mesmo sabe o que aconteceu! E embarca por completo!

— Tudo o que eu disse foi...

— Você tem uma sacola de supermercado? — perguntou-lhe Kitty. — Estou com coisas demais.

Pela maneira como ela falou, parecia que Liam era de algum modo culpado por aquilo. Na verdade, ele sentia que as duas o culpavam. Foi até o armário da cozinha, tirou uma sacola de papel e entregou a ela em silêncio.

Assim que Kitty saiu, ele se virou para Barbara e falou:

— Vamos nos sentar?

— Estou com muita pressa — disse Barbara.

Mas o acompanhou até a sala de estar e se sentou na cadeira de balanço. Ele se sentou em frente a ela. Entrelaçou os dedos e sorriu.

— Então! — falou ele. Em seguida, depois de uma pausa: — Você está bonita.

Ela estava, roupa de sábado ou não. Tinha aquela pele clara e limpa que aparecia melhor sem maquiagem, e suas mãos entrelaçadas de modo sereno — as unhas curtas e sem qualquer tipo de esmalte — lhe pareceram descansadas. Reconfortantes. Ele continuou sorrindo para ela, mas a mente de Barbara estava em outro lugar. Ela disse:

— Estou ficando velha demais para isso.

— Perdão?

— Para lidar com garotas adolescentes.

— Bem, sim, você *está* um pouco velha.

Isso fez com que Barbara desse uma curta risada, mas ele só estava falando a verdade. (Ela tivera Kitty aos 45 anos.)

— Não foi tão ruim com Louise — disse ela. — Diga o que quiser sobre essa coisa de ser uma cristã renascida; pelo menos fez dela uma adolescente fácil. E Xanthe eu nem conto. Ela foi uma garota tão *boa*.

Graças aos céus por isso, pensou Liam, pois Xanthe não era filha dela. Como ele teria se sentido culpado se Xanthe tivesse dado trabalho a Barbara! Mas ela havia sido tão dócil — uma menina de 3 anos tranquila e obediente quando Barbara a conheceu. Ele a levara ao trabalho certa manhã em que a creche não abriu, e as duas tinham se entendido de cara. Barbara não ficara toda alvoroçada com ela nem usara aquela voz aguda e artificial que outras mulheres usavam quando queriam que Xanthe demonstrasse algum nível especial de entusiasmo. Ela parecia compreender que aquela criança tinha uma natureza mais quieta. E já sabia disso a respeito de Liam. Certamente sabia que *ele* era quieto.

Então por que ela queria mais do que isso depois que se casaram? Por que lhe dava estocadas, e o arrastou para terapia de casal, e, por fim, acabou desistindo dele?

As mulheres tinham esse elemento traiçoeiro, Liam descobrira. Entravam na sua vida usando disfarces e depois mudavam as regras. Por baixo de tudo aquilo, Barbara acabara se mostrando ser exatamente igual a todas as outras.

Hoje, por exemplo. Olhe só para ela sentada na cadeira de balanço dele. Embora ela tivesse começado tão calma — as mãos entrelaçadas sobre o colo —, foi ficando mais inquieta a cada minuto. Primeiro pegou um exemplar da *Philosophy Now* no chão e examinou a capa. Depois a colocou de volta no lugar e olhou ao redor, para a sala, franzindo o cenho de um jeito que Liam começou a ficar na defensiva. Sentou-se mais aprumado. Ela voltou a encará-lo e disse:

— Liam, eu me pergunto se você não estaria um pouco deprimido.

— Por que diabos você diz isso?

Por que ela achava que tinha o *direito* de dizer isso, era o que ele queria dizer. Mas ela não entendeu a pergunta. Falou:

— Porque você está estreitando tanto o seu mundo. Não notou? Está ocupando um espaço cada vez menor. Não tem mais uma cozinha separada nem uma lareira nem uma janela com vista. Você parece estar... se recolhendo.

Por sorte, Kitty entrou na sala nesse exato momento. Trazia não apenas a sacola de supermercado, mas também uma fronha cheia de roupas — a fronha da cama de Liam, que ela não tinha perdido permissão para levar.

— Pegue aqui — disse ela à mãe, colocando a fronha no colo de Barbara. Depois se abaixou para pegar sua bolsa.

— O que é isto *tudo*? — indagou Barbara, enquanto se levantava com esforço. — Como é que você acabou com tanta coisa?

— Não é minha culpa! Foi você quem me mandou para cá!

— Eu lhe disse para trazer o armário inteiro? De onde veio tudo isto?

— Tive que comprar umas coisinhas a mais — disse Kitty.

— O quê? Com que dinheiro? — inquiriu Barbara.

Enquanto isso, elas se arrastavam até a porta, carregadas de coisas, gritando uma com a outra como dois gaios. Liam as acompanhou até lá fora, aliviado. Depois que se foram, ele voltou à sua poltrona e afundou nela. O silêncio era tão profundo que quase ecoava. Ele estava sozinho outra vez.

Na manhã de segunda-feira os pontos foram retirados. Uma faixa de penugem fina e grisalha escondia a cicatriz, agora. Ele foi ao barbeiro no dia seguinte e cortou o cabelo ainda mais curto do que o habitual, e depois disso a faixa ficou quase imperceptível.

Na palma da mão, os pontos deixaram pregas na pele. Transformaram o sulco mais profundo numa espécie de franzido. Ele se perguntou se seria permanente. Ficou sentado em sua cadeira de balanço olhando para a palma durante intermináveis minutos.

Tinha tempo demais a preencher; era essa a verdade. Durante um breve período a confusão da mudança o distraíra — organizar e reorganizar livros, percorrer três lojas diferentes de artigos para cozinha em busca do exato abridor de latas instalado na parede com o qual estava acostumado no antigo apartamento. Mas isso não podia durar para sempre. E, sem aulas para dar durante o verão, agora, sem trabalhos para corrigir, sem meninos de 10 anos desesperados diante das dificuldades de soletrar adequadamente bem, ele tinha que encarar a realidade: estava entediado. Só podia ficar sentado lendo durante algumas horas. Só podia fazer algumas caminhadas. Claro que sempre podia escutar música clássica no seu rádio-relógio, mas parecia-lhe que a estação tocava sempre as mesmas músicas, e a maioria delas era como as que tocavam no circo. Além disso, ficar sentado, apenas, olhando para a frente com as mãos descansando sobre os joelhos não era o suficiente para passar o dia.

Ninguém telefonava para saber como ele estava. Nem Barbara, nem sua irmã, nem qualquer uma de suas filhas. Liam achara que ele e Kitty tinham se dado tão bem, mas ela não lhe procurara mais.

O hospital lhe mandou a conta dos gastos não cobertos pelo plano de saúde. Cobraram-lhe o aluguel de um telefone no quarto, e ele pôde gastar um bocado considerável de uma manhã telefonando para reclamar com a contabilidade.

— Não que eu não *quisesse* um telefone no meu quarto — declarou. — É claro que pedi um telefone. Não tinha como entrar em contato com a minha família e lhes dizer onde estava. Todos ficaram desnecessariamente preocupados.

A mulher do outro lado da linha deixava que um silêncio se instalasse após cada uma das afirmativas dele. Liam esperava que ela estivesse anotando suas palavras, mas suspeitava que não.

— Alô? — disse ele. — A senhora está aí?

Outro silêncio. Em seguida:

— Ahã.

— Além disso — falou ele —, nesta conta constam três dias: 10, 11 e 12 de junho. Mas eu estava inconsciente no dia 10! Como eles acham que eu poderia ter pedido um telefone se estava inconsciente?

— Uma visita pode ter pedido — argumentou ela, após mais uma pausa.

— Não recebi nenhuma visita.

— Como o senhor sabe, se estava inconsciente?

A última observação veio rápida, sem qualquer pausa, triunfante. Ele suspirou. Disse:

— Acho que nem cheguei a ir para o quarto no dia 10. Acho que ainda estava na UTI. E enquanto isso minha família estava completamente no escuro, se perguntando o que teria acontecido comigo.

Quase parecia verdade. Ele imaginou parentes pela cidade inteira torcendo as mãos e consultando a polícia.

Mas a mulher na contabilidade não ficou impressionada. Disse a ele que telefonaria mais tarde. Seu tom de voz deixava subentendido que aquilo não viria em primeiro lugar na agenda de ninguém.

À noite ele dormiu pouco, sem dúvida porque não estava cansado. Sentia-se incomodado com o suave cheiro do xampu de Kitty, mesmo tendo trocado os lençóis, e a TV de um vizinho estava tão alta que ruídos percussivos faziam uma parede vibrar. Quando por fim adormeceu, teve sonhos que o deixaram exaurido — narrativas complicadas que ele tinha de se esforçar para acompanhar. Sonhou que era um farmacêutico aconselhando uma cliente sobre seus remédios, mas, enquanto falava, ele involuntariamente e de um modo distraído tomou cada um de seus comprimidos. Sonhou que conduzia uma policial por seu apartamento — não a mulher que o visitara na vida real, mas uma outra, velha e ranzinza —, e enquanto estavam no quarto ouviram um som vindo da janela. "Veja!", disse Liam. "Não disse?" Ele ficou satisfeito, porque no sonho parecia haver alguma suspeita de que tinha inventado o invasor. Então ele acordou, e por um instante pensou que o som vindo da janela havia sido real. Seu coração pareceu parar; ele sentiu um frio súbito, embora fosse uma noite quente. Mas quase imediatamente compreendeu que imaginara tudo. Os únicos sons eram o *mip-mip* das rãs, a TV do vizinho, o ruído distante do tráfego na Beltway. Ficou surpreso por se sentir tão aterrorizado. Por que deveria ter medo? Todo mundo morre em algum momento. Na verdade, ele estava quase *aguardando* morrer. Mas evidentemente seu corpo tinha outras ideias.

As batidas de seu coração voltaram ao normal e o frio diminuiu, e ele se sentiu um pouco desapontado. Não seria de se imaginar que aquele lampejo de alarme fosse despertar a sua memória?

Ele não tinha a menor ideia de quando a Cope Development abria pela manhã, então foi para o centro da cidade bem cedo — logo depois das oito. Uma van ocupava a vaga onde ele estacionara na véspera. Ele parou atrás da van, em frente à Missão para Indigentes. Desligou o motor, abaixou o vidro da janela e se preparou para esperar.

Alguns minutos depois, uma mulher se aproximou, vindo da outra direção, remexendo numa bolsa vermelha enquanto andava. Tirou um molho de chaves e subiu os degraus da frente, destrancou a porta e desapareceu lá dentro. Mas ninguém mais a seguiu. Talvez aquela mulher fosse a responsável pelo escritório, ou quem o abria de manhã, ou algo do tipo. A calçada continuava vazia. Liam começou a ficar profunda e enlouquecedoramente entediado. Sentia uma dor oca na garganta, de tanto reprimir bocejos. Seu rosto ficou pegajoso de suor.

Então, por volta das nove da manhã, as pessoas começaram a chegar — jovens de terno e mulheres de todas as idades em grupos de duas ou três, conversando enquanto entravam no prédio, rindo e cutucando umas às outras. Liam sentiu uma pontada de nostalgia pela camaradagem fácil das pessoas que trabalhavam juntas.

Um homem de macacão passou pelo carro de Liam, subiu na van estacionada e foi embora. Logo em seguida, como se estivesse combinado com antecedência, um Corolla verde e sujo parou na vaga. Uma mulher desceu do banco do motorista: a rememoradora. Usava uma outra saia grande e modesta, ou talvez fosse a mesma, pelo que Liam recordava, e seus cachos pareciam molhados agora, devido à umidade do ar. Deu a volta por trás do carro, tão perto que ele pôde ouvir o ruído pesado de suas sandálias no asfalto. Ela abriu a porta do carona, e o Sr. Cope saiu de seu assento e se levantou. Ele tinha aquela habilidade dos idosos de permanecer fresco mesmo num clima sufocante. Seu rosto encovado estava seco e pálido; seu colarinho alto e branco e seu terno justo ainda estavam lisos.

A rememoradora, por outro lado, tinha um aspecto amarrotado e desconfortável. Sob a luz ofuscante do sol, ela não parecia tão jovem quanto Liam pensara no início. Tampouco profissional. De algum modo, as alças de sua bolsa haviam ficado enroladas quando ela tentou fechar a porta do carro, e enquanto guiava o Sr. Cope pelos degraus da entrada ela conseguiu tropeçar na bainha da própria saia. O elástico da cintura desceu perigosamente de um dos lados; ela o levantou de novo com um puxão e deu uma rápida olhada ao redor, por sorte não parecendo notar Liam em seu carro. Então colocou a mão por baixo do cotovelo do Sr. Cope e o guiou para o interior do prédio. A porta se fechou atrás deles.

Não estava claro para Liam o que esperava lucrar com essa visão. Ligou o motor, fechou a janela e dirigiu para casa.

Por volta do fim de junho ele telefonou para Bundy e o convidou para jantar numa noite em que a noiva do amigo tinha aula de ioga. Planejou um menu de verdade; isso lhe dava algo para fazer. Foi ao supermercado fazer compras e assou um frango. Estava quente demais para frango assado, mas ele não sabia cozinhar muitas outras coisas além daquilo. E Bundy ficou grato, afinal sua noiva o alimentava com uma dieta regular de comida pronta Lean Cuisine.

Liam não conseguia explicar por que ele e Bundy eram amigos. Certamente não era por nada que *ele* tivesse feito. Mas, desde o dia em que haviam se conhecido, numa reunião de professores em St. Dyfrig num mês de setembro, Bundy parecera ver Liam com um misto de fascinação e... bem, *júbilo* seria a palavra correta. E Liam, quase contra a sua vontade, se viu tentando corresponder. Conduzindo Bundy pelo apartamento naquela noite, por exemplo, ele abriu o closet para mostrar seu novo porta-gravatas.

— Um pequeno raio separado para cada gravata! E veja como gira para permitir acesso fácil.

Bundy se balançou nos calcanhares, sorrindo.

Quando ficou claro que o ar-condicionado do apartamento não tinha condições de compensar o calor do forno, eles levaram a comida para o pátio. Sentaram-se no pequenino quadrado de concreto em duas cadeiras de lona apodrecida deixadas para trás pelo ocupante anterior e comeram com bandejas improvisadas feitas com várias folhas de jornal dobradas sobre os joelhos.

Bundy sacudiu a cabeça ao saber do invasor. Disse:

— Ah, cara. Você agora está na periferia! — Mas mostrou menos simpatia pelo lapso de memória de Liam. — Droga! — exclamou. — Isso acontece comigo quase todo final de semana. Não é grande coisa.

Então começou a fofocar sobre St. Dyfrig: a última bobagem do diretor, a última discussão com algum pai teimoso. Ele conhecia todos os antigos alunos de Liam e sabia o que a maioria andava fazendo, pois era o encarregado pelo programa de verão da escola. Brucie Winston havia sido pego vendendo drogas, o que era um certo dilema, considerando que seus pais tinham acabado de doar, sozinhos, a verba para a construção do novo auditório. Lewis Bent estava fracassando no curso de recuperação de matemática e falavam sobre fazê-lo repetir o ano. Liam nunca havia gostado muito de Brucie Winston, mas Lewis era outra história. Estalou a língua e falou:

— Puxa, mas que pena.

Ele se perguntou se havia algo que devia ter feito de modo diferente quando Lewis era seu aluno.

Ao terminarem a sobremesa (sorvete de pistache) e chegar a hora de Bundy ir embora, Liam o conduziu de volta pelo apartamento, deixando descuidadamente a porta do pátio aberta atrás deles. No momento em que estava dizendo boa-noite a Bundy, ele teve a consciência aguda daquela porta destrancada às suas costas.

— Claro, de nada; volte sempre que quiser — disse ele, quase empurrando Bundy para fora.

Mas não foi exatamente ansiedade o que o fez voltar correndo até o pátio; foi uma espécie de atração magnética, uma atração meio culpada e irresistível. Mas foi à toa, na verdade. Ninguém estava tentando entrar.

Naquela noite, ele sonhou que acordava com a sensação de que alguém estava de pé junto à sua cama. Sonhou que ficava deitado completamente imóvel, enroscado de lado, fingindo dormir. Podia ouvir uma respiração suave e regular. Podia sentir uma lâmina finíssima de aço frio de leve contra seu pescoço. Então a lâmina foi erguida e o golpe fatal foi desfechado.

Quem teria imaginado que um assassino experimentaria a lâmina primeiro, daquele jeito? Era como colocar um cutelo sobre uma peça de carne antes de erguê-lo para cortar, pensou Liam. O horror dessa imagem fez seus olhos se arregalarem no escuro. Seu coração batia com tanta força que fazia seu pijama farfalhar.

5

Havia uma vaga em frente à Missão para Indigentes, mas Liam não parou ali. Seguiu com seu carro, passando pela Cope Development e pela Curtis Material para Encanamentos, virou à direita na esquina e estacionou diante de um parquímetro na metade do quarteirão seguinte. Quando saiu do carro, percebeu que não tinha moedas de 25 centavos — as únicas que o parquímetro aceitava —, mas decidiu arriscar.

Caminhou de volta até a Bunker Street, virou à esquerda e diminuiu o passo até quase parar. Ainda não eram nove da manhã e o sol já estava desconfortavelmente quente em sua cabeça e nuca. Ele parou perto de um hidrante e dobrou com esmero as mangas da camisa, alisando cada dobra com atenção. Dois homens de terno passaram por ele. Liam ficou observando, mas eles não viraram na entrada da Cope Development.

Observou o grafite pintado na base do hidrante: *BLAST*, num branco brilhante, com uma estrela desenhada de qualquer jeito antes e depois. Ele examinou a palavra de perto, franzindo a testa, como se estivesse ponderando o seu significado. *Blast* — explosão, rajada. Uma mulher passou caminhando rápido com um som de chaves retinindo, ou talvez fossem joias. Ela tinha um passo determinado e confiante. Na Cope Development, deu uma volta ágil, subiu os degraus e desapareceu lá dentro.

Um Corolla verde se aproximou, vindo do outro lado do quarteirão, parou logo depois da missão e deu ré até a vaga que havia ali.

Liam abandonou o hidrante. Endireitou-se e continuou a caminhar na direção da Cope Development.

O estilo infeliz da assistente estava se tornando familiar a ele. Até mesmo à distância Liam reconheceu a saia longa demais (hoje em alguma estamparia ao estilo bandana, em vermelho e azul), que fazia com que ela parecesse estar andando de joelhos enquanto dava a volta no carro, e a blusa sem mangas que subiu e expôs um volume de barriga nua quando ela se curvou a fim de ajudar Ishmael Cope a sair do banco do carona. Liam estava perto o suficiente para ouvir o estalo inconclusivo que a porta do carro fez quando ela a empurrou desajeitadamente com o quadril. Ele ouviu os tapinhas das mãos de Ishmael Cope, que eram como caranguejos, conferindo todos os bolsos do terno antes de segurar o braço que ela oferecia.

Liam apertou o passo.

Encontraram-se diante do prédio da Cope. A assistente se preparava para ajudar o homem a subir lentamente os degraus. Liam saudou:

— Ora! Sr. Cope!

Os dois se viraram e o fitaram, com expressões quase comicamente similares de desorientação e preocupação.

— Mas que curioso encontrá-lo! — falou Liam. — Sou Liam Pennywell. Se lembra?

Ishmael Cope disse:

— Hmm...

Ele se virou para a assistente, que no mesmo instante corou inteira — um tom de vermelho-escuro e mosqueado começando no pronunciado decote em V da blusa e subindo até as bochechas redondas.

— Nós nos conhecemos na festa — continuou Liam. — Em benefício do diabetes juvenil; se lembra? Tivemos uma longa conversa. O senhor sugeriu que eu passasse por aqui em algum momento e fizesse uma entrevista para um emprego.

A partir da reação deles — não mais de confusão, mas de choque completo —, Liam percebeu no mesmo instante que havia cometido um erro. Talvez Ishmael Cope já não tivesse mais nada a ver com a contratação de empregados. Ora, claro que não tinha. Liam amaldiçoou sua própria burrice. Ishmael Cope repetiu:

— Um *emprego*?

— Bem, ah, isto é...

— Eu ia *contratar* alguém?

Ishmael Cope e sua assistente trocaram um olhar. Certamente um trapaceiro, deviam estar pensando. Ou não, talvez não; pois, em seguida, o Sr. Cope falou, num tom reflexivo:

— Prometi um emprego a alguém!

Então era isso o que aquele olhar significara. Um sintoma inteiramente novo, mais avançado do que qualquer outro que tivessem visto antes.

Tudo o que Liam queria agora era desmentir o que dissera. Nunca desejara afligir aquele homem. Na verdade, não sabia ao certo *o que* desejara, além de ganhar alguns momentos de conversa com a assistente. Disse:

— Ah, não, não foi uma promessa de verdade. Foi mais... — Ele se virou para a assistente, esperando que ela pudesse de algum modo salvá-lo. — Talvez eu tenha entendido mal — disse-lhe. — Devo ter entendido mal. Tenho certeza de que foi o que aconteceu. Sabem como são as coisas nesses jantares: taças batendo, música tocando, todo mundo falando ao mesmo tempo...

— Ah, às vezes as pessoas não conseguem ouvir a si mesmas pensando — comentou ela.

Aquela voz baixa, clara, uniforme — a voz que tinha murmurado "Verity" na sala de espera do Dr. Morrow — fez com que Liam se sentisse reconfortado, embora ele não soubesse dizer exatamente por quê. Abriu para ela seu maior sorriso.

— Desculpe — disse ele —, não me lembro do *seu* nome.
— Eu não estava lá.
— Ah! Desculpe.

Ele sabia que devia estar parecendo um tolo, com todas aquelas desculpas. Estava fazendo tudo errado.

— É só que... — continuou ele — desconfio tanto da minha memória hoje em dia; sempre ajo supondo que conheço as pessoas, quando não conheço. — Sua risada soou falsa, pelo menos aos próprios ouvidos. — Tenho a pior memória do mundo — comentou ele com Ishmael Cope.

O que foi um golpe de gênio, pensando bem. Sem planejar, ele chegara ao assunto mais provável de conquistar a simpatia do sujeito.

Mas Ishmael Cope interveio:

— Isso deve ser difícil. E o senhor também não parece tão velho assim.

— Não sou. Tenho 60 anos.

— Só 60? Então não há desculpa.

Aquilo estava ficando incômodo. Liam deu uma olhada na direção da assistente. Ela fitava o Sr. Cope com um olhar divertido.

— Ora, ora... — falou ela, de modo indulgente, e em seguida dirigiu-se a Liam: — Ouvindo o Sr. C. falar, nunca imaginaríamos que *todos nós* esquecemos alguma coisa de tempos em tempos.

— O truque é exercitar a mente — disse Ishmael Cope a Liam. — Faça palavras cruzadas. Quebra-cabeças.

— Tenho que tentar isso — respondeu Liam.

Ele estava desenvolvendo uma aversão ativa pelo homem. Mas lançou à assistente um outro sorriso largo e disse:

— Não queria segurá-los aqui.

— Sobre a entrevista... — disse ela. Lançou um olhar incerto para Ishmael Cope.

Mas Liam a interrompeu:

— Ah, não, não, na verdade não é importante. Está tudo bem. Não preciso de emprego. Não *quero* um emprego. Eu só estava, vocês sabem...

Ele se afastava enquanto falava, recuando na direção da qual acabara de vir.

— Foi bom ver vocês — disse ele. — Desculpem por... Até logo.

Ele se virou e foi embora às pressas.

Idiota.

O tráfego estava começando a se intensificar agora, e mais pedestres salpicavam a calçada, todos correndo na direção de seus escritórios com pastas e jornais dobrados. Ele era o único de mãos vazias. Todo mundo parecia ter que chegar a algum lugar. Ele diminuiu o passo e examinou cada prédio pelo qual passava com uma expressão atenta e concentrada, como se estivesse procurando por um endereço específico.

O que diabos havia esperado daquele encontro, afinal? Mesmo que as coisas tivessem acontecido conforme desejara — se ele e a assistente tivessem começado uma conversa paralela, se ela tivesse admitido com franqueza a natureza de seu papel —, como isso o teria ajudado? Ela não ia largar tudo e passar a ser a *sua* rememoradora. De todo modo, ela não podia ajudá-lo a recobrar uma experiência que não tinha presenciado. E de que adiantaria, se *pudesse* recobrá-la?

Ele estava mesmo perdendo a cabeça, pensou.

Quando chegou ao carro, viu que tinha sido multado. Ah, droga. Arrancou a multa do para-brisa e franziu os olhos para o papel. Vinte e sete dólares. Por nada.

— Com licença? — chamou alguém.

Ele ergueu os olhos. A assistente caminhava apressada em sua direção, o rosto corado e sem fôlego, segurando a bolsa com as mãos junto ao peito rechonchudo.

— Com licença, eu só queria agradecer — disse ela, quando chegou diante dele.

— Agradecer pelo quê?
— Foi gentil da sua parte ser tão compreensivo agora há pouco. Outra pessoa poderia ter... insistido. Poderia tê-lo pressionado.
— Ah, tudo bem — disse ele; palavras sem significado.
— Sr... Pennyworth?
— Pennywell. Liam.
— Liam. Sou Eunice, a assistente do Sr. Cope. Liam, não tenho condições de explicar, mas... acho que você deve ter se dado conta de que o Sr. C. não é o encarregado das contratações.
— Compreendo perfeitamente — falou ele. — Não pense mais nisso.

Se ele fosse do tipo cruel, teria fingido não entender. Ele a teria obrigado a dizer tudo. Mas ela parecia tão ansiosa, com a testa franzida e os óculos imensos escorregando pelo nariz brilhante; Liam não tinha coragem de lhe causar mais desconforto. Disse:
— Eu estava sendo sincero quando falei que não precisava de um emprego. Não preciso mesmo. De verdade.

Ela o fitou durante um tempo tão longo que ele se perguntou se não o teria ouvido mal. E teve certeza disso quando ela lhe disse, por fim:
— Você é um homem muito gentil, Liam.
— Não, não, eu...
— Onde é que você está trabalhando?
— Neste momento? Bem, neste momento, hmm...

Ela estendeu a mão e a colocou por um breve momento em seu braço.
— Desculpe. Por favor, esqueça que perguntei isso — disse ela.
— Ah, não é um *segredo*. Eu dava aulas para o quinto ano. A escola está diminuindo as turmas no momento, mas está tudo bem. Eu talvez me aposente, de todo modo.

Ela disse:
— Liam, você gostaria de tomar um café?
— Ah!

— Em algum lugar aqui perto?

— Eu adoraria, mas... você não tem que trabalhar?

— Já terminei o trabalho — replicou ela.

— Já?

— Bem, pelo menos durante... — Ela verificou o relógio, um objeto grandalhão e desajeitado, com uma pulseira de couro ainda mais grossa do que as tiras de sua sandália. — Pelo menos durante uma hora ou duas — completou ela. — Só tenho que estar lá para as transições.

— Transições — repetiu Liam.

— Levar o Sr. C. de um lugar a outro. Até as dez da manhã ele vai ficar no escritório, lendo o *Wall Street Journal*.

— Entendo.

Liam fez silêncio para que ela desenvolvesse o assunto, mas não o fez. Em vez disso, falou:

— O PeeWee's é legal.

— Perdão?

— Para um café. O PeeWee's Café.

— Ah, está bem — concordou Liam. — Dá para ir a pé daqui?

— É logo depois da esquina.

Ele olhou para a multa que segurava. Então se virou e a colocou de novo embaixo do limpador de para-brisa.

— Vamos, então — disse a ela.

Não conseguia acreditar na sua sorte. Enquanto subiam a rua, teve que ficar reprimindo um amplo sorriso.

Embora Liam a tivesse agora só para si, o que ia perguntar? Nada lhe ocorria. O que queria era esticar o braço e tocá-la — mesmo que só a sua saia, como se ela fosse uma espécie de talismã. Mas, em vez disso, enterrou as mãos nos bolsos da calça, tomando cuidado para não roçá-la nela enquanto andavam.

— As contratações e as demissões na Cope são feitas por um homem chamado McPherson — informou-lhe Eunice. — Infelizmente, não o conheço bem.

— Ah, não tem problema — disse Liam.
— Eu mesma fui contratada pela *Sra.* Cope.
Aquilo estava ficando mais interessante. Liam disse:
— E por quê?
— Ah, é uma longa história, mas o que estou querendo dizer é que nunca lidei muito com o Departamento Pessoal.
— Como a Sra. Cope encontrou você? — perguntou Liam.
— Ela é amiga da minha mãe.
— Ah!
Ele aguardou. Eunice caminhava ao seu lado num silêncio sociável. A esta altura já havia parado de abraçar a bolsa, que pendia de seu ombro com um leve chocalhar, como se estivesse cheia de bolinhas de pingue-pongue.
— As duas jogam bridge juntas — explicou Eunice. — Então... você sabe.
Não, ele não sabia. Olhou para ela com expectativa.
— Não imagino que *você* jogue bridge — falou Eunice.
— Não.
— Ah!
— O quê? — perguntou ele. — Se eu jogasse, você me colocaria numa partida com a Sra. Cope?
Ele estava brincando, mas ela pareceu considerar a pergunta seriamente antes de dizer:
— Não, eu não acho que isso seja muito prático. Bem, de volta ao Sr. McPherson, então.
Liam estava com as palavras na ponta da língua para lhe recordar de que não estava à procura de emprego. Contudo, como a procura de emprego parecia ser sua atração principal, ele ficou em silêncio.
Aquele quarteirão era ainda mais sujo e dilapidado do que a Bunker Street. A maioria das casas geminadas estava vedada com tábuas, e o lixo se acumulava nas sarjetas. O café, quando chegaram lá, não tinha nem mesmo um letreiro de verdade — só

PeeWeEs escrito de qualquer jeito com cal e letras inclinadas na janela, acima de um raquítico abacateiro tentando crescer numa lata de suco de toranja no peitoril. Liam jamais teria ousado entrar num lugar como aquele sozinho, mas Eunice abriu sem hesitação a frouxa porta de tela verde. Ele a seguiu até uma salinha na frente — visivelmente uma sala de visitas outrora, com um dramático papel de parede preto e dourado e piso de linóleo desbotado, cor-de-rosa, pintado para parecer um carpete felpudo. Três mesas descombinadas praticamente lotavam o lugar. Através de uma porta que abria para os fundos, Liam ouviu o bater de panelas e água correndo.

— Olá! — chamou Eunice, puxando a cadeira mais próxima e se deixando cair nela.

Liam se sentou diante dela. Sua cadeira parecia ter saído de uma sala de aula — com aquela mistura familiar de madeira clara e aço pintado de marrom —, mas a de Eunice era parte de um conjunto de jantar, forrada de vinil amarelo brilhante.

— Quer comer alguma coisa? — perguntou Eunice.

— Não, obrigado — respondeu ele, dirigindo-se, no último minuto, à mulher grandalhona de roupão que havia aparecido na porta dos fundos da casa. — Só café, por favor.

— Eu vou querer um café e um Tastykake — pediu Eunice.

— Huh — disse a mulher, e desapareceu outra vez.

Eunice sorriu para a mulher. Ou ela se sentia admiravelmente à vontade em qualquer lugar ou sofria de uma falta completa de discriminação; Liam não conseguia concluir qual das duas opções era a verdade.

Ele se curvou para a frente em sua cadeira assim que se viram sozinhos. (Tinha que aproveitar ao máximo aquela oportunidade.) Tentando soar casual, perguntou:

— Por que só precisam de você para as transições?

— Ah, bem — falou Eunice, de modo vago. — Sou uma espécie de... facilitadora. Uma espécie de, sei lá, uma facilitadora *social*, talvez você pudesse dizer.

— Lembra os compromissos do Sr. Cope e coisas do gênero.
— Bem, sim.

Ela pegou um cinzeiro. Fazia anos que Liam não via um cinzeiro numa mesa. Aquele ali era um triângulo de plástico preto com as palavras *Flagg Family Crab House, Ocean City, Maryland* estampadas em branco na borda. Eunice o virou de cabeça para baixo e examinou o fundo.

— Nossa, *eu* bem que gostaria de uma ajuda para me lembrar — disse Liam. — Sobretudo quando se trata de nomes. Se eu estiver, por exemplo, andando pela rua e encontrar alguém que conheço, e tiver que fazer, de repente, as apresentações... bem, estou perdido. Os nomes das pessoas simplesmente desaparecem da minha cabeça.

— Você já esteve envolvido com alguma liderança na comunidade? — perguntou Eunice.

— Perdão?

— Por exemplo, ter que explicar um projeto ou alguma coisa assim numa reunião?

A mulher grandalhona reapareceu nesse momento, arrastando chinelos de borracha no piso de linóleo e carregando uma bandeja. Colocou sobre a mesa dois copos de isopor com café e uma fatia de bolo amarelo embrulhado em papel celofane.

— Obrigado — agradeceu Liam. Esperou até que ela fosse embora para dizer a Eunice: — Não, eu não gosto de falar em público.

— Só estou tentando pensar que qualidades devíamos destacar em sua candidatura.

— Ah, bem, eu...

— Você *falou* diante de suas turmas durante todos esses anos.

— De alguma forma, não *é* a mesma coisa.

— Mas imagine que houvesse uma reunião de pessoas se opondo a alguma coisa. E pedissem que você falasse explicando a eles por que estavam errados. Acho que você seria bom nisso!

Quando ela começou a falar desse jeito, ele entendeu por que a havia a princípio confundido com uma mulher muito mais jovem. Ela se inclinava na direção dele com empolgação, segurando o copo de isopor com as mãos, sem se dar conta de que a alça do sutiã tinha escorregado pelo braço esquerdo. (Seu sutiã devia ser um daqueles itens de algodão sem frescuras, pespontado em círculos, em tamanho GG. Ele conseguia perceber o contorno através da blusa dela.) Desviou o olhar para o próprio café. A julgar pelas bolhas na superfície, ele se perguntou se não seria instantâneo.

— Só não sou uma pessoa muito pública — disse Liam.

— Se pudéssemos destacar a questão da sala de aula... digamos, salientando as suas habilidades de persuasão. Todos os professores têm habilidades de persuasão!

— Você acha mesmo? — questionou ele, evasivo. E, em seguida: — Me diga, Eunice. Faz muito tempo que você trabalha para o Sr. Cope?

— O quê? Ah, não. Só uns poucos meses.

Ela se recostou na cadeira e começou a desembrulhar o bolo. Ele aproveitou a oportunidade.

— Gosto da sua atitude para com ele.

— O que você quer dizer com isso?

— Quero dizer que é prestativa, mas respeitosa. Não lhe rouba sua dignidade.

— Bem, isso não é tão difícil. — Ela deu uma mordida no bolo.

— Não para você, obviamente. Você deve ter jeito para isso.

Ela deu de ombros.

— Quer ouvir uma coisa engraçada? — perguntou a ele depois que engoliu. — Sou formada em biologia.

— Biologia!

— Mas não conseguia encontrar um emprego na área. Estive quase sempre desempregada. Meus pais acham que sou um fracasso.

— Bem, eles estão errados — disse Liam. Sentiu uma espécie de onda lhe subindo à cabeça. Não se sentia tão forte assim fazia anos. — Meu Deus, você é o exato oposto do fracasso! Se soubesse qual é a impressão que causa, tão eficiente e discreta!

Eunice pareceu surpresa.

— Pelo menos — acrescentou ele, apressado —, foi a impressão que eu tive quando a vi diante do prédio da Cope.

Ela disse:

— Ora, obrigada, Liam.

— Não tem de quê.

— Eu realmente me dedico a esse emprego. Nem todo mundo nota isso.

— Isso é porque o seu objetivo é fazer parecer que ele *não* exige tanto.

— Ah, você tem razão!

Ele deu um gole no café e fez uma careta. Sim, instantâneo, sem dúvida, e além disso mal chegava a estar morno.

— Não me refiro só a nomes — disse ele. — Quando digo que gostaria de uma ajuda para me lembrar... — Olhou para ela de relance. — O fato é que um ladrão me deu uma pancada na cabeça faz umas semanas. Desde então, parece que estou sofrendo de um pouco de amnésia.

— Amnésia! — exclamou ela. — Você esqueceu sua identidade?

— Não, não é nada tão extremo assim. É só que esqueci a experiência de ter levado uma pancada. Não tenho memória disso.

Ele esperou que ela perguntasse, como todo mundo fazia, por que ele haveria de *querer* se lembrar daquilo, mas ela só estalou a língua.

— Acho que eu devia me sentir grato — disse ele. — Melhor eu ter me esquecido, não? Mas não é assim que me sinto.

— Ora, é claro que não — concordou ela. — Você quer saber o que aconteceu.

— Sim, porém é mais do que isso. Mesmo que alguém pudesse me dizer o que aconteceu, mesmo que me contassem todos os detalhes, eu ainda sentiria... Não sei...

— Ainda sentiria que alguma coisa estava faltando — concluiu Eunice.

— Exatamente.

— Algo que você viveu e deveria *lhe* pertencer agora, não apenas a alguém que conta o que houve. Mas não pertence.

— É exatamente isso!

Ele estava grato por ouvir aquilo posto em palavras. Sentiu uma onda súbita de afeto por ela — até mesmo pela alça errante do sutiã e o olhar que era como um par de faróis dianteiros por trás dos grandes óculos.

— Eunice — falou ele, pensativo.

Ela parou no meio do processo de lamber um pouco de cobertura do bolo de um dos dedos.

— Na verdade — disse ele —, a pronúncia deveria ser Eu-*nái*-que. É assim que os gregos diriam.

— Eu-*niss* já é ruim o bastante — opinou ela. — Sempre detestei o meu nome.

— Ah, é um belo nome. Significa "vitoriosa".

Ela colocou o bolo sobre a mesa. Endireitou as costas.

— Então... — falou. — Bem, me diga, sua... esposa é professora também?

— Esposa? Não sou casado. Os romanos teriam dito "Eu-*nái*-ce". Mas entendo que isso não funcionaria em inglês.

— Liam? — chamou Eunice. — Eu estava falando sério quando disse que você devia se candidatar a um emprego.

— Ah! Na verdade, estou com 60 anos...

— Eles não podem ter objeções quanto a isso! Discriminação de idade é ilegal.

— Sim, mas o que eu quis dizer foi que...

— É com o *curriculum* que você está preocupado? Posso ajudá-lo. Sou muito boa com isso — disse ela, e deu uma risadinha.
— Certamente tive muita prática.
— Bem, na verdade...
— Podíamos nos reunir e preparar um, depois que eu sair do trabalho. Eu poderia ir até a sua casa.
— Apartamento — corrigiu ele, sem planejar.
— Eu poderia ir até o seu apartamento.

Ela entraria em seu gabinete e veria a porta do pátio por onde o ladrão entrara. "Hmm", refletiria, em voz alta. Ia se virar e examinar o rosto de Liam, inclinando a cabeça enquanto avaliava a situação. "Pela minha experiência", diria, "uma memória que é associada a um trauma...". Ou: "Uma memória que é impressa em alguém acordado de um sono profundo..."

Ah, não seja absurdo. Ela era apenas uma secretária enobrecida, trabalhando num emprego inventado que sua mãe implorara a uma amiga.

Mas, no mesmo instante em que pensava nisso, Liam dizia:
— Bem, se você tem certeza de que pode dispor desse tempo...
— Tenho todo o tempo do mundo! Saio às cinco horas hoje. Tome — disse ela, e pegou o fundo da bolsa e a virou de cabeça para baixo em cima da mesa. Uma carteira, um frasco de comprimidos e pedaços de papel caíram. Ela escolheu um dos pedaços de papel, uma folha pautada arrancada de um bloco de notas, e a empurrou para ele. *Leite, pasta de dentes, fertilizante para as plantas,* ele leu. — Escreva seu endereço — ordenou ela. — É algum lugar que eu consiga encontrar?
— É logo subindo a Charles, perto da Beltway.
— Perfeito! Escreva seu telefone também. Droga, onde está a minha caneta?
— Eu tenho uma caneta.
— Olá? Olá? — gritou ela.

Liam ficou alarmado, até se dar conta de que ela estava chamando a garçonete.

— Pode trazer a nossa conta? — perguntou ela, quando a mulher apareceu.

Sem dizer uma palavra, a garçonete enfiou a mão no bolso do roupão e entregou um pedaço de papel que parecia tão pouco oficial quanto a folha do bloco de Eunice. Liam falou:

— Por favor, me deixe pagar.

— Eu nem pensaria nisso — declarou Eunice.

— Não, de verdade, eu insisto.

— Liam! — exclamou ela, e franziu a testa de brincadeira. — Não quero mais tocar nesse assunto. Você pode me pagar um café quando arranjar emprego.

Liam olhou para a garçonete e viu que ela franzia a testa para ele também, mas com uma expressão de completo desprezo. Ele se abaixou curvado sobre a folha de bloco e escreveu o endereço.

Não havia a menor possibilidade de que fosse trabalhar para a Cope Development, mesmo que eles se equivocassem o suficiente para lhe oferecer um emprego. E era gentil da parte de Eunice querer ajudá-lo, claro; ela era mesmo um tanto... desafortunada. Pessoas como Eunice na verdade nunca conseguiram descobrir como progredir no mundo. Podiam ser perfeitamente inteligentes, mas estavam sujeitas a manchas no corpo e rubores; suas bolsas pareciam cestos de lixo; elas pisavam nas próprias saias.

Na verdade, Eunice era a única pessoa de que ele se lembrava que correspondia a tal descrição. Ainda assim, havia algo de familiar nela.

Liam ia lhe telefonar na Cope Development e cancelar o encontro. "Não posso trabalhar aí!", diria ele. "Não conseguiria me ajustar. Obrigado, de todo modo."

Mas quando pegou o telefone percebeu que não sabia o sobrenome dela. Não era, claro, um problema intransponível. Quantas Eunice eles deveriam ter na folha de pagamento? Mas ele detestava imaginar como aquilo soaria: "Posso falar com Eunice?" Tão pouco profissional.

"Aqui é Liam Pennywell procurando a assistente do Sr. Cope. Eunice, acho que é o nome dela."

Iam tomá-lo por alguém que a estivesse perseguindo.

Não telefonou.

Embora, em parte, ele soubesse muito bem como essa desculpa era fraca.

Depois do almoço — um sanduíche de manteiga de amendoim —, ele aspirou o apartamento, tirou o pó de todos os móveis e preparou um jarro de chá gelado. Viu-se falando em silêncio com Eunice enquanto trabalhava. De algum modo, ele progrediu de "A verdade é que não faço o tipo do mercado imobiliário" para "Essa questão da amnésia está me incomodando muito, talvez você possa me entender". Imaginou-a fazendo que sim de um modo sábio e prático, dando a entender que aquela síndrome era algo que conhecia bem. "Vamos rever isso por um momento, que tal?", ela talvez dissesse. Ou: "Várias vezes, quando o Sr. C. se esquece, aprendi que ajuda se..." Ajuda se o quê? Liam não conseguia inventar um fim para aquela frase.

Ocorreu-lhe que o que ele queria dela não era tanto recobrar a ocasião do assalto quanto entender por que a esquecera. Queria que ela dissesse: "*Ah*, sim. Já vi isso antes; não é novidade. Outras pessoas têm esses buracos em suas vidas."

Verdade, muitos médicos já disseram isso, mas era diferente. Por que era diferente? Não sabia explicar. Algo espreitava na beirada da sua mente, mas ele não conseguia penetrar nesse algo.

Sentou-se em sua cadeira de balanço e ficou ali, a mente vazia, as mãos largadas sobre as coxas. Muito tempo antes, quando era jovem, ele costumava imaginar a velhice desta maneira: um homem numa cadeira de balanço, sem fazer nada. Lera em algum lugar que os velhos podiam se sentar em suas cadeiras de balanço e observar as memórias passarem como filmes, interminavelmente divertidas; mas até o momento isso não lhe havia acontecido. Ele estava começando a achar que nunca aconteceria.

Estava contente por não ter cancelado a visita de Eunice.

Ela apareceu pouco antes das seis horas — mais tarde do que ele imaginara; estava começando a se sentir um pouco inquieto. Chegou trazendo um saco de frango frito de um lugar que vendia comida para viagem.

— Achei que podíamos jantar enquanto trabalhávamos. Espero que você não tenha preparado nada.

— Ora... não, não preparei.

Frango frito tendia a lhe fazer mal ao estômago, mas tinha de admitir que o cheiro era delicioso. Pegou o saco que ela trazia e o colocou sobre a mesa, supondo que comeriam mais tarde. Eunice, contudo, rumou diretamente para a cozinha.

— Pratos? Talheres? — perguntou ela.

— Ah, hmm, os pratos estão no armário à sua esquerda.

Ela remexeu nos armários e nas gavetas enquanto Liam tirava um maço de guardanapos do saco.

— Trouxe para você alguns materiais descrevendo a empresa — exclamou ela por cima do ombro. — Só para você se informar sobre o local onde está se candidatando a um emprego.

Liam disse:

— Ah, a empresa. Bem. Andei pensando. Não tenho certeza de que a empresa e eu seríamos uma boa combinação.

— Não tem certeza?!

Ela parou a meio caminho da mesa, segurando um punhado de pratos e talheres.

— Acho que, no meu coração, ainda sou um professor — explicou ele.

— Ah, mudanças são sempre difíceis.

Ele fez que sim.

— Mas se você apenas tentasse; se apenas tentasse para ver se gostaria... — Ela colocou os pratos na mesa e começou a distribuí-los. — Tem algum refrigerante?

— Não, só chá gelado — disse Liam. — Espere. Acho que minha filha deixou umas latas de Coca Diet.

— Não sabia que você tinha uma filha! — falou Eunice. Pareceu desproporcionalmente surpresa, como se soubesse tudo mais sobre ele.

— Tenho três, na verdade — disse Liam.

— Então o que você é? Divorciado? Viúvo?

— Ambos — respondeu Liam. — O que você prefere?

Eunice falou:

— Como?

Parecia estar tendo um de seus acessos de rubor.

— Chá gelado ou Coca Diet?

— Ah! Coca Diet, por favor.

Liam encontrou uma lata atrás do leite e a levou para a mesa, junto ao jarro de chá para si.

— Minha geladeira tem um compartimento na porta para se tirar gelo. Quer um pouco para a sua Coca?

— Não, obrigada, vou beber direto da lata.

Ela colocava pedaços de frango numa travessa. Havia biscoitos salgados também, ele viu, mas nenhum legume. Considerou preparar uma salada, mas decidiu que não; ia gastar tempo demais. Sentou-se em seu lugar habitual. Eunice se acomodou na cadeira à sua esquerda. Alisou um guardanapo sobre o colo e olhou ao redor.

— É um belo apartamento — comentou.

— Obrigado. Ainda não me sinto completamente instalado.

— Você acabou de se mudar?

— Faz algumas semanas.

Ele pegou uma coxa da travessa e a pôs em seu prato. Eunice escolheu uma asa.

— O assalto aconteceu na minha primeira noite aqui. Fui dormir perfeitamente bem e acordei no hospital.

— Isso é terrível. Você não teve vontade de se mudar no mesmo instante?

— Bem, foi mais uma questão de... Eu estava mais preocupado em me lembrar do que havia acontecido. Senti como se tivesse saltado uma vala. Esse lapso de tempo que pulei por completo. Detesto essa sensação! Detesto me esquecer!

— É como o Sr. C. — declarou Eunice.

— Ah! — disse Liam, e ficou bastante alerta.

— Você não vai contar uma palavra disso, vai?

— Não, não!

— O que faço pelo Sr. C. é mais ou menos como se eu fosse o HD externo dele.

Liam piscou.

— Mas isso *não pode sair de dentro destas quatro paredes* — afirmou Eunice. — Você tem que prometer.

— Sim, é claro, mas...

— A Sra. C. estava preocupadíssima, foi o que ela disse à minha mãe.

— Então... desculpe, você está dizendo...

— Mas esqueça que mencionei isso, está bem? Vamos mudar de assunto.

— Está bem... — disse Liam.

— Como você pode ser divorciado e viúvo? — perguntou ela.

Ele tentou colocar suas ideias em ordem. Disse:

— O divórcio foi a segunda esposa. A primeira morreu.

— Ah, eu sinto muito.

— Bem, isso faz muito tempo — disse Liam. — Não penso mais nela.

Eunice começou a desmanchar sua asa de frango com as pontas dos dedos, colocando pedacinhos de carne na boca enquanto mantinha os olhos nos dele. Ele não queria que ela perguntasse do que Millie havia morrido. Podia ver a pergunta se formando em sua mente, então se apressou em dizer:

— Dois casamentos! Não soa nada bem, não é mesmo? Fico sempre envergonhado em contar às pessoas.

— Meu bisavô teve três — observou Eunice.

— Três! Bem, eu nunca iria *tão* longe assim. Há alguma coisa... exagerada em três casamentos. Caricatural. Sem ofensas ao seu bisavô.

— Isso foi nos velhos tempos. Suas duas primeiras esposas morreram no parto.

— Ah, então foi isso.

— Como foi que...?

— Ora! — exclamou Liam, a voz alta, batendo as mãos na mesa. — Não temos legumes! O que eu estou fazendo? Vou preparar uma salada para a gente.

— Não, realmente, eu não preciso de salada.

— Vamos ver — disse ele, pulando da cadeira e indo até a geladeira. — Alface? Tomates? Hmm, a alface parece um pouco...

Ele voltou com um saco de cenourinhas.

— Sabia que há um mercado na York Road chamado Greenish Grocery? — perguntou ele ao se sentar. — "Mercado meio verde." Já passei por lá de carro. Sempre imagino que tenham alface com as beiradas marrons, rabanetes murchos, brócolis amarelando... Tome, sirva-se.

O mês anterior, na verdade, marcara o 32º aniversário da morte de Millie. Em geral ele não teria se lembrado, mas estava escrevendo a data num cheque e por acaso reparou. Cinco de junho.

Trinta e dois anos; meu Deus! Ela mal completara 24 quando morreu. Se o visse hoje ia pensar: "Quem é aquele velho?"

— Sei que essas cenouras não são cenouras em miniatura, na verdade — contou ele a Eunice. — Têm o tamanho normal, mas foram desbastadas por máquinas até ficarem pequeninas.

— Não tem problema — falou Eunice, e colocou a única cenoura que havia escolhido em seu prato. Para alguém tão rechonchuda, ela parecia ter um paladar cheio de caprichos. — Bem, eu ainda não falei com o Sr. McPherson.

— McPherson. Ah! Na Cope.

— Achei que primeiro você poderia lhe escrever uma carta de apresentação, e eu então passaria na sala dele e acrescentaria umas palavras de recomendação.

— Sim, mas... — começou a dizer Liam.

Ele foi interrompido pelo som da porta da frente se abrindo. Talvez andasse mais tenso do que pensava, pois seu coração deu um pulo repentino. Alguém chamou:

— Papi?

Kitty entrou cambaleando com sua sacola e uma grande bolsa de lona. Ainda usava o uniforme de trabalho — a túnica cor-de-rosa de poliéster da qual sempre se queixava. Seu rímel ou o que quer que fosse tinha borrado, então ela parecia ter dois olhos pretos.

— Ah! — exclamou ela ao ver Eunice.

Liam falou:

— Eunice, esta é Kitty, minha filha. Kitty, esta é Eunice, hmm...

— Dunstead — completou Eunice. Ela estava sentada quase com lordose agora, as mãos entrelaçadas sob o queixo. Parecia um pouquinho com um esquilo. — Que ótimo conhecer você, Kitty.

— Oi — disse Kitty, sem expressão. Em seguida, virou-se para Liam. — Cheguei ao fim da linha, sinceramente. Não fico debaixo do teto daquela mulher nem mais um minuto.

— Bem, por que não come um pedaço de frango? — ofereceu Liam. — Eunice gentilmente trouxe...

— Em primeiro lugar, tenho 17 anos. *Não sou* uma criança. Em segundo, sempre fui uma pessoa muito razoável. Você não acha que eu sou razoável?

— Quer que eu vá embora? — perguntou Eunice a Liam.

Ela falou com uma voz baixa e urgente, como se torcesse para Kitty não escutar. Liam olhou para ela de esguelha. Na verdade, no mesmo instante quis que ela fosse embora. Aquilo não estava se desenvolvendo do jeito como ele imaginara; tornava-se complicado; ele se sentia exausto e distraído. Mas disse:

— *Ah,* não, por favor, não sinta que precisa...

— Acho que deveria — disse ela, e se levantou, ou se levantou parcialmente, observando o rosto dele.

Liam falou:

— Bem, se você tem certeza.

Ela se levantou e pegou a bolsa. Kitty continuava:

— Mas *certas* pessoas simplesmente enfiam esses preconceitos na cabeça e não há como convencê-las. "Eu conheço *você*", dizem, "não confio em você até onde..."

— Desculpe — disse Liam a Eunice enquanto a acompanhava até a porta.

— Não tem problema — disse ela. — Sempre podemos nos encontrar num outro momento. Ligo para você amanhã, que tal? Enquanto isso, você pode dar uma olhada no material que eu trouxe. Já entreguei a você? O que foi que fiz com ele?

Ela parou de andar e espiou dentro da bolsa.

— Ah! Aqui está — disse ela, e tirou dali várias folhas de papel dobradas de qualquer jeito, formando um maço.

Liam as aceitou, mas em seguida falou:

— Na verdade, Eunice... sabe? Acho que não vou me candidatar a um emprego lá.

Ela o fitou. Liam deu mais um passo na direção da porta, com a intenção de apressá-la, mas ela continuou parada. (Ele nunca ia conseguir se livrar dela.) Eunice perguntou:

— Você está dizendo isso só porque o Sr. C. se esqueceu de que o havia conhecido?

— O quê? Não!

— Porque não significa *nada* ele ter esquecido. Nada mesmo.

— Sim, eu compreendo. Eu só...

— Mas não vamos entrar em detalhes — disse ela, e olhou de relance na direção de Kitty. — Telefono de manhã, está bem?

— Certo — concordou ele.

Certo. Ele lidaria com aquilo pela manhã.

— Tchau e até a próxima, Kitty! — exclamou.

— Tchau.

Liam abriu a porta para Eunice, mas não a acompanhou até a saída. Ficou parado observando-a atravessar o saguão. Na porta de fora ela se virou para acenar, e ele ergueu o maço de papéis e a cumprimentou com a cabeça.

Ao voltar para a sala, encontrou Kitty sentada à mesa, segurando um peito de frango com as mãos e mastigando com grande velocidade. Ela perguntou:

— Você por acaso pretende ir a um caixa automático em breve?

— Não tinha planejado.

— Porque gastei meu último dólar no táxi.

— Você veio de táxi?

— O que você acha, que eu trouxe tudo isto de ônibus?

— Não pensei no assunto, acho — disse ele, e desabou outra vez em sua cadeira.

Kitty colocou o peito de frango sobre a mesa e limpou as mãos num guardanapo de papel. O guardanapo se transformou em fiapos engordurados.

— Aquela mulher é mais nova do que Xanthe — comentou.

— Sim, você provavelmente tem razão.

— Ela é jovem demais para *você*.

— Para mim! Ah, céus, ela não tem nada a ver comigo!

Kitty ergueu as sobrancelhas.

— Acha que não? — perguntou-lhe.

— Deus do céu, não! Ela veio me ajudar com o meu currículo.

— Ela veio porque está caída por você, e se vê isso a um quilômetro de distância.

— O quê?!

Kitty o espiava em silêncio enquanto pegava uma cenoura do saco.

— Que ideia — falou Liam.

Ele não sabia o que o chocava mais: a ideia em si ou a sensação profunda e lenta de prazer admirado que começou a surgir em seu peito.

6

Agora ele via que Eunice tinha certas atrações sutis. Em sua aparência, por exemplo, havia qualidades que poderiam não ser óbvias à primeira vista: a maciez cremosa e acolchoada de sua pele, a seda clara e opaca de sua boca sem batom, seus olhos límpidos emoldurados por longos cílios castanhos. A covinha em cada uma das bochechas recordava aquela formação precisa que se constitui no centro de um redemoinho. Seu nariz, que era mais redondo do que pontudo, acrescentava um toque de extravagância.

E não era sua ocasional falta de graça um sinal de personalidade? Como uma professora distraída, ela se concentrava no que era intangível. Estava ocupada demais com assuntos mais importantes para reparar no meramente físico.

Ela também mostrava uma espécie de capacidade de confiar que raramente era vista em adultos. O modo como tinha corrido atrás dele na rua e se atirado dentro de seus problemas, e não pensara que havia nada de errado em ir sozinha ao seu apartamento... Pensando retrospectivamente, Liam achou aquilo comovente.

Fazia anos que ele não tinha qualquer tipo de vida afetiva. Havia mais ou menos desistido desse tipo de coisa, ao que parecia. Mas agora se lembrava do significado que um caso amoroso podia conferir aos momentos mais comuns. As atividades mais simples ganhavam cor e intensidade extra. Os dias tinham um propósito — um elemento de surpresa, até. Sentia falta disso.

Liam se levantou cedo na manhã seguinte após uma noite inquieta. Kitty ainda estava dormindo no gabinete. (Nisso ele havia insistido: não perderia seu quarto uma segunda vez.) Primeiro se contentou em fazer uma barulhada no café da manhã, mas, como ela ainda não tinha aparecido às sete e meia, bateu de leve em sua porta.

— Kitty? — chamou. Abriu a porta alguns centímetros e espiou lá dentro. — Você não tinha que se levantar?

O cobertor no sofá-cama se moveu, e Kitty levantou a cabeça.

— Para quê? — perguntou ela.

— Para o trabalho, é claro.

— O quê?! Hoje é 4 de julho.

— É?

Liam pensou por um momento.

— Isso significa que tem folga?

— Ora, *dã*.

— Ah!

— O plano era poder dormir o quanto quisesses.

— Desculpe.

Fechou a porta.

Quatro de julho! Então, bem, e quanto a Eunice? Será que ela telefonaria mesmo assim? E será que Kitty ia ficar por ali a manhã inteira?

Ele se serviu de outra xícara de café, embora isso fosse deixá-lo nervoso. Na verdade, talvez já estivesse nervoso, porque, quando o telefone tocou, ele chegou a pular. O café foi sacudido em sua xícara. Liam pegou o fone e disse:

— Alô?

— Liam?

— Ah, Barbara.

— Kitty está com você?

— Ora, está sim.

— Você poderia ter pensado em me dizer — falou ela. — Acordei hoje de manhã e olhei no quarto dela: nada de Kitty. E a cama não estava desfeita.

— Desculpe; achei que você sabia. Deduzi que vocês duas tinham tido uma discussão.

— Tivemos uma discussão, sim, e ela correu para o quarto e bateu a porta. Em seguida precisei sair, e passava da meia-noite quando voltei para casa, então imaginei que ela estava na cama.

Em outra ocasião, Liam talvez tivesse perguntado o que a fizera ficar fora até tão tarde. (Não que ela fosse necessariamente se dignar a responder.) Mas ele queria deixar a linha telefônica livre, então disse:

— Mas ela está aqui e está bem.

— Por quanto tempo ela vai ficar? — perguntou Barbara.

— Não vai ficar, até onde eu sei, mas por que você não pergunta isso *a ela*? Peço para ela ligar quando acordar.

— Liam, você não está em condições de ficar com uma adolescente em sua casa — declarou Barbara.

— Que Deus não permita; eu não pensaria em ficar... Condições? — perguntou ele. — Em que condições eu estou?

— Você é um homem. E não tem experiência, afinal nunca se envolveu com a vida das suas filhas.

— Como você pode dizer isso? — perguntou Liam. — Eu *criei* uma das minhas filhas, inteiramente sozinho.

— Você não a criou nem mesmo até que soubesse andar sozinha. E não foi nem de longe inteiramente sozinho.

Uma onda de emoções o percorreu — uma combinação de sentimentos feridos, frustração e derrota bastante familiar no casamento deles. Disse:

— Vou ter que desligar. Tchau.

— Espere! Liam, não desligue. Espere um minuto. Ela contou sobre o que nós discutimos?

— Não — declarou ele. — Sobre o que vocês discutiram?

— Não tenho a menor ideia! Esse é o problema. Nós duas estamos nos distanciando, e não entendo por quê. Ah, nós costumávamos nos dar tão bem! Lembra que menininha doce Kitty era?

Liam mal conhecera Kitty quando ela era uma menininha, para ser honesto. Ela havia sido uma daquelas tentativas desesperadas — um bebê para salvar o relacionamento, nascido tarde em suas vidas, só que *não* salvara o casamento (surpresa!), e um ano depois ele se tornara um visitante em sua própria família. E um visitante não muito frequente, também — menos ainda com Kitty, considerando que ela era tão nova.

Bem. Não fazia sentido voltar ao passado.

Ele disse a Barbara:

— Ela vai ficar bem, não se preocupe. É apenas uma fase pela qual passam.

— Ah, sim, eu sei — falou Barbara, num longo suspiro. — Sei que é. Obrigada, Liam. Peça para ela me ligar, por favor.

— Vou pedir.

Ele desligou e olhou para o relógio. Eram quase oito horas. Por que não tinha informado a Eunice na véspera que acordava cedo? Ela poderia ter lhe telefonado uma hora antes.

Ele tirou as coisas do café da manhã e encheu a lava-louça, tomando cuidado para fazer silêncio agora, uma vez que, se Kitty não ia trabalhar, preferia que ela continuasse dormindo. Mas, enquanto passava esponja no balcão, a porta do gabinete se abriu e ela saiu trôpega de lá, bocejando e remexendo no cabelo. Usava calça de pijama e o que parecia a Liam ser um sutiã, embora tivesse esperanças de que fosse um daqueles tops de corrida. Hoje em dia era difícil distinguir um do outro.

— E agora? — perguntou ela. — Estou acordada e ainda são oito da manhã.

— Não tem planos?

— Não.

— Nada com Damian?

— Damian está em Rhode Island. É o casamento da prima dele.

— Bem, sua mãe quer que você telefone para ela. Eu não tinha me dado conta de que você não falou a ela onde estaria.

— Você não acha que ela ia deduzir? — indagou Kitty. Abriu a geladeira e ficou olhando para seu interior por um bom tempo. Liam detestava quando ela fazia isso. Podia praticamente sentir os dólares passando por Kitty e desaparecendo. Mas não disse nada, porque queria lidar com ela melhor do que Barbara. Em algum momento, Kitty pegou a embalagem de leite e fechou a porta. — Eu acho que mamãe está pirando — disse a Liam. — Talvez seja a mudança de vida.

— Mudança de vida! Será que isso já não passou?

Kitty deu de ombros e pegou uma caixa de cereal no armário.

— Acho que a menopausa vem no final dos 40. Ou aos 50, talvez.

— Ah, *menopausa*; claro. Estou falando de mudança de vida.

— O quê?

Uma expressão indefinida passou pelo rosto de Kitty.

— Será que estou me referindo à crise da meia-idade? — perguntou ela.

— Só se você espera que ela viva 120 anos.

— Bem, *sei lá*; só sinto que ela está agindo como louca. Cada coisa mínima que eu faço é "Kitty, pare com isso" e "Kitty, você está de castigo" e "Kitty, quantas vezes vou ter que dizer?". Demência senil; talvez seja isso que eu esteja querendo dizer.

— Você acha que isso tem a ver com o namorado dela? — perguntou Liam. — Como é mesmo o nome dele?

Kitty deu de ombros outra vez e se sentou à mesa.

— E, aliás, como vai essa história? — indagou Liam.

As chances de que Kitty fosse responder eram mínimas, mas não custava tentar. Antes que ela pudesse tomar fôlego, porém, a campainha tocou. Liam disse:

— Ora, quem...?

Foi até a porta da frente e a abriu, deparando-se com Eunice. Ela estava de pé olhando para ele com uma expressão solene e estranhamente dúbia, segurando firme a bolsa diante do corpo com as mãos.

— Ora, Eunice! — falou ele. — Olá! — Ficou um pouco surpreso com os seus óculos, que de algum modo esquecera... o tamanho imenso deles, as lentes sujas.

— Seu telefone não está na lista.

— Sim, na verdade está.

— E você não me deu o número.

— Não dei? — disse ele. — Ah!

— Eu disse à telefonista que conhecia você, mas mesmo assim ela não quis dar o número.

— Sim, essa é... mais ou menos a ideia — disse Liam. — Peço desculpas. Honestamente, pensei que tinha lhe dado o número. Lapso freudiano, acho.

— Por quê?

— Por quê?

— Por que freudiano? Você não queria que eu telefonasse?

— Não, não... É só que detesto falar ao telefone.

— Ah, eu adoro falar ao telefone!

Ela deu vários passos para dentro do apartamento, como se impelida por uma rajada de entusiasmo.

— É uma das minhas ocupações preferidas — comentou.

Hoje estava com uma calça comprida larga, franzida na cintura e nos calcanhares, mas que formava um balão nos quadris. Ele achava que aquilo se chamava "estilo saruel". Ela ficaria melhor de saia, ele pensou. Mas tinha a pele muito cremosa, e as covinhas apareciam nas bochechas.

— Esqueci que hoje era 4 de julho — disse ele. — Espero que você não tenha mudado seus planos.

— Fiquei feliz em mudar meus planos. Meus pais sempre fazem uma festa no jardim e eu deveria estar ajudando a prepará-la.

Ela deu uma risadinha — um som cálido e contagiante — e as covinhas se acentuaram. Ele sorriu para ela. Disse:

— Por que não entra e se senta?

A caminho de uma das poltronas, ela acenou com os dedos para Kitty.

— Oi, Kitty!

— Oi.

— Vejo que estou interrompendo o seu café da manhã.

— Não está, não — disse Kitty. O que era verdade; ela continuou curvada sobre sua tigela de cereal, derramando Honey Nut Cheerios.

Liam disse:

— Kitty, você não ia telefonar para a sua mãe?

— Ligo num minuto.

— Ligue agora, por favor. Prometi a ela que você telefonaria assim que acordasse.

Kitty lançou-lhe um olhar mal-humorado, mas colocou a colher sobre a mesa e empurrou a cadeira para trás.

— Não é uma emergência nacional — declarou, enquanto ia para o gabinete.

— Ela não avisou onde estaria na noite passada — disse Liam a Eunice. (Parecia um bom assunto, seguro e neutro.) Ele se acomodou ao lado dela, na cadeira de balanço. — Não me dei conta disso até a mãe dela telefonar hoje de manhã.

— Então vocês dois se dão bem? — perguntou Eunice.

— Ah, sim, tão bem quanto se pode esperar. Considerando-se que ela é uma adolescente.

— A mãe dela é adolescente?

— O quê? Não, Kitty. Kitty é a adolescente. Desculpe; você estava perguntando sobre a mãe dela?

— Só queria dizer... você sabe, se você conversa com a mãe dela pelo telefone e tudo mais.

— Temos que conversar ao telefone; temos três filhas — disse Liam. — Mas eu devia estar oferecendo a você um café! Já está pronto. Quer uma xícara?

— Adoraria — falou ela. Eunice tinha um jeito de recuar de leve quando algo a agradava. Dava-lhe um pouquinho de queixo duplo, o que lhe caía surpreendentemente bem.

Ela permaneceu na poltrona enquanto Liam se levantou e foi para a cozinha.

— Creme? Açúcar?

— Puro.

Ele podia ouvir Kitty no celular, no gabinete, mesmo através da porta fechada — o "*Na-*na, *na-*na" de algum protesto ou acusação. Para abafar o som, ele disse:

— Então! Eunice. Me fale do seu trabalho.

— Não tem muito para falar.

— Bem, o que exatamente você faz num dia comum, por exemplo?

— Ah, posso ir a diferentes lugares com o Sr. C. Eu o levo de carro para ver como anda algum projeto, por exemplo. Ou comparecemos a alguma reunião.

Liam levou o café numa xícara com um pires de verdade, parte do jogo que ele usava tão esporadicamente que teve que limpar a poeira antes de servir. Sentou-se outra vez na cadeira de balanço e perguntou:

— Você fica com ele durante a reunião inteira?

— Sim, porque preciso fazer anotações. Faço anotações separadas só para ele, num grande fichário que fica cheio a cada mês, mais ou menos. E também, se ele se sente inclinado a ir embora, sou eu quem lhe recorda que ainda não está na hora.

— Entendo — disse Liam. Em seguida falou: — Essas notas são como atas comuns?

— Não, elas têm, você sabe, etiquetas com códigos de cores.
— Ahá!

Eunice pareceu surpresa.

— Cores diferentes para memórias diferentes — sugeriu ele.

— Ou para diferentes *categorias* de memórias, na verdade. Por exemplo, vermelho é para o que ele já disse sobre certas propostas, para que ele não se repita, e verde é para informações pessoais que pode querer para suas conversas. Digamos que alguém na reunião por acaso tenha um filho que estudou com o filho do Sr. C. Esse tipo de coisa.

— Isso realmente funciona? — perguntou Liam.

— Bem, não — disse ela. — Não muito bem. — E deu um gole no café. — Mas foi tudo em que consegui pensar. Estou tentando abordagens diferentes.

— O que mais você pensa em tentar?

— Não tenho certeza. Provavelmente vou ser despedida.

— Por quê?

— Há *tantas* categorias! A vida tem tantas coisas de que as pessoas precisam se lembrar! E o Sr. C. está ficando cada vez mais para trás. Estou fazendo o máximo que posso, mas mesmo assim... Imagino que muito em breve ele terá que se aposentar. — Ela deu um sorriso breve e animado, e disse: — Então é melhor trabalharmos, não? Não vou ter mais uma conexão com a Cope Development por muito tempo.

Ela colocou a xícara e o pires sobre a mesinha e se curvou para remexer na bolsa.

— Primeiro só vou anotar algumas informações sobre você — explicou ela. Pegou um bloco e uma caneta esferográfica.

— Tenho um bloco só para mim! — disse Liam, numa voz brincalhona.

— O quê?

— Um bloco, feito o do Sr. Cope.

Ela olhou para o bloco e depois para Liam.

— Não, bem, o do Sr. Cope é mais como um fichário.

— Sim, sei disso, mas... Eu estava pensando como seria bom se você pudesse guardar as *minhas* memórias.

— Ah! — disse ela. Corou num tom vivo de cor-de-rosa e deixou a caneta cair no chão. Curvar-se para pegá-la fez com que ficasse ainda mais corada.

Era possível, pensou Liam, que Kitty estivesse certa: Eunice nutria algum sentimento pessoal por ele. Por outro lado, talvez ela apenas reagisse desse jeito à vida em geral.

Kitty escolheu aquele momento para sair do gabinete. Segurava o celular com o braço estendido.

— Mamãe quer falar com você — disse a ele. Foi até Liam e lhe entregou o telefone.

Liam passou um segundo tentando descobrir como um objeto tão pequenino podia fazer contato com sua orelha e sua boca ao mesmo tempo. Desistiu, por fim, e o pressionou sobre a orelha.

— Alô? — disse ele.

Barbara falou:

— Kitty está me dizendo que quer ficar com você o verão inteiro.

— Ela quer?

— Vocês dois não conversaram sobre isso?

— Não.

Kitty subitamente se jogou no chão, surpreendendo-o tanto que ele quase deixou cair o telefone. Ajoelhando-se diante de Liam, ela juntou as mãos como alguém rezando e balbuciou um silencioso *Por favor, por favor, por favor*.

— Não vou negar que estou precisando de um pouco de ajuda — disse Barbara. — Mas ainda tenho muitas reservas. Se fizermos isso, preciso ter certeza de que você vai estabelecer alguns limites.

Liam disse:

— Espera, eu...

— Em primeiro lugar, você precisa me prometer que ela vai voltar para casa às dez durante a semana. À meia-noite nas sextas e nos sábados. E ela não tem permissão para ficar sozinha no apartamento durante um instante que seja com Damian ou qualquer outro garoto. Está claro? Não tenho a menor vontade de ver minha filha grávida aos 17 anos.

— Grávida! — exclamou Liam.

Kitty abaixou as mãos e seu queixo caiu. Os olhos de Eunice se arregalaram muito atrás dos óculos.

— Não, é claro que não — disse ele, apressadamente. — Tenho certeza de que ela também não ia querer isso. Deus do céu!

— Você age como se fosse uma impossibilidade, mas, acredite em mim, essas coisas acontecem — declarou Barbara.

— Sei disso.

— Está bem, Liam. Só espero que você saiba o que está fazendo.

— Mas...

— Se ela quiser vir buscar mais roupas, estarei aqui até o fim da tarde. Coloque-a na linha, por favor.

Mudo, Liam entregou o telefone a Kitty. Ela se levantou com um salto e se afastou dizendo:

— O quê? Sim, estou ouvindo. Não sou uma idiota *completa*.

A porta do gabinete se fechou atrás dela. Liam olhou para Eunice.

— Parece que de repente tenho uma visita a longo prazo — disse ele.

— Ela vai morar aqui?

— Durante o verão.

— Bem, é bacana que ela queira!

— É mais o caso de *não* querer morar com a mãe, eu acho.

— A mãe dela é uma pessoa difícil?

— Não, não exatamente.

— Então por que vocês dois se divorciaram?

Aquilo começava de algum modo a parecer um encontro amoroso. Talvez tivesse a ver com o modo como Eunice se inclinava para a frente ao fazer suas perguntas — tão atenta, tão receptiva. Mas Liam não tinha certeza de que queria um encontro amoroso. (No momento, sua cabeça cheia de cachos lhe recordava uma boneca Shirley Temple.)

Ele disse:

— O divórcio foi ideia de Barbara, não minha; sempre achei que casamentos deveriam ser permanentes. Se dependesse de mim, ainda estaríamos juntos.

— O que a desagradava? — perguntou Eunice.

— Ah — disse ele —, acho que ela me considerava não muito, hmm, disponível.

Eunice continuou olhando para ele com expectativa.

Ele virou as palmas das mãos para cima. O que mais poderia dizer?

— Mas você tem sido disponível para *mim*.

— Tenho?

— E escuta com tanta atenção! Você me perguntou tudo sobre o meu trabalho; quer saber cada detalhe de como eu passo os meus dias... Os homens em geral não fazem isso.

— Mas eu não fazia isso com Barbara — disse Liam. — Ela estava certa. Eu lhe disse isso. Falei: "É verdade, não sou nem um pouco disponível."

Isso fez Eunice corar de novo, por algum motivo. Ela comentou:

— Vou considerar isso um elogio.

Ele ainda estava tentando entender por que seria um elogio quando ela falou:

— Talvez o seu casamento tenha sido perturbado pela sua perda.

— O que foi que eu perdi?

— Você não disse que a sua primeira esposa tinha morrido?

— Ah, sim. Mas isso foi muito antes. — Ele bateu as mãos nas coxas e se levantou. — Me deixe completar o seu café!

— Não, obrigada, estou bem.

Ele voltou a se sentar.

— Começamos a trabalhar no meu currículo, então?

— Certo — disse ela. — Tudo bem. — Fez a ponta da caneta se projetar com um estalo. — Em primeiro lugar, os locais onde esteve empregado.

— Empregado. Bem. De 1975 até 1982, ensinei história antiga na Fremont School.

— Na Fremont School? Deus! — exclamou Eunice.

— Foi o meu primeiro emprego.

— Bem, mas você deve começar com o seu último emprego — disse ela — e ir recuando.

— Tem razão. Muito bem: de 1982 até a primavera passada, dei aulas em St. Dyfrig.

Ela escreveu sem fazer comentários.

— Dei aulas para o quinto ano de noventa e... quatro? Não, três. De 93 em diante, e, antes disso, história dos Estados Unidos.

Ele gostava dessa coisa de avançar em ordem inversa. Significava que estava listando progressivamente posições mais elevadas em vez de mais baixas. (Em sua opinião, ensinar história era definitivamente mais elevado do que dar aulas para o quinto ano, e ensinar história antiga era mais elevado do que ensinar história dos Estados Unidos.) Eunice tomou notas em silêncio. Quando ele parou de falar, ela levantou os olhos e disse:

— Algum prêmio ou honraria?

— O Prêmio Miles Elliott em filosofia, 1969.

— Você estava empregado em 1969?

— Estava na faculdade.

— Ah. Faculdade.

— Eu me formei em filosofia — disse ele. — Uma bobagem, não? Quem você conhece que é formado em filosofia e realmente *trabalha* como filósofo?

— E quanto à sua vida profissional? Algum prêmio?

— Não.

— Vamos passar aos seus estudos. — Ela virou a página do bloco de notas. — Tenho esse programa especial para preparar um *curriculum* — disse-lhe. — Tudo o que preciso fazer é entrar com os dados e o programa faz o resto. Meus pais me deram de presente de Natal um ano desses. O seu computador é Windows ou Macintosh?

— Eu não tenho um computador.

— Você não tem um computador. Tudo bem. É melhor eu escrever sua carta de apresentação também — disse ela, e fez outra anotação.

Liam falou:

— Eunice. Você acha mesmo que devemos levar isso adiante?

— O quê? Por que não?

— Não tenho experiência na área de negócios. Sou um professor! Não sei nem mesmo o que eles estão procurando.

Eunice parecia prestes a contra-argumentar, mas nesse momento Kitty saiu do gabinete. Usava um short agora, e uma camiseta que fazia propaganda da vodca Absolut.

— Papi — disse ela —, posso pegar o seu carro emprestado?

— Meu carro? Para quê?

— Preciso buscar mais roupas.

Liam não estava acostumado a emprestar o carro. Sabia que não era *grande coisa* como carro, mas estava como que adaptado ao seu jeito, ele sentia. Também suspeitava que houvesse algum tipo de complicação com a seguradora envolvendo motoristas adolescentes.

— Por que não levo você eu mesmo hoje à tarde? — ofereceu ele.

— Não vou demorar! Trago o carro de volta antes que você consiga sentir falta dele.

— Só espere até a gente terminar aqui e eu levo você.

— Caramba — disse Kitty, e se atirou sobre a outra poltrona. Sentou-se praticamente sobre a nuca, com os compridos braços nus esticados diante do corpo, e lançou-lhe um olhar feroz.

— Eunice e eu estávamos discutindo o meu emprego — disse Liam a ela.

Kitty continuou olhando fixamente.

— Eunice acha que eu devia me candidatar a uma vaga na Cope Development, mas estava dizendo a ela que não sei o que poderia fazer lá.

— O que é a Cope Development — disse Kitty, sem ponto de interrogação.

— É um lugar que constrói novas propriedades.

— Ele seria horrível nisso — falou Kitty a Eunice.

Eunice fez um som entre uma arfada e uma risadinha.

— Estou falando sério. Ele não é um bom homem de negócios.

— Como *você* saberia que tipo de homem de negócios eu sou? — perguntou Liam a Kitty. Depois se deu conta de que estava comprometendo seu próprio argumento, então se virou de novo para Eunice e falou: — Mas só na questão de onde eu me sentiria confortável, não acho que a Cope seja o lugar certo. Desculpe, Eunice.

Eunice falou:

— Ah!

Olhou para o que havia escrito. Em seguida fechou a caneta com um estalo. Por fim, ao que parecia, ela ouvira o que ele estava dizendo.

— Compreendo — disse, com suavidade.

— Desculpe por ter lhe dado tanto trabalho.

— Ah, não tem problema. Você estava me dizendo isso o tempo todo, não estava? Acho que forcei um pouco as coisas.

— Não, não. Claro que não! Você tem sido maravilhosa. Agradeço muito sua ajuda.

Ele disse a Kitty:

— Ela está me ajudando com o meu currículo. Tem esse programa de computador que...

Kitty o observava com uma curiosidade leve e distante. Eunice ainda fitava seu bloco de notas. Suas pálpebras baixas lhe davam uma expressão mansa e casta; todo o seu entusiasmo a abandonara.

Todo o entusiasmo de Liam o abandonara, também — toda a sua impressão de que havia algo novo no ar, algo prestes a acontecer.

Ele disse:

— Mas não podemos manter o bloco, de qualquer forma?

Ela ergueu os olhos e perguntou:

— Perdão?

— Isto é... — disse ele, e pigarreou. — Não podemos continuar em contato?

— Ah! É claro que podemos! Certamente que podemos! Não importa para onde você vai mandar o seu *curriculum*, não é?

Não era o que ele queria dizer, mas ele falou:

— É.

Liam fingiu não ouvir Kitty resfolegar, achando graça.

7

No dia 5 de julho, de manhã cedo, Louise telefonou e perguntou a Liam se ele podia cuidar do neto.

— Sei que estou avisando em cima da hora — falou ela —, mas minha babá telefonou para dizer que está doente e tenho consulta com um médico bem perto de você. Poderia deixar Jonah em sua casa no caminho.

— Quer dizer, ele sozinho? — perguntou Liam.

— Ora, sim.

— Mas eu não tenho brinquedos aqui. Não tenho nada para entretê-lo.

— Nós levamos alguns. Por favor? Normalmente eu cancelaria, mas essa consulta significa um bocado para mim.

Liam supôs, pelo modo como ela colocou as coisas, que fosse uma consulta com o obstetra. Mas não queria parecer enxerido, então disse apenas:

— Bem, está certo, eu acho.

— Obrigada, pai. Agradeço muito.

Ele se perguntou por que ela não pedira a Barbara, que podia organizar seu horário como quisesse durante o verão. Ou por que ela simplesmente não levava Jonah consigo para o consultório. Isso com certeza era permitido, não? Pena que Kitty já havia saído para o trabalho. Ele realmente não tinha a menor ideia do que fazer com uma criança de 4 anos.

Eles apareceram na sua porta meia hora depois — Louise sem fôlego e esbaforida, usando roupas mais arrumadas do que o habitual e até mesmo um pouco de batom. Jonah estava de camiseta e o que parecia ser um short de piscina, de um náilon laranja e estampa havaiana ondulando sobre suas canelas finas. Em suas costas havia uma mochila quase maior que ele. Era óbvio, pela sua expressão, que ele preferia estar em outro lugar. Olhou para Liam sem sorrir, as sobrancelhas dois traços franzidos.

— Oi — disse Liam a ele.

Jonah não respondeu.

Louise falou:

— Devo voltar dentro de mais ou menos uma hora. Há um lanche na mochila de Jonah se ele ficar com fome. — Ela depositou um beijo no alto da cabeça do filho e disse: — Tchau, querido. Comporte-se.

Quando a porta se fechou com um estrondo atrás dela, fez-se um silêncio desconfortável.

— Então — disse Liam, por fim. Franziu a testa para Jonah.

Jonah franziu a testa de volta para ele.

— Onde está sua avó? — perguntou Liam.

Jonah disse:

— Quem?

— A vovó Barbara. Ela está trabalhando?

Jonah deu de ombros. Era um dar de ombros que parecia artificial — seus pequenos ombros pronunciados subindo alto demais e ficando ali por tempo demais, como se ele ainda não tivesse aperfeiçoado a técnica.

— Difícil imaginar que ela tivesse um encontro de manhã tão cedo — refletiu Liam.

Jonah falou:

— Deirdre vai se dar *muito, muito mal*.

— Quem é Deirdre?

— Minha babá. A gente aposta que ela não está doente. A gente aposta que ela está com o namorado em algum lugar. O namorado dela se chama Chicken Little.

— Ele o quê?

— Às vezes ela traz ele para a minha casa. Eu jogo futebol com ele no quintal.

— É mesmo?

— Deirdre usa uma joia no nariz, e ela tem uma corrente em volta do punho que na verdade é uma tatuagem.

— Essa Deirdre parece uma garota e tanto — comentou Liam.

— A gente vamos na Feira Estadual no outono.

Será que Liam devia corrigir os erros gramaticais de Jonah? Parecia irresponsabilidade deixá-los passar. Por outro lado, ele não queria desencorajar sua língua subitamente solta.

— Vamos ver o que há na sua mochila — disse ele. — Espero que você tenha trazido alguma coisa com que possa se ocupar.

— Trouxe meu livro de colorir das histórias da Bíblia.

— Ah.

— E meus lápis de cera.

— Bem, vamos pegá-los.

Jonah tirou a mochila das costas e a colocou no tapete. Abrir o zíper deu algum trabalho — tudo parecia ser tão difícil, naquela idade —, mas, por fim, ele tirou dali uma caixinha de suco de maçã, cenourinhas num saco plástico, uma caixa de lápis de cera e um livro de colorir chamado *Histórias da Bíblia para crianças*.

— Acabei de colorir Abraão — disse ele a Liam.

— Abraão!

Não era esse o sujeito que estava disposto a matar o próprio filho?

— Agora acho que vou colorir José — disse Jonah. Começou a passar as páginas do livro.

— Posso ver Abraão? — perguntou Liam a ele.

Jonah levantou a cabeça e lançou-lhe um olhar fixo e sério, como se não confiasse muito nos motivos de Liam.

— Só uma olhada? — tentou Liam.

Jonah voltou várias páginas para mostrar uma figura que tinha sido coberta com faixas largas e serrilhadas de roxo, completamente fora das linhas. Pelo que Liam podia distinguir, era uma ilustração benigna de um homem e um menino subindo uma colina. *Abraão obedece a ordem de Deus de lhe entregar Isaac,* dizia a caixa de texto.

— Obrigado — disse Liam. — Muito bonito.

Jonah voltou a passar as páginas, parando finalmente na que dizia *José tinha um casaco de muitas cores*. Aquele casaco era uma espécie de roupão de banho com listras verticais.

— Eles têm a *sua* história? Jonas e a baleia? — perguntou Liam.

Jonah deu de ombros com esforço, mais uma vez, e derramou a caixa de lápis de cera sobre o tapete. Todos pareciam intactos, exceto o roxo, que tinha sido gasto até virar um toco.

— Você tem que me falar de José enquanto eu estiver colorindo — disse ele.

— Quem, eu?

Jonah fez que sim, com um gesto vigoroso. Escolheu o lápis de cera roxo e começou a fazer marcas horizontais ao acaso sobre o casaco. A probabilidade de o roxo passar para o carpete era extremamente alta, mas Liam ficou tão aliviado ao ver Jonah ocupado que não interferiu. Sentou-se numa poltrona e disse:

— Muito bem. José.

Era estranho o quão desconectado se sentia daquela criança. Não que tivesse alguma coisa contra ela; claro que desejava o seu bem. E era verdade que havia algo de cativante naquelas orelhinhas frágeis, e naqueles pezinhos com sandálias de dedo ridiculamente pequenas. (O apelo universal das miniaturas! Obviamente, servia para perpetuar a espécie.) Mas o fato de terem um parentesco sanguíneo parecia além da sua compreensão.

Será que outros avós se sentiam assim? Ou talvez fosse apenas o fato de que Jonah estava crescendo num mundo tão diferente, com seus pais fundamentalistas e seu livro *Histórias da Bíblia para crianças*.

Liam não parecia capaz de se lembrar do sentido da história de José.

Ainda assim, fez o melhor que pôde.

— José — disse ele — tinha um casaco de muitas cores que havia sido presente de seu pai, e que deixava seus irmãos com inveja.

Ele se perguntou se um menino de 4 anos estaria familiarizado com a palavra *inveja*. Não parecia provável. Liam tentou adivinhar, pela expressão de Jonah, mas o menino estava ocupado colorindo, o lábio inferior preso entre os dentes.

— Os irmãos de José ficaram zangados — esclareceu Liam — porque eles próprios não tinham casacos de muitas cores.

— Talvez José pudesse deixar eles pegarem emprestado de vez em quando — disse Jonah.

— Era o que você pensaria, não?

— Ele deixou? — persistiu Jonah.

— Bem, não, acho que não.

Jonah sacudiu a cabeça e fez uma pausa para descascar um pouco mais de papel do seu lápis de cera.

— Isso não foi muito legal da parte dele — disse a Liam.

— Não, não foi. Você está certo. E, além disso... — Ele agora dava uma espiada na legenda da página seguinte. — Além disso, ele falou aos seus irmãos de um sonho que tivera no qual todos foram obrigados a se curvar diante dele.

Jonah estalou a língua em desaprovação.

Agora ele coloria o cabelo de José (mais um monte de roxo), e parecia absorto o suficiente para Liam sentir que podia ir à cozinha se servir de uma xícara de café. Quando voltou, Jonah tinha passado para *Os irmãos de José o venderam como escravo*. Ahá.

— Então os irmãos de José o venderam como escravo — disse Liam, instalando-se outra vez em sua poltrona — e em seguida foram para casa e disseram ao pai que ele havia sido morto.

Tinham empapado o casaco de José em sangue animal a fim de dar respaldo à alegação, Liam parecia se lembrar. Que desperdício, era um casaco tão bonito!, pensara ele, quando criança. Agora já não servia mais para ninguém! Claro que essas coisas permaneceram em sua memória durante mais tempo do que ele teria suposto. Fazia décadas que não pensava naquela história. Sua mãe fora bastante religiosa (ou, pelo menos, voltara-se à Igreja em busca de apoio depois que o pai dele os deixara), mas Liam saíra da escola dominical assim que teve idade suficiente para conseguir permissão para ficar em casa sozinho.

Tentou ler a legenda seguinte, mas o braço de Jonah a encobria. Do modo mais discreto possível, estendeu a mão para pegar o jornal.

Guerra. Seca. Homens-bomba.

Em torno das dez e meia, depois que tivesse instalado o Sr. C. em seu escritório, Eunice viria entregar seu currículo impresso. Liam se abraçava àquela ideia como a um pacote que estivesse adiando abrir. Tinha algo a aguardar com expectativa, mas não queria examinar demasiadamente de perto. Mantinha-o enfiado no fundo de sua consciência, para mais tarde.

Claro que em algum momento teria que lhe dizer que o currículo era desnecessário. Àquela altura, porém, talvez se conhecessem o suficiente para se encontrar por outros motivos. Ele se perguntou se ela gostaria de filmes. Liam gostava muito de um bom filme. Achava respeitoso assistir às conversas de outras pessoas sem que esperassem que participasse delas. Mas sempre se sentia um pouco solitário se não tivesse alguém ao seu lado a quem cutucar nas costelas nas partes boas.

Os procedimentos de segurança nos aeroportos estavam ficando cada vez mais onerosos, ele leu.

Jonah disse:

— Estou com fome.

Liam abaixou o jornal.

— Quer suas cenourinhas?

— Quero alguma coisa que *você* tenha.

Isso tocou num eco distante e desagradável de aborrecimento na mente de Liam. Ele recuou para recuperar uma lembrança de Xanthe, de muito, muito tempo atrás, quando ela ainda aprendia a andar, sempre pedindo alguma coisa, sempre precisando de alguma coisa. Mas se obrigou a dizer:

— Claro. Vamos ver o que eu tenho. — E colocou o jornal de lado e se levantou. — Aipo? Iogurte? Queijo? — ofereceu-lhe, da cozinha.

— Que tipo de queijo?

— Pepperjack.

— Pepperjack é muito apimentado.

Liam suspirou e fechou a porta da geladeira.

— Uva-passa? Torradas?

— Quero uva-passa.

Liam pescou algumas da caixa e as colocou numa tigela de cereal. Veio-lhe uma imagem de Xanthe de pé no berço, segurando as grades com os punhos cerrados com força. Seu cabelo estava colado na cabeça, com o suor, e seu rosto vermelho como uma beterraba e riscado de lágrimas, sua boca um retângulo preto e cavernoso de sofrimento. Ele colocou a tigela no carpete diante de Jonah e disse:

— Aqui está, rapazinho.

E Jonah olhou para ele de relance antes de estender o braço e pegar um punhado.

No Egito, José se tornou o escravo em que Potifar mais confiava.

— Então José foi levado ao Egito, onde teve que trabalhar muito — disse Liam.

— Ele não podia correr de volta para casa?

— Acho que era longe demais para correr.

Liam se perguntou o que uma criança deveria aprender com aquela história. Havia alguma espécie de moral? Abriu o jornal outra vez. Demonstravam preocupação com os mísseis na Coreia do Norte. Ele pensava que talvez, se Eunice por acaso estivesse livre naquela noite, poderia convidá-la para comer alguma coisa fora. Diria que era um agradecimento pela ajuda com o currículo. O que poderia ser mais natural? Ainda assim, sentiu uma pontada de nervosismo nas entranhas. Até mesmo na sua idade, toda aquela conversa de encontros amorosos parecia intimidante. *Sobretudo* em sua idade.

Recordou a si mesmo de que ela era apenas uma mulher comum, e bastante sem graça, mas agora a falta de graça parecia fazer parte do seu charme. Ela era tão inocente e sincera, tão transparente. Lembrou-se de como se despedira dele na véspera, depois que a acompanhara até o estacionamento. Ela havia parado junto à porta do carro e tirado os óculos (por que, ele não sabia dizer; ela precisava de óculos para dirigir, não?), e seu rosto de repente parecera tão vulnerável que ele tivera que refrear um impulso de estender os braços e colocar as mãos em concha em sua cabeça. "Tchauzinho", ela lhe dissera, levantando o queixo. Até mesmo essa expressão infantil, que ele sempre achara meio tola, lhe pareceu atraente.

Quando a campainha soou, Liam imaginou por um instante que poderia ser Eunice agora. Mas não, era Louise, já entrando antes que ele pudesse se levantar da cadeira.

— Sentiu saudades de mim? — perguntou ela a Jonah, descendo sobre ele como um pássaro.

Jonah se pôs de pé, cambaleando, para um abraço.

— Colori umas cem páginas — disse a ela.

— Que bom! Como ele se comportou? — perguntou a Liam.

— Ficou bem. Embora eu não tenha muitas esperanças numa carreira artística.

— Pai!

— O quê?

Ela lançou os olhos na direção de Jonah, que estava ocupado enfiando os lápis de cera de volta na caixa.

— Bem, não vejo qual o problema — disse Liam. — Ninguém é talentoso em tudo.

— Sinceramente — falou Louise, e desabou na cadeira de balanço.

Nenhuma palavra sobre a consulta médica. Será que Liam devia perguntar? Não, isso podia soar invasivo. Em vez disso, ele ofereceu:

— Gostaria de uma xícara de café?

— Não, obrigada. — O que podia ou não ser significativo. (Grávidas tinham permissão de beber café, neste mês?) Ela deu uns tapinhas na saia e Jonah subiu em seu colo, envolvendo-a com os braços.

— O que mais você fez? — perguntou ela.

— Comi uva-passa.

— Que bom. — Ela olhou por cima da cabeça dele para Liam. — Seu ferimento parece bem melhor. Quase não dá mais para ver.

— Sim, está praticamente curado — disse ele. Olhou sem querer e de relance para a mão ferida. Ainda tinha uma textura irregular, mas a pele estava com uma cor normal agora.

Louise falou:

— E suponho que você tenha superado aquela pequena obsessão com a sua memória.

— Eu não estava obcecado!

— Claro que estava. Durante um tempo todo mundo achou que tinha ficado maluco.

— Só queria saber o que havia acontecido, só isso. Você também ia querer, se acordasse num hospital sem a menor ideia do porquê estar lá.

Ela fez um suave dar de ombros e disse:

— Vamos falar de outro assunto.
— Por mim, tudo bem — disse Liam. — Como vai Dougall?
— Vai bem.
— As coisas vão bem com a empresa de encanamento?
— Ah, sim.

Liam gostava de Dougall — não havia nele algo de que *não* se pudesse gostar —, mas era difícil inventar algo mais sobre o que conversar quando o assunto era ele. Tratava-se de um homem cordial e grande demais, com um interesse patológico pelo funcionamento de objetos inanimados, e Liam nunca entendera por que Louise o escolhera como marido. Às vezes ele achava que ela nascera com uma lista mental de tarefas que jurara tirar do caminho o quanto antes. Crescer, terminar a escola, casar-se com o primeiro garoto que havia namorado, começar uma família... Ela tivera tanta pressa, e para quê? Ali estava, uma jovem inteligente, sem outra coisa em mente além da organização da próxima venda de bolos na igreja.

Paciência. A vida era uma questão de opinião, de acordo com Marco Aurélio.

— Você não perguntou sobre a minha consulta com o médico — disse Louise. — Não se importa em saber por que fui lá?
— Claro que me importo.
— Não demonstrou o menor interesse.

Ah, às vezes era tão cansativo isso de interagir com outros seres humanos! Liam disse, tão delicadamente quanto possível:
— Imaginei que não fosse nada mortalmente grave.
— Estou grávida de novo.
— Parabéns.
— Não está feliz por nós?
— Sim, estou feliz.
— Não parece.

Liam endireitou as costas e segurou os joelhos

— Estou extremamente feliz. Acho que vai ser muito bom para Jonah ter um irmão, ou uma irmã. — Lançou um olhar para Jonah, que estava agachado no chão rearrumando a mochila. — Ele sabe? — perguntou a Louise.

— Claro que ele sabe. Não é, Jonah?

— Ahn?

— Você sabe sobre o seu novo irmãozinho ou nova irmãzinha, não é?

Jonah disse "Ahã", e fechou o zíper da mochila. Louise ergueu as sobrancelhas significativamente para Liam.

— Para quando é o bebê?

— Para o começo de fevereiro.

— Fevereiro!

As pessoas anunciavam essas coisas tão cedo hoje em dia que fazia a gravidez parecer durar uns dois anos ou mais.

— Se tiver ideias para nomes bonitos de menina, me diga — falou Louise. Levantou-se e ajudou Jonah a deslizar para dentro das alças da mochila.

— Estamos tendo dificuldade em chegar a um acordo. O menino não é um problema; mas todos os nomes de menina de que gosto Dougall acha que são enfeitados demais.

— O que seria, se fosse menino? — perguntou Liam.

— Madigan, foi o que decidimos.

— Ah!

Ele se pôs de pé e a acompanhou até a porta. Era um absurdo se sentir magoado. Madigan havia sido um excelente padrasto. (Um excelente *pai*, Barbara teria corrigido, se estivesse ali.) Poupara a Liam a despesa de pagar pensão, no mínimo; o homem era rico. Liam perguntou:

— Nada bíblico, desta vez?

— Estamos pensando em Jacob como nome do meio.

— Bacana.

Isso lhe recordou algo; ele perguntou:

— Louise, qual o significado da história de José?

— Qual história de José?

— O casaco de muitas cores, a escravidão no Egito... O que as pessoas devem aprender com isso?

— Não devem aprender nada — respondeu Louise. — É um evento que realmente aconteceu. Não é *inventado,* não foi criado com um propósito calculado.

— Ah!

Melhor não continuar com esse assunto.

— Por que você quer saber? — perguntou ela.

— Só estava curioso. — Ele abriu a porta da frente e seguiu a filha e o neto até o saguão. — Vi no livro de colorir de Jonah e fiquei pensando.

— Sabe — disse Louise —, você é sempre bem-vindo se quiser ir à igreja conosco no domingo.

— Ah, obrigado, mas...

— Podemos vir buscá-lo e levá-lo até lá. Ficaríamos felizes em fazer isso! Eu realmente adoraria compartilhar a minha fé com você.

— Obrigado, de todo modo. Acho que a religião só não faz parte da minha natureza, desculpe dizer isso.

Ele se absteve de dizer a ela que até mesmo falar sobre religião fazia com que estremecesse de constrangimento. Até mesmo ouvir falar o constrangia — ouvir aqueles termos desconfortáveis que os crentes usavam, como *compartilhar* e *minha fé.*

Mas ela disse:

— Ah, pai, faz parte da natureza de todas as pessoas! Cada um de nós nasceu no pecado e, até recebermos Jesus em nosso coração, estamos condenados por toda a eternidade.

Bem, de modo algum ele iria deixar *isso* passar. Falou:

— Está me dizendo que alguma criancinha na África está condenada porque nunca teve aulas de religião? Ou algum bom muçulmano com seu rebanho de camelos na Tunísia?

— Você não pode ser considerado *bom* até aceitar Cristo como seu salvador pessoal — disse ela, e sua voz ecoou nos blocos de concreto com um som metálico de sino.

O queixo de Liam caiu.

— Bem — disse ele —, eu acho...

As palavras lhe faltaram por um momento.

— Acho que teremos que concordar que discordamos — falou, por fim.

As palavras deviam ter faltado a Louise também, porque ela apenas ficou olhando para ele durante um momento com uma expressão que Liam não conseguia entender. Então ela se virou e abriu a porta exterior.

Eunice estava parada na calçada, prestes a entrar. Recuou um passo.

— Ah, Eunice — falou Liam.

— Cheguei num momento ruim?

— Não, não...

Louise lançou a ele um olhar questionador. Liam falou:

— Eunice, esta é minha filha Louise, e este é meu neto Jonah.

Disse a Louise:

— Eunice é... Ora, você já a viu antes. Na sala de espera do Dr. Morrow.

— Vi? — perguntou Louise.

Eunice falou:

— Viu?

Opa, um lapso. Embora não tão difícil assim de disfarçar, na verdade. Liam disse a Eunice:

— Só me dei conta depois. Sabia que você me parecia familiar.

Eunice continuou com uma expressão desconcertada, mas estendeu a mão para Louise e falou:

— Prazer em conhecer você.

— Prazer em conhecer *você* — disse Louise, apertando sua mão. — Então, vocês dois têm planos para hoje?

— Eunice só está me ajudando com o meu currículo — explicou Liam a ela.

— Ah — falou Louise. — Bem, que bom. Você vai procurar um emprego de verdade! Ou, pelo menos... quer dizer, certamente aquele emprego de zayda não precisa de currículo, precisa?

— Aquele...? Não, não, não. Isso seria para outra coisa.

— O último lugar na face da Terra onde consigo vê-lo é numa pré-escola — comentou Louise com Eunice.

— Pré-escola? — perguntou Eunice.

— Era disso que ele estava falando outro dia.

Liam disse:

— Sei que você precisa ir, Louise. Tchau, Jonah! Boa sorte com o livro de colorir.

Jonah levantou a mochila nas costas e disse:

— Tchau.

Louise falou:

— Obrigada por cuidar dele, pai. — Parecia ter esquecido a discussão. Deu-lhe um beijo no rosto, acenou para Eunice e seguiu Jonah para a rua.

— Você me viu no consultório do Dr. Morrow? — perguntou Eunice a Liam.

Ela estava de pé na calçada, embora ele segurasse a porta aberta, convidativamente. Estava com os braços cruzados sobre o peito, e dava a impressão de estar plantada ali.

Ele disse:

— Sim, não foi uma coincidência?

— Não me lembro de ter visto *você*.

— Não? Acho que não sou muito memorável.

Isso fez com que ela sorrisse, de leve. Descruzou os braços e deu um passo para entrar no prédio.

Usava uma de suas saias hoje, e uma blusa que mostrava a divisão entre os seios, dois montes cheios e macios. Quando passou por ele, ela exalava um leve aroma de baunilha e Liam sentiu o desejo de se aproximar para inspirar melhor aquele cheiro. Mas ficou parado junto à porta, as mãos atrás do corpo. Havia algo perturbando os cantos remotos de sua mente, algo que projetava uma sombra.

— Eu devia ter aceitado o convite — disse ele, quando estavam dentro do apartamento.

Eunice falou:

— O quê?

— Louise me convidou para ir à igreja dela, agora há pouco, e eu não aceitei.

Ele desabou numa poltrona, sentindo-se desanimado. Tarde demais, lembrou-se de que devia, primeiro, convidar a visita a se sentar, e começou a se levantar de novo com esforço, mas então Eunice se sentou na cadeira de balanço.

— Nunca fui um bom pai.

— Ah, tenho certeza de que você é um pai maravilhoso!

— Não. Um bom pai diria: "E daí que não sou religioso? Isso poderia ser uma oportunidade para começarmos a nos dar melhor!" Mas eu estava tão aferrado aos meus... princípios. Meus parâmetros. Estraguei tudo.

Eunice falou:

— Bem, que seja. O seu neto é uma graça.

— Obrigado.

— Não imaginei que você fosse avô.

Ele se perguntou o que isso significava. Disse:

— Acho que faz com que eu pareça terrivelmente velho.

— Não faz, não! Você não é velho!

— Devo parecer bastante velho para alguém da sua idade — disse ele. Esperou um instante, e depois perguntou: — Quantos anos *você* tem, se não se incomoda que eu pergunte?

— Tenho 38.

— Mesmo?

Afinal de contas ela não era mais nova do que Xanthe. Ele teria que dizer a Kitty.

Quando Liam tinha 38, já era pai de três filhas. Seu segundo casamento já havia ficado para trás, e ele começara a sentir que toda sua vida também ficara. Mas Eunice ainda parecia ter um rosto tão fresco, parecia... que nada ainda havia sido escrito nela. Sentava-se com as costas muito eretas, as sandálias volumosas bem afastadas, as mãos entrelaçadas no vale da saia com estampa de caxemira, entre os joelhos. Seus óculos refletiam a luz de um modo que os deixava brancos, dando-lhe uma expressão vazia e aberta.

— Você sempre poderia mudar de ideia — declarou ela.

— Perdão?

— Poderia telefonar para a sua filha e lhe dizer que vai à igreja, afinal.

— Bem, é verdade.

— Ela já teria chegado em casa, a esta altura?

— Duvido.

— Ela tem um celular?

— Olha — disse ele —, não vou telefonar.

Louise se balançou na cadeira.

— Não posso.

— Está bem...

— É difícil de explicar.

Ela continuou a observá-lo.

Liam perguntou:

— Você imprimiu o currículo?

Ele não dava a mínima para o currículo. Na verdade, a própria palavra que ela usava para o currículo, *curriculum*, começava a lhe parecer irritante. Aquele latim pretensioso! Pelo amor de Deus, por que ela não fala "currículo"? Mas Eunice imediatamente se iluminou e disse:

— O *curriculum*!

(Ela chegava a pronunciar a palavra de um modo estranho, com um longo *m* na última sílaba.) Começou a remexer dentro da bolsa, que estava no chão ao seu lado, e tirou dali um feixe de papéis bem lisos dobrados ao meio.

— Tenho que confessar — disse ela — que não estou cem por cento satisfeita com ele.

— E por quê?

— Parece que não consegui que se focasse em nada. Se você não vai se candidatar a um emprego na Cope, não sei que talentos especiais eu deveria enfatizar, que áreas de interesse.

Ele deu uma risada curta que mais soou como um latido, e ela levantou os olhos dos papéis.

— Eu também não saberia dizer — admitiu ele. — Basicamente, não tenho nenhuma área de interesse.

— Ah, isso não pode ser verdade.

— Mas é — disse ele. E em seguida falou: — É mesmo, de verdade. Às vezes acho que a minha vida está simplesmente... secando e endurecendo, como uma daquelas carcaças de rato que você encontra debaixo do radiador.

Se Eunice ficou surpresa com isso, não era nada em comparação a como ele próprio se sentia. Pareceu ouvir suas próprias palavras como se outra pessoa as tivesse falado. Pigarreou e abriu os dedos sobre os joelhos.

— Bem, só em dias ruins, claro.

— Sei exatamente como você se sente.

— Sabe?

— Sempre penso: "Por que não tenho nenhum hobby?" Outras pessoas têm. Outras pessoas desenvolvem essas paixões; colecionam coisas ou pesquisam coisas ou observam pássaros ou mergulham. Entram para clubes de leitura ou encenam a Guerra Civil. Eu só tento chegar até a hora de ir dormir todas as noites.

— Sim.

— Mas não me vejo como uma carcaça de rato; é mais como se eu fosse um desses brotos que ainda não abriram. Estou ali, no arbusto, mas toda fechada.

— Isso faria sentido — concordou Liam. — Você é mais jovem. Tem tudo à sua frente.

— A menos que eu *nunca* me abra, e caia do galho ainda fechada — falou Eunice.

Antes que Liam pudesse fazer qualquer comentário, ela interrompeu:

— Bem, já chega disso! Falando desse jeito, pareço uma pessoa sem esperanças, não?

— Não.

Em seguida ele disse:

— Fiz 60 no meu último aniversário.

— Eu sei.

— Você acha que alguém de 60 anos é velho demais para alguém de 38?

Quando ela olhou para ele agora, a luz batia em seus óculos em um ângulo diferente, e ele podia ver bem dentro de seus olhos, que eram grandes, fixos e radiantes. Sua boca estava muito séria, quase tremendo de seriedade.

Ela disse:

— Não, eu não acho que seja velho demais.

— Nem eu.

8

Damian voltou do casamento do primo com o braço engessado. Disse que tinha havido um pequeno "contratempo". Liam ficou tão surpreso ao vê-lo usar aquela palavra que olhou para ele com mais atenção. Seria ele mais do que aparentava, talvez? Mas Damian se sentou, afundado em seu formato habitual de "C", no sofá-cama, no gabinete, o braço bom jogado de qualquer jeito sobre os ombros de Kitty, longas cordas de cabelo preto e oleoso escondendo a maior parte de seu rosto. Estavam ouvindo uma música de letra bastante explícita. Tudo que Liam precisou ouvir foi um verso, e se sentiu enrijecer de constrangimento. Além disso, eles estavam sentados em uma cama de verdade, e desarrumada, aliás. Liam perguntou:

— Vocês dois não ficariam mais confortáveis na sala? — Mas eles só o fitaram boquiabertos, e com razão; não havia um sofá na sala. Ele andara reparando nisso ultimamente. As pessoas não podiam se sentar mais perto uma da outra, na sala.

Liam e Eunice também não podiam se sentar mais perto. Tinham que ocupar poltronas separadas e sorrir um para o outro feito bobos.

Embora às vezes, o mais frequentemente possível, Liam se aventurasse a se empoleirar no braço de qualquer poltrona que Eunice estivesse. Traria, digamos, uma Coca Diet, e então, como que por acidente, sem que estivesse falando sobre nada em particular, instalava-se no braço da poltrona com uma das mãos descansando no ombro dela. Eunice tinha ombros roliços que preenchiam de modo exato e agradável as palmas de suas mãos. Às vezes ele se curvava e sentia o cheiro do seu xampu; às vezes se curvava mais e eles se beijavam, embora fosse um ângulo inconveniente para beijos. Ela precisava esticar o pescoço para cima a fim de encontrar os lábios dele, e se ele não tomasse cuidado podia se arranhar no rosto com a armação pontuda dos óculos dela.

Ele não a via nem de perto tanto quanto gostaria. Ela aparecia em seu apartamento ocasionalmente, durante o dia, e vinha quase todas as noites, mas àquela hora Kitty em geral estava por ali e eles precisavam ser mais circunspectos. (O que Liam imaginara, deixando Kitty ficar com ele? Exceto, é claro, que não tivera como prever o rumo que sua vida ia tomar.)

Não podiam ir para a casa de Eunice porque, no momento, ela não tinha uma casa. Morava com os pais. Seu pai sofrera um derrame em março e ela se mudara para lá a fim de ajudar. Lendo nas entrelinhas, Liam imaginara que isso havia sido menos um sacrifício do que parecia. Ela não ganhava grande coisa na Cope, e certamente não era do tipo dona de casa. Além do mais, havia algo de filha única em sua personalidade — um ar de filha perene, uma preocupação excessiva com a boa opinião que os pais tinham dela. Liam catalogou esse traço como fez com os outros, com interesse científico, sem julgar. Eles ainda estavam no estágio em que até mesmo as fraquezas do ser amado pareciam encantadoras.

Infelizmente, o braço quebrado de Damian era o direito, imobilizado num gesso em ângulo reto desde o punho até acima do cotovelo. Como o seu carro — na verdade, o carro de sua mãe — não era automático, isso significava que ele não podia dirigir. E Kitty também não, porque o seguro extra se revelou além das possibilidades de Liam. Ele honestamente achara que tinha ouvido mal quando o agente lhe disse sobre quanto seria o valor.

Isso atrapalhava bastante as coisas. Às vezes, Kitty ia de ônibus até a casa de Damian, direto do trabalho, o que tornava necessário que Liam fosse buscá-la à noite. Na maioria das vezes, porém, a mãe de Damian o deixava na casa de Liam, e então cabia a Liam levá-lo de volta. (A mãe de Damian, uma viúva que parecia muito mais velha do que de fato era, se recusava a dirigir depois que escurecia.) Nos dois casos, parecia que Liam era requisitado a bancar o motorista muito mais do que gostaria. Havia umas abençoadas ocasiões em que amigos da escola apareciam, mas muitos deles estavam trabalhando em Ocean City durante o verão, enquanto outros estavam restritos por novas e complicadas leis quanto a dirigir com outras pessoas no carro. Frequentemente, o que acontecia era que Eunice se oferecia para levar Damian ao voltar para casa, o que era gentil da parte dela, porém a obrigava a ir embora mais cedo do que Liam gostaria. E eles teriam passado a noite com Kitty e Damian sem um minuto sozinhos.

Não era mole viver com adolescentes.

Algumas vezes Liam sentia ter ele próprio voltado à adolescência. Havia a mesma falta de privacidade, os mesmos segredos culpados, a mesma relação parcialmente física de um modo atormentador. A mesma falta de confiança, até, pois Eunice alternava entre a timidez e a surpreendente ousadia, enquanto o próprio Liam... Bem, ele tinha que encarar os fatos: estava meio fora de forma. Tinha algumas preocupações sobre parecer velho, ou inadequado, ou gordo. Fazia um bom tempo desde a última vez em que alguém o vira sem roupa.

Que as coisas seguissem com o seu próprio ritmo, ele decidiu, com certo alívio.

Eles gostavam de conversar sobre seu primeiro encontro. Seus dois primeiros encontros, na verdade. Liam se lembrava da cena na sala de espera; Eunice se lembrava do café que os dois tomaram no PeeWee. Liam disse:

— Você parecia tão profissional. Tão perita. Tão *no comando*.

Eunice falou:

— Você me perguntou mais sobre mim numa conversa do que a maioria dos homens pergunta num ano.

— Você disse a Ishmael Cope "Verity", e parecia um pronunciamento vindo dos céus.

— Até mesmo no meio de sua busca de emprego você queria saber da minha vida.

— Como eu poderia não querer? — perguntou ele, e estava falando sério. Achava-a fascinante, engraçada e complexa. Era uma surpresa perpétua. Ele a estudava como a um idioma.

Por exemplo: ela estava sempre cronicamente atrasada em todos os lugares, mas fantasiava que podia vencer isso mantendo seu relógio dez minutos adiantado.

Agia de um modo completamente tolo quando encontrava um cachorrinho.

Luz do sol direta a fazia espirrar.

Entre seus medos mais profundos estavam as aranhas, a febre do Nilo Ocidental e recitais de corais. (Ela sofria da mórbida convicção de que poderia simplesmente dar um pulo e começar a cantar junto com o solista.)

Na verdade ela não gostava de qualquer ocasião formal, não apenas recitais, mas peças, palestras, concertos sinfônicos e jantares em restaurantes chiques. Se dependesse dela, preferia ficar em casa, e, se comessem fora, optava pelo mais humilde café ou lanchonete.

Não ligava muito para comida, de modo geral — não fazia esforço para cozinhar, e nunca parecia notar o que ele lhe dava para comer.

Não estava habituada a beber e ficava boba de um jeito encantador depois de uma única taça de vinho.

Nunca usava vestidos; só aquelas saias de camponesa ou calças abaloadas.

Também não usava cosméticos.

Só tivera três namorados sérios durante a vida inteira — nenhum dos quais, alegava ela, valia a pena discutir em qualquer profundidade.

Mas amiguinhas, como ela as chamava, Eunice tinha às dezenas, desde a época da creche, e vivia indo a despedidas de solteira e fazendo programas com elas.

Detestava gastar dinheiro, por uma questão de princípios. Dirigia distâncias ilógicas em busca da gasolina mais barata, e insistia em levar as sobras para casa, mesmo do McDonald's.

Tinha um plano de telefone celular que lhe dava mil minutos de graça por mês, mas as únicas vezes em que atendia eram quando o toque especial do Sr. Cope tocava, o coro de "Aleluia". Durante o resto do tempo, ignorava-o.

Era viciada em programas de TV ruins — reality shows, game shows e talk shows em que as pessoas soltavam o verbo — e confessava adormecer todas as noites com o canal de vendas. Não conseguia entender por que Liam não tinha uma televisão.

Desenvolveu o hábito de deixar bilhetes para que ele encontrasse depois que já tivesse ido embora, sempre assinados com uma carinha sorridente encimada por um cacho e um laço.

Era revigorantemente indiferente aos assuntos domésticos. Não tentava rearranjar os móveis dele, ou tornar o seu guarda-roupa mais elegante, ou sua dieta mais balanceada. Achava cômica sua cama tão bem-feita. Demonstrou (ficando discretamente atrás da entrada do quarto dele) as contorções que imaginava que ele tinha de fazer para se esgueirar para dentro dos lençóis todas as noites. Liam teve que rir disso.

Ele ria um bocado, naqueles dias.

Sabia que muitos de seus traços (o modo como sempre se atrasava e como era engraçadinha com as carinhas sorridentes e os cachorrinhos) normalmente teriam despertado seu sarcasmo mais mordaz, mas em vez disso ele se surpreendia rindo. E sentia, portanto, um tímido orgulho. Era um homem melhor do que imaginara.

Ela deixava rotineiramente pertences desgarrados para trás ao fim da noite, espalhados como as migalhas de pão de João e Maria — um guarda-chuva, uma pilha de pulseiras, o estojo de seus óculos e até mesmo, uma vez, sua bolsa. Um cardigã rústico preto seu ficou dobrado sobre uma cadeira durante dias, e, sempre que passava, Liam encontrava uma desculpa para ajeitar uma das mangas ou alisar o tecido antes de seguir adiante.

Barbara telefonou para saber como iam as coisas com Kitty. A essa altura já fazia umas três semanas que ela se mudara para lá.
— Muito bem — disse Liam. — Nenhum problema.
— Ela está obedecendo ao horário de voltar para casa?
— Claro.
— E você não está deixando Damian e ela sozinhos.
— De jeito nenhum.
Ou não mais do que podia evitar, acrescentou ele, mentalmente. Não conseguia entender como uma pessoa poderia ser supervisionada a cada minuto do dia.
— E quanto a você? — perguntou ele. — Está tudo bem?
— Ah, sim.
— Acho que é esquisito viver sozinho. — Pela primeira vez ocorreu-lhe que sozinha ela poderia ver Howie, o basset, com maior frequência. Tossiu de leve. — Está conseguindo se manter ocupada?
— Ah, sim — respondeu ela, outra vez.
Quem era ela para reclamar que os outros não eram abertos?
Era difícil dizer, pelo seu tom, se ela sabia de Eunice. Por acaso Kitty a mencionara? Mas não tinha certeza nem mesmo de que Kitty e Barbara mantinham contato, naqueles dias. Claro, Louise poderia ter dito alguma coisa. Ele definitivamente sentiu que Louise suspeitava de algo.

Certa noite, lá pelo fim de julho, Louise e Jonah apareceram sem avisar. Ela alegou que estavam fazendo compras no shopping center do outro lado da rua. Ora, estava *claro* que faziam compras; Jonah usava um novo tipo de tênis-patins que sentia muito orgulho em exibir. Mas aparecer sem avisar não era o estilo habitual de Louise. Ela chegou enquanto Liam colocara a mesa para o jantar. Tinha pedido comida indiana — ideia de Kitty —, que ainda não chegara. Eunice estava sentada na sala de estar, lendo em voz alta os anúncios de emprego. (Mesmo eles tendo abandonado o pretexto do currículo, Eunice fazia questão de entrar em modo "procura-se emprego" sempre que Kitty estava ao alcance de sua voz.)

— *Assistente de médico com experiência* — leu ela. — Mas, na verdade, você não precisa de *tanta* experiência assim se vai ser só assistente de alguém.

E Kitty e Damian estavam no gabinete, onde o rádio da menina berrava algo como *I want it, I want it, I want it*.

Quando Louise tocou a campainha, Liam deduziu que era a comida deles. Então, enquanto Jonah tentava demonstrar seus patins no carpete, a campainha soou de novo, e *era* a comida deles, e Liam teve que passar vários minutos cuidando daquilo. Quando por fim dispôs uma série de recipientes de alumínio com cheiro de curry sobre a mesa, Louise estava imersa em seus questionamentos:

— Você não gosta de cozinhar? — perguntava ela a Eunice.

Muito esperta: a pergunta implicava que Eunice desempenhava um papel regular na casa, o que ela teria que confirmar ou negar. Mas Eunice era astuta demais para isso — ou talvez distraída demais.

— Cozinhar? — disse ela, parecendo confusa. — Quem, eu?

— Acho que meu pai não come legumes suficientes — disse Louise a ela.

Embora, na verdade, Louise nunca estivesse por ali na hora das refeições de Liam e não tivesse a menor ideia do que ele comia.

Liam interveio:

— Há muitos legumes na comida indiana, se você quer saber.

— Ouça isto — falou Eunice, erguendo o jornal. — *Procura-se: Motorista para minha mãe, que tem 90 anos. Somente de dia; horário flexível. Deve ser sóbrio, confiável, pontual e NÃO PODE TER PROBLEMAS PESSOAIS! OU, SE TIVER, NÃO OS DISCUTA COM ELA!*

Liam riu, mas Louise não pareceu achar graça.

— Você poderia fazer isso — declarou Eunice a ele.

— Vou pensar.

Jonah tinha decidido experimentar os patins no piso de linóleo da cozinha. Segurava-se à pia enquanto seus pés deslizavam em direções opostas.

— Socorro! — gritou ele.

A essa altura Kitty tinha surgido do gabinete, embora Damian ainda estivesse escondido lá dentro, e ela salvou Jonah segurando-o por um cotovelo.

— Oi, Louise — disse ela.

— Oi.

A campainha soou pela terceira vez. Jonah disse:

— Talvez agora seja um tipo melhor de comida.

Mas a porta já estava se abrindo (sinal certeiro de que se tratava de uma das filhas de Liam; elas nunca esperavam que alguém fosse abrir), e Xanthe entrou. Ainda estava com suas roupas de assistente social, sérias, como as de uma matrona.

— Minha nossa — exclamou ela. — O que está acontecendo aqui, pai? Uma festa? — Ela lhe deu um rápido beijo no rosto e recuou para examiná-lo. — Cicatrizou bem.

Durante um segundo ele não conseguiu entender do que ela falava. Ah, sim: da última vez em que ela o vira, ele ainda estava enfaixado.

— O que traz você aqui? — perguntou ele.

— Vim porque faz dias que venho telefonando e a linha está sempre ocupada. Achei que talvez você tivesse morrido.

Ela não parecia ter perdido o sono por causa disso. Acenou com os dedos para as irmãs. Virou-se para Eunice, que abaixara o jornal.

— Xanthe, esta é Eunice — apresentou Liam.

Xanthe inclinou a cabeça.

— Vizinha? — perguntou a Eunice.

Eunice falou:

— Mais ou menos. — O que não era apenas esperto, era uma mentira deslavada. (Ela morava em Roland Park.) Abriu um sorriso afável para Xanthe. De onde Liam estava, seus óculos pareciam estar com aquele aspecto opaco de quando refletiam a luz.

Xanthe se virou novamente para Liam e disse:

— Telefonei várias vezes ontem à noite, e duas vezes hoje. Há algo de errado com o seu telefone?

— É a internet — falou Kitty.

— Papai estava na internet?

— Não, eu estava — respondeu Kitty. — Ele não tem banda larga, então tenho que usar conexão discada.

— Mas o que você está fazendo *aqui*?

— Estou morando aqui.

— Você está morando aqui?

— Vou passar o verão.

Xanthe parecia prestes a dizer alguma coisa, mas nesse momento Damian apareceu. Ele parecia meio acanhado, e não era de se admirar. Provavelmente concluíra que ia ser descoberto, mais cedo ou mais tarde, escondido no gabinete.

— Oi, Jo-Jo — disse ele a Jonah. Apoiou-se de lado na parede, enfiou as mãos nos bolsos e fitou os outros de um jeito rebelde.

Xanthe disse:

— Damian.

— E aí? — disse ele.

— Olá — falou ela, e soou como se o estivesse corrigindo.
Em seguida, virou-se para Liam e disse:
— Eu já vou indo.
— Você acabou de chegar!
— Até logo — disse ela para a sala de modo geral.
E saiu.
Houve um silêncio. Liam olhou de Louise para Kitty. Louise deu de ombros. Kitty disse:
— Bem, e então, Lou? Você está de carro?
— É claro que estou de carro.
— Poderia dar uma carona a mim e a Damian até Towson Commons?
— Claro.
— E depois pegar a gente quando o filme terminar?
— O quê? Não! Que tipo de vida vocês acham que eu tenho?
Ajustando-se sem esforço, Kitty se virou para Liam e perguntou:
— Papi, *você* poderia buscar a gente?
— Que hora?
— O filme termina às oito e quarenta.
— Acho que posso, sim.
Damian se endireitou e falou:
— *Okay*!
E Kitty disse a Louise:
— Então vamos.
— Neste minuto? — perguntou Liam. — E o jantar de vocês?
— Estamos com pressa. Venha, Jonah.
— Eu patino muito melhor do lado de fora — disse Jonah a Liam. — Você tem os pisos errados.
— Quero que me mostre, da próxima vez que vier — disse Liam.
— Também vou trazer meu livro de colorir. Ontem fiz Daniel na cova dos leões.

— Ah, que bom.

— *Vamos,* Jonah — disse Kitty. — Tchau, papi. Tchau, Eunice.

Então todo mundo partiu. Louise foi a última, e deixou a porta bater depois de sair.

Liam olhou para Eunice. Ela dobrou de novo o jornal e o colocou na mesa de centro.

— Então essa era Xanthe — disse, num tom pensativo.

— Você está pensando que é um nome inapropriado, não está? — perguntou Liam.

— O quê?

— Xanthe. Significa "dourada".

— Bem, tenho certeza de que em geral ela é uma pessoa muito agradável.

Liam estava se referindo à cor de Xanthe — seu cabelo castanho e suas sobrancelhas escuras. Estava tão acostumado ao jeito dela que não sentiu necessidade de comentar, mas em seguida falou:

— Ela ficou irritada por causa de Damian, eu acho. Pensa que foi ele que me atacou.

— Damian?

— É o que ela acha.

— Não foi ele, foi?

— Não, é claro que não.

Meio que de má vontade, ele começava a gostar de Damian. E vira garotos como ele em quantidade suficiente em St. Dyfrig para saber que ele não tinha um mau coração.

— Talvez seja eu — falou Eunice.

— Perdão?

— Talvez Xanthe tenha ficado irritada ao me encontrar aqui.

— Ah, não pode ser isso. Não na idade dela.

— Se ela fosse pega de surpresa, poderia — argumentou Eunice. — Mas será que ninguém teria comentado com ela? Kitty e ela não conversam?

— Acho que elas não conversam entre si — disse Liam. Isso lhe pareceu estranho, na mesma hora. Ele falou: — Mas talvez eu esteja enganado.

— Pelo menos agora posso dizer que conheci sua família inteira.

Ele não sabia por que sentiu um impulso momentâneo de corrigi-la. Não estava pensando em sua irmã, claro. Seria em Barbara? Não, que ridículo. Disse:

— É verdade. — E em seguida acrescentou: — E eu conheci precisamente zero da sua.

Eunice pareceu infeliz.

— Ah! Tem razão.

Embora Liam não conseguisse, na verdade, ter muito interesse pela família dela. Eram só seus pais, afinal — um casal de republicanos de direita, ao que parecia —, e ele sentia já ter passado havia muito do estágio da vida "vamos-conhecer-os-pais". Além disso (e esse era o ponto principal), Liam se sentia desconfortavelmente consciente de que ele e os pais de Eunice eram membros da mesma geração, mais ou menos. Que cena bizarra: um homem grisalho fazendo papel de Namorado da Filha enquanto o outro fazia papel de Pai Circunspecto. Mais uma prova de que aquele romance na verdade era bastante impróprio, pelo menos aos olhos do mundo.

Então ele disse:

— Talvez quando o seu pai estiver um pouco mais forte.

E Eunice concordou:

— Sim, talvez quando a fala dele melhorar. — Ela parecia aliviada. — Então você poderia aparecer para um drinque. Eles estão loucos para conhecê-lo. Poderíamos nos sentar no terraço e bater um longo papo. Vocês teriam tanto a conversar! Quando eles o conhecerem, vão adorá-lo, tenho certeza absoluta.

A cada palavra ela soava menos convincente. Liam disse:

— Não faz sentido apressar as coisas, quando ele esteve tão doente.

— Ah, não.

— Teremos muito tempo para nos conhecer, mais tarde.

— Ah, sim.

— E como *está* a fala dele, aliás?

— Está indo bem — respondeu ela. — Aos poucos, quer dizer.

— Ele está tendo alguma espécie de ajuda profissional?

— Ah, sim, toda semana. Sou eu quem o leva, porque minha mãe tem aula de aeróbica no mesmo horário. Ele está se tratando com essa gracinha de garota que fala ceceando. Dá para acreditar numa fonoaudióloga que ceceia?

— Vai ver foi por isso que ela entrou no ramo — disse Liam.

— Ela o chama de "Zenhor Dunthtead" — falou Eunice, com uma risadinha. — "Zenhor Zamuel Dunthtead."

Ela própria estava uma gracinha, Liam notou. Rir sempre deixava as bochechas dela rosadas.

Tentou imaginar os quatro sentados no terraço. Os pais dela perguntariam onde ele trabalhava, só para ser gentis, mas, quando ele falasse que não trabalhava, as expressões dos dois ficariam nubladas. Onde ele estava pensando em trabalhar, então? Em lugar nenhum. E ele era vinte e poucos anos mais velho do que a filha deles, e fracassara em dois casamentos, e morava num apartamento alugado.

Os dois trocariam olhares. Seus olhos iam se estreitar de um modo que Liam conhecia bem.

Mas as coisas não eram tão ruins quanto pareciam!, ele queria lhes dizer. Ele era um homem melhor do que aparentava.

De fato sentia, naqueles dias, que era um bom homem.

* * *

Ela era ainda menos social que Liam, se você não contasse aquelas amiguinhas. Esse era outro de seus traços. Quando o velho professor de filosofia de Liam esteve na cidade, ela alegou que o Sr. C. tinha uma reunião noturna que ia impedi-la de sair para jantar com eles. Quando o conselheiro de St. Dyfrig fez o seu churrasco anual, ela recusou por conta do alto índice de pólen no ar.

Mas, certa noite de sexta-feira, Bundy telefonou e perguntou a Liam se ele não queria sair para comer alguma coisa. Sua noiva o havia deixado, disse ele, e estava cansado de ficar em casa ruminando. Diante das circunstâncias, Liam sentiu que não podia recusar, embora já tivesse combinado de passar a noite com Eunice.

— Você se incomoda se eu levar alguém? — perguntou ele.

— Quem?

— Ah, uma mulher com quem tenho saído.

Ele se indagou se revelar o novo fato de que estava acompanhado, naquele momento em particular, demonstrava falta de tato, mas Bundy pareceu achar a perspectiva divertida.

— Uau! Isso eu tenho que ver. Por que não? Traga-a também.

Então Liam telefonou para o celular de Eunice e deixou uma mensagem sobre a mudança de planos. Tinha consciência, ao falar, de que não estava dando boas notícias; e, com certeza, quando Eunice ligou de volta, ela parecia menos do que empolgada.

— Achei que íamos comer em casa, esta noite.

— Bem, sim, nós íamos, mas Bundy está tentando superar um noivado desfeito.

— Você nunca mencionou nenhum Bundy *antes* — disse ela, num tom acusatório.

— Não? Ah, Bundy e eu nos conhecemos faz tempo. Ele é afro-americano — acrescentou, como um atrativo a mais.

Mas Eunice falou:

— Acho que não vou. Não sei ao certo até que horas o Sr. C. vai precisar de mim.

Liam resmungou. De tempos em tempos, ele tinha a sensação de que Ishmael Cope e ele tinham uma espécie de rivalidade de irmãos. Disse:

— Ele tem que permitir que você tenha *alguma* vida particular.

— Sim, mas também tem o fato de ser no Tumbleweed, foi o que você disse. Não quero comer no Tumbleweed! É chique demais. Não tenho roupas adequadas.

— O Tumbleweed não é chique — disse Liam. — Não vou nem usar gravata. Duvido que Bundy *tenha* uma gravata; ele não tem idade suficiente para...

Mas então Liam viu o que realmente a incomodava.

— Eunice. Meu bem. Você ficaria ótima com qualquer roupa. E eu vou ficar muito orgulhoso por apresentá-la.

— Bem, eu tenho alguma coisa em preto — falou Eunice. — Preto sempre parece mais elegante.

— Preto seria perfeito.

Combinaram de se encontrar no restaurante, porque Eunice tinha de passar na casa dos pais para se trocar. Como ela e Bundy não se conheciam, Liam fez questão de chegar primeiro, e pediu uma mesa na frente, onde pudesse esperar Eunice.

Era verdade que o Tumbleweed não era chique. As luzes eram falsos lampiões de querosene, a decoração era ao estilo Velho Oeste (escura, mesas reservadas cercadas por madeira ligeiramente pegajosa e pôsteres emoldurados de "Procura-se"), e a maioria dos outros clientes era de alunos da Towson University. Liam não conseguia imaginar que Eunice fosse ficar intimidada.

Através da janela da frente ele viu Bundy chegar, caminhando a passos largos em sua direção, um vulto de pernas compridas vindo pela calçada de um jeito que não parecia com dor de cotovelo. Um instante depois, ele estava sentado diante de Liam.

— Onde está a sua garota? — perguntou ele.

— Já vai chegar.

— É assim que funciona: só há uma quantidade limitada de romances no universo, ao mesmo tempo. Naomi me manda passear; você se dá bem. Como ela se chama?

— Eunice.

No mesmo instante o nome soou vagamente constrangedor. O som do *u* de algum modo fez com que ele pensasse em *urina*.

— Então! — disse ele. — Por que Naomi desmanchou o noivado? Ou você prefere não falar disso?

— Não há muito *do que* falar. Cheguei ontem da academia e ela estava falando ao telefone com a voz baixa, sexy. "Cheguei!", eu disse, e feito um raio ela disse ao telefone "Ótimo, vamos marcar para amanhã às duas. Xampu e uma aparada". Numa voz totalmente diferente, bem eficiente e mandona, como a que usaria com seu cabeleireiro. Então bateu o telefone com força. Em seguida, depois que ela foi para a cozinha, apertei o *redial*. Um homem atendeu e disse: "Oi, meu bem. Alarme falso?"

— Muitos cabeleireiros chamam as pessoas de "meu bem" — anunciou Liam com autoridade.

— Mas "alarme falso"? Por que ele diria isso?

— Hmm, talvez...

— Era o namorado dela, estou dizendo. Os dois me fazendo de bobo. Estou dizendo, tenho sido um *idiota*. Falei com ele: "Não, cara. Não foi alarme falso." E então fui para a cozinha. "Naomi, você tem umas coisinhas para explicar." Sabe o que ela disse? Disse: "Por que você está dizendo isso?" Disse: "Era só Ron do salão de beleza."

— Bem. Está vendo? — falou Liam. — Era Ron, do salão de beleza. E quando ela desligou apressada ele supôs que tinha tido alguma emergência, então, quando seu telefone tocou de novo, ele disse: "Alarme falso?"

— Como ele sabe que era Naomi? — perguntou-lhe Bundy.

— Tem um identificador de chamadas, claro.

— Certo. Por que um estabelecimento comercial precisa de um identificador de chamadas?

— Me parece que o identificador de chamadas seria muito útil para os negócios — disse Liam. Pensou no assunto por um momento. — Interessante. Se não fosse a tecnologia moderna, com identificador de chamadas e rediscagem, você ainda seria um homem feliz.

Bundy resfolegou.

— Eu ainda seria um homem cego — disse a Liam. Pegou um cardápio que a garçonete lhe oferecia. Deu-lhe uma segunda olhada, então; ela era jovem e loura, e a cintura, estreita com a mesma graça do cabo de suas taças d'água. — Como *você* está nesta bela noite? — perguntou-lhe.

— Estou bem, obrigada — falou a garçonete. — Vocês estão esperando por uma terceira pessoa?

Liam disse:

— Sim, ela deve...

Então lá estava Eunice, na mesma hora, entrando correndo e sem fôlego e dizendo:

— Sinto muito, sinto tanto, eu sabia que nunca conseguiria sair a tempo!

Ela usava preto, conforme dissera. Ou sua blusa, pelo menos, era preta — algodão preto e simples com grandes botões brancos feito balas Necco. Em torno do seu pescoço pendia uma corda de contas vermelhas do tamanho de chicletes imensos, o que lhe dava um certo ar de palhaço, e brincos de filigrana de prata em formato de árvores de Natal de cabeça para baixo pendiam uns 7 ou 8 centímetros abaixo dos lóbulos de suas orelhas.

— Estou bem? — perguntou ela a Liam.

Ele se levantara o máximo que o espaço da mesa permitia, e Bundy também.

Liam disse:

— Sim, você está muito...

Mas ela já estava se movendo, apressada.

Falou:

— A culpa por eu estar atrasada é do Sr. C. Ele me disse que precisava ir ao banheiro e é claro que eu não podia ir com ele, então, "Tudo bem, espero aqui na frente", e então ele não saía nunca, e eu pedi a esse homem que estava entrando; não era nem mesmo um dos nossos, não sei *quem* ele era, eu disse: "Com licença, se o senhor vir um cavalheiro de idade, poderia por favor..." Bem, para não aborrecê-los com todos os detalhes, quando cheguei em casa tinha dois minutos para conseguir chegar no restaurante a tempo, então tive que trocar de roupa numa fração de segundo, e é por isso que estou usando o que estou usando. Isto é, eu sei que não devia estar usando...

— Eunice, este é meu amigo Bundy Braithwaite — disse Liam.

— Eunice Dunstead.

— Como vai? — disse Bundy, levantando-se parcialmente. Estava com uma expressão visivelmente surpresa, pareceu a Liam.

Eunice falou:

— Normalmente eu não colocaria esta blusa com esta saia.

— Não quer se sentar? — perguntou-lhe Liam.

— Minha mãe sempre me diz — falou Eunice, sentando-se ao lado dele. — Ela fala: "Eunice, a parte de cima da roupa da pessoa nunca, jamais deve ser mais escura do que a de baixo. Dá um ar mafioso", ela diz. E, no entanto, aqui estou eu...

— Não tem problema se as duas metades tiverem um pouquinho de cor em comum — disse Bundy.

Eunice parou de falar.

— Sua saia tem uns detalhes em preto — disse ele.

— Ah!

— Caso encerrado.

Bundy agora parecia estar achando graça, o que não incomodou Liam nem um pouco. Ela *era* engraçada; era encantadoramente engraçada, e deixava seu braço nu e macio descansar de leve contra o dele.

— Vamos pedir uma garrafa de vinho? — perguntou ele. Sentiu uma vontade imensa de comemorar, de repente.

Mas, na verdade, Bundy não queria vinho. Queria algo mais forte.

— Sou um homem que foi chifrado — disse ele a Eunice, depois que fizeram seus pedidos. — Não sei se Liam mencionou.

— Ele falou algo a respeito disso.

— Então vinho não vai servir. Minha noiva foi embora do meu apartamento. Ela diz que não confio nela.

— Acho que estes brincos estão um pouco demais — falou Eunice.

Liam olhou para os brincos. Disse:

— Estão bonitos.

— Posso tirar, se você quiser.

— Estão *bonitos*.

— Você está prestando atenção ou não? — perguntou Bundy a Eunice. — Estou contando como meu *coração* foi dilacerado.

Eunice falou:

— Ah, desculpe. — Ela se endireitou na cadeira, entrelaçou os dedos e olhou para ele obedientemente, como uma criança numa sala de aula.

— Chego da academia ontem — começou Bundy, tudo outra vez — e ouço Naomi ao telefone com o namorado. Era o namorado dela, sem sombra de dúvida. Eu percebi que era, entende? Pelo seu tom de voz. Mas quando menciono alguma coisa nesse sentido, ela diz que não, que era o seu esteticista. Certo. Então ela diz, está bem, ela só me disse que era o seu esteticista porque sabia que eu ficaria com ciúmes de qualquer outra pessoa. Na verdade, ela diz, era um cara do trabalho. Eles só estavam discutindo trabalho. Eu digo: "Ah, claro." Ela diz: "Está vendo o que eu quero dizer? Você não confia em mim! Você não me dá crédito! Você nunca, nunca fala comigo; você se senta para assistir aos seus programas idiotas de esporte na TV, e então, quando conheço um homem capaz de ter uma conversa de verdade, você perde a cabeça!"

— Talvez você esteja melhor sem ela — sugeriu Eunice.

— O quê?

— Não devia nem se importar. Você quer ver TV; ela quer fazer outra coisa; deixe que ela faça! Deixe que ela saia com seu esteticista!

— Ele não é seu esteticista.

— Deixe que ela saia com quem quer que seja! Talvez todos os dias ela fique pensando: "Por que estamos juntos? Não mereço algo melhor do que isto? Alguém que me entenda?" E enquanto isso *você* poderia estar com alguma mulher que gostasse de ver esportes na TV.

— Ahn — disse Bundy. Recostou-se em seu assento.

Liam estava tentando descobrir se isso de algum modo se aplicava a ele. Deveria, por exemplo, comprar uma TV?

Eunice falou:

— Mas não quero interferir.

— Não, não... — disse Bundy. Em seguida falou de novo: — Ahn.

A garçonete chegou com as bebidas. Colocou um uísque diante de Bundy, e ele o segurou imediatamente, mas esperou até que o vinho deles fosse servido antes de erguer o copo para Liam e Eunice.

— Saúde — falou. E, em seguida: — Então, Eunice. Como você conheceu nosso rapaz aqui?

— Bem — falou Eunice. A tomar por seu tom de voz declarativo, e o modo importante como ela se ajeitou no assento, ficou claro que estava prestes a embarcar numa narrativa séria. — Um dia, há cerca de um mês, lá estou eu andando pela rua com o meu patrão. Meu patrão é Ishmael Cope. Da Cope Development. Eu faço anotações para ele durante reuniões e coisas do tipo. E estamos ali, caminhando pela rua, quando Liam sai do nada e vem dizer "Oi" a ele.

— Liam conhece Ishmael Cope? — perguntou Bundy.

— Superficialmente — disse Liam a ele.

— Eles se conheceram nessa festa beneficente para vítimas da diabetes — falou Eunice.

— Liam foi a uma festa beneficente?

— Sim, e em seguida... Espere, vou contar o que aconteceu. Liam para e fala com ele, mas o Sr. C. está um pouco... um pouco distraído hoje em dia, mas Liam é tão atencioso com ele, tão gentil, diplomático e atencioso...

— *Liam?* — perguntou Bundy. — Você está falando do nosso *Liam?*

Liam começava a se sentir irritado com Bundy, e talvez Eunice também estivesse, porque falou, com firmeza:

— Sim, Liam. Acho que você não o conhece bem. Liam é... essa pessoa muito atenciosa, não é o tipo de pessoa com que estamos acostumados, de jeito nenhum. Ele é diferente de qualquer outro homem que eu tenha conhecido. Há algo de diferente nele.

— Com *isso* eu concordo — disse Bundy.

Liam queria que Bundy não parecesse estar gostando tanto daquilo. Mas Eunice sorriu para ele, e uma covinha se formou em sua bochecha, como se alguém a tivesse cutucado de leve com o dedo indicador.

— Foi amor à primeira vista — disse ela a ele. Em seguida, virou-se para Liam: — Para mim, pelo menos, foi.

Liam declarou:

— Para mim também. — E ele viu então que era verdade.

Durante os drinques, durante a sopa, durante os pratos principais (filés para Eunice e Bundy, robalo para Liam), Liam ficou quase o tempo todo em silêncio, ouvindo os outros e sentindo um prazer secreto com o calor da coxa de Eunice contra a sua. Bundy voltou ao assunto de seu rompimento; Eunice fez sons murmurados apropriados. Fez "tsc-tsc" e sacudiu a cabeça, e um de seus brincos em forma de árvore de Natal caiu no prato com um estrépito.

Não que Liam não conhecesse os defeitos dela. Via a mesma mulher que Bundy devia ver: gordinha, com cabelo crespo e de óculos, malvestida, com joias bizarras, jovem demais para ele e honesta demais. Mas todas essas qualidades ele considerava adoráveis. E sentia pena do pobre Bundy, que teria de ir para casa sozinho.

Embora ele também, afinal, tivesse ido para casa sozinho naquela noite. (Eunice prometera que voltaria para casa a tempo de ajudar a colocar o pai para dormir.) Mesmo assim, Liam deixou o restaurante se sentindo inacreditavelmente sortudo.

Enquanto atravessava a rua até o carro, quase foi atropelado por algum motorista imbecil que fez a curva sem parar, e sua reação — o coração em disparada, o suor frio e a onda de raiva — fez com que se desse conta de como, hoje em dia, não queria morrer, e do quanto valorizava sua vida.

Então ele foi ao supermercado Eddie's.

Foi à filial de Charles Street do Eddie's numa manhã de segunda-feira. Precisava de leite. Leite foi tudo o que comprou, então achou que ia passar pelo caixa em questão de minutos. Entretanto, como seria de se esperar, a mulher na frente dele acabou tendo algum problema com o pagamento. Queria colocar aquela despesa na conta, mas não conseguia lembrar o número.

— Eu não deveria ter que lembrar qual o meu número — disse ela. Tinha aquele tom de voz áspero e duro de quem fumava havia muito, e seu cabelo claro, tingido e de pontas levantadas, e sua infantil saia evasê faziam Liam pensar no Country Club. (Ele tinha um preconceito contra country clubs.) Ela falou: — O Eddie's de Roland *Park* não pede o meu número.

— Não sei por que não — disse a moça no caixa. — Nas duas lojas, o seu número é o modo como acessamos a sua conta.

"Acessar" como verbo; meu Deus! O mundo estava mesmo perdido. Mas os pensamentos de Liam foram interrompidos pelo que a mulher disse em seguida.

— Bem, talvez eles peçam, mas eu só digo: "Procure. Você sabe o meu nome: Sra. Samuel Dunstead."

Liam ficou olhando fixamente para a sua caixa de leite longa vida enquanto chamavam o gerente, consultavam o computador e por fim digitavam o número. Ele observou enquanto a mulher assinava o recibo, e em seguida pigarreou e disse:

— Sra. Dunstead?

Ela estava colocando os óculos escuros. Virou-se e olhou para ele, os óculos a meio caminho do alto da cabeça, onde antes estavam empoleirados.

— Sou Liam Pennywell — disse a ela.

Ela colocou os óculos no nariz e continuou a olhar para ele; ou pelo menos foi o que ele supôs. (As lentes eram escuras demais para saber dizer com certeza.)

— O homem que está saindo com sua filha — continuou ele.

— Saindo com... Eunice?

— Isso mesmo. Por acaso ouvi o seu nome e achei que poderia...

— Saindo, quer dizer...?

— Saindo, bem, namorando — explicou ele.

— Isso não é possível — disse ela. — Eunice é casada.

— O quê?

— Não sei o que o senhor está querendo com isso — falou ela —, mas minha filha é uma mulher casada e feliz, e isso já faz um bom tempo.

Ela então se virou e pegou a sacola de compras e se foi.

A moça no caixa voltou os olhos para Liam como se estivesse assistindo a uma partida de tênis, mas ele só baixou os olhos, então em algum momento ela pegou o leite e o passou no scanner sem fazer qualquer comentário.

9

Ele conseguia pensar em várias possibilidades.

Primeiro, aquela poderia ser uma Sra. Dunstead diferente. (Mas uma Sra. *Samuel* Dunstead diferente? Com uma filha chamada Eunice?)

Ou talvez a mulher tivesse Alzheimer. Um tipo incomum e inverso de Alzheimer, em que, em vez de esquecer o que havia acontecido, se lembrava do que não havia acontecido.

Ou talvez fosse simplesmente maluca. Enlouquecida de preocupação por sua filha não ter um marido, ela tivera alucinações com uma centena de maridos e talvez até, quem sabe, um monte de crianças, ainda por cima.

Ou talvez Eunice fosse casada.

Ele foi para casa e colocou o leite na geladeira e dobrou a sacola de compras e guardou no armário. Sentou-se na cadeira de balanço com as mãos sobre os joelhos. Dentro de um minuto telefonaria para ela. Mas ainda não.

Pensou nas pistas cujo sinal de alerta ele ignorara: o fato de que o celular dela era o único modo de encontrá-la, nunca seu telefone de casa. O fato de que sempre precisava deixar uma mensagem para que ela ligasse de volta e era sempre ela, portanto, quem determinava quando iam conversar. Pensou em como ela preferia encontrá-lo em seu apartamento ou em algum lugar fora do caminho onde tinha certeza de que não encontraria algum conhecido. Como achava dezenas de motivos para encerrar as noites deles cedo. Como estava praticamente indisponível nos fins de semana. Como não o apresentara aos pais ou a nenhuma das amigas.

Se ele tivesse lido isso em alguma coluna de conselhos sentimentais, pensaria que a pessoa que escrevia era um tolo

Mas o rosto franco e sincero dela! Sua desinibição infantil, seus grandes olhos cinzentos ampliados pelos óculos imensos! Ela parecia não apenas inocente, como inteiramente intocada pela vida, não utilizada. Era possível dizer de cara, de algum modo, que ela nunca tivera um filho. E as filhas dele, que sempre alegavam conseguir sentir quando a pessoa era casada, mencionaram qualquer advertência quando conheceram Eunice? Não.

Mas então ele se lembrou da relutância dela em ir ao cinema com ele. Sempre dava alguma desculpa: o filme talvez fosse violento demais, ou deprimente demais, ou estrangeiro demais. E as poucas vezes em que foi, não queria ficar de mãos dadas. Tomava cuidado para não demonstrar afeição em qualquer local público, na verdade. Sozinha com Liam ela era tão carinhosa e confiante, mas em público se afastava se ele arriscasse passar um braço em torno do seu ombro.

Ele devia ter *decidido* não saber.

Então o telefone tocou e ele se levantou para olhar. DUNSTEAD E L. Por um momento, pensou em não atender. Então pegou o telefone e disse:

— Alô.

— Você está furioso comigo? — perguntou ela.

O coração dele afundou.

— Então é verdade — disse ele.

— Posso explicar, Liam! Posso explicar! Eu estava *planejando* explicar, mas nunca parecia... Minha mãe acabou de telefonar e deixar essa mensagem agitada. Ela falou: "Eunice, que homem estranho no supermercado; falou que você e ele estavam namorando." Disse: "Não estão, não é? Como poderiam estar?" Não sei o que vou dizer a ela. Posso ir até aí para conversarmos sobre isso?

— O que há para conversar? — perguntou ele. — Ou você é casada ou não é.

Contra todas as provas, ele percebeu, parecia estar esperando que ela dissesse que não era. Não tinha declarado com todas as letras que era, afinal. Ele ainda tinha uma ponta de esperança. Mas ela só perguntou:

— Você vai estar em casa por um tempinho?

— Você não tem que trabalhar?

— Não me importo com o trabalho! Vou estar aí em vinte minutos.

Ele desligou, voltou à sua cadeira de balanço e se sentou. Colocou as mãos outra vez nos joelhos. Pensou: "Para o que eu vou acordar pela manhã se não tiver Eunice?"

Evidentemente, tinha levado muito pouco tempo para se acostumar a estar com alguém.

Havia semanas que ela planejava lhe contar, foi o que disse. Desde que o conhecera, na verdade. Só não tinha encontrado o momento certo. Nunca pretendera enganá-lo. Disse tudo isso enquanto ainda estava na entrada. Ele abriu a porta da frente e ela se pendurou em seu pescoço, o rosto banhado em lágrimas, anéis de cabelo molhado grudados em suas bochechas, chorando.

— Eu sinto muito, eu sinto muito, eu sinto muito! Por favor, diga que não está furioso comigo!

Ele se soltou com certa dificuldade e a levou a uma das poltronas. Ela desabou ali, enterrou o rosto e se balançou para trás e para a frente, soluçando. Depois de alguns momentos de pé ao lado dela, em silêncio, Liam foi se sentar na outra poltrona. Durante algum tempo estudou as únicas partes do corpo dela expostas — suas mãos em concha —, e então lhe ocorreu perguntar:

— Por que você não usa aliança?

Ela se endireitou e limpou o nariz nas costas da mãos.

— Sofro de eczema — falou, a voz embargada.

— Ah!

— E, além disso, meus dedos são gordos. Não fico muito bem usando anéis.

Liam ajeitou uma prega na perna de sua calça. Disse:

— Então é... um casamento em curso. Existente, quero dizer.

Ela fez que sim.

— E vocês têm filhos?

— Ah! Não! — Ela parecia chocada. — Nenhum de nós dois quis.

Ele achava que isso oferecia certo consolo.

— Além disso, não temos nos dado muito bem — acrescentou ela, depois de um momento. — Acredite em mim, Liam: não é que você esteja separando esse casal perfeito.

Liam resistiu ao impulso de fazer alguma observação ácida. ("O que você vai dizer em seguida: *Meu marido não me compreende?*")

— Não nos demos bem desde o início, agora que penso no assunto — disse ela. — Foi quase que um casamento *arranjado*, na verdade. A mãe dele e a minha mãe jogavam tênis e eu acho que elas começaram a conversar um dia e decidiram que tinham que juntar seus dois filhos imprestáveis.

Ela olhou de relance para Liam, esperando talvez que ele a interrompesse e lhe dissesse, como em geral fazia, que ela não era imprestável. Mas ele não fez nada. Ela baixou os olhos outra vez. Torcia a barra da saia como se fosse um pano de prato.

— Pelo menos parecíamos imprestáveis a *elas* — continuou Eunice. — Eu estava com 32 anos naquela época e ainda não tinha me casado e nunca havia conseguido um emprego na minha área.

Estava vendo roupas nessa loja que pertencia a uma amiga da minha mãe, mas eu sabia que ela estava prestes a me demitir.

Liam se perguntava como Eunice teria conseguido se virar sem a rede de amigas da mãe.

— E ele estava com 34 e também não era casado, e todo o seu mundo era o seu trabalho. Ele trabalhava num laboratório na Hopkins; ainda trabalha. Outro graduado em biologia. Imagino que elas tenham pensado que tínhamos alguma coisa em comum; isto é, fora ser imprestáveis.

Ela olhou outra vez de relance para Liam, mas ele continuava sem interrompê-la.

— Eu sabia, desde o primeiro dia, que era um erro — continuou ela. — Ou, no fundo, eu sabia. Devia ter sabido. Olhava para ele como uma última chance. Alguém que resolvi aceitar. Talvez tenha sido por isso que não mudei meu nome quando nos casamos. Ele disse, depois do casamento: "Agora você é a Sra. Simmons." Falei: "O quê? Não sou a Sra. Simmons!" Além disso, pense bem: Eunice Simmons. Teria um chiado estranho entre os dois sons de *s*.

Pareciam estar se afastando do assunto. Liam falou:

— Eunice. Você me falou que só teve três namorados a vida inteira.

— Sim? E eu tive! Juro!

— Você não disse uma palavra sobre um marido.

— Sim, eu sei disso. Mas quando eu e você nos conhecemos, não havia motivo para lhe contar do meu marido. Estávamos discutindo a sua candidatura a um emprego. E você foi tão... tão gentil comigo, tão interessado no meu trabalho e me fazendo perguntas. Meu marido não se interessa nem um pouco. Ele nunca me pergunta nada. Meu marido é meio negativo, se você quer saber a verdade.

Todas as vezes que ela dizia "meu marido" era como um golpe físico em Liam. Ele se sentia estremecer.

— Ele tem essa atitude meio desajustada que me puxa para baixo — disse ela. Limpou o nariz de novo e então abriu a bolsa e começou a remexer lá dentro, encontrando por fim um lenço de papel. — Ele é muito pessimista, muito ensimesmado. Não faz bem para a minha saúde mental. Agora vejo isso. E então você apareceu... Bem, eu acho que estava procurando por alguém, e nem sabia disso! Não é incrível como funciona?

Liam não quis correr o risco de responder.

Eunice levantou os óculos um pouco e enxugou as pálpebras com o lenço de papel. Suas lentes estavam tão embaçadas que ele se perguntou como ela conseguia ver através delas.

(Normalmente isso o faria sorrir. Agora, fez seu peito doer.)

Ele disse:

— Tudo bem, por algum descuido infeliz você não me contou que era casada. Mas e quanto ao que me *contou*? Você mora mesmo com seus pais?

— Não.

— Não! Então onde mora?

Ela fechou o lenço de papel até formar um quadrado.

— Num apartamento em St. Paul Arms.

— Num apartamento com o seu marido.

— Sim.

— Então todas as noites você foi para casa ficar com o seu marido depois de me deixar.

Ela ergueu os olhos para os de Liam.

— Mas em geral ele não está. Muitas vezes passa a noite no laboratório. Nós mal nos vemos, eu juro.

— Mesmo assim, você me contou uma longa história sobre ter voltado a morar com seu pais. Você *inventou* isso. E eu acreditei! Então seu pai não teve um derrame?

— É claro que ele teve um derrame! Acha que eu ia inventar uma coisa dessas?

— Realmente não tenho ideia.

— Ele teve um derrame muito sério e ainda está se recuperando. Mas não estou morando lá; só vou ajudar.

— E quando você vem para o meu apartamento, diz ao seu marido que está com seus pais.

— Isso.

— E diz aos seus pais que está com seu marido.

Ela fez que sim.

— É como aquele filme com um personagem bígamo — comentou Liam. — Alec Guinness não fez papel de um bígamo, uma vez?

— Não sei do que você está falando — disse ela. Franziu as sobrancelhas, quando um novo pensamento lhe ocorreu. — Talvez eu só diga a mamãe que você é alguém do trabalho com quem uma vez tomei um café, e que você entendeu mal as coisas.

Liam decidiu fingir que não tinha ouvido aquilo. Perguntou:

— E quanto ao sábado passado, quando você foi naquele retiro de um dia com a Cope Development? Houve mesmo um retiro?

— *Sim*, houve um retiro. Eles fazem quatro retiros por ano. Por que eu diria que fazem se não fizessem?

— E os problemas de fala? A fonoaudióloga que fala ceceando? Foi só uma mentira diabolicamente criativa para me impedir de conhecer seus pais?

— Não, isso não foi mentira! — disse ela, indignada. — Ele tem uma fonoaudióloga. Ela fala ceceando. Não sou... desonesta, Liam.

— Você não é desonesta — repetiu ele, lentamente.

— Não da maneira como você está pensando. Não inventando histórias do nada. Foi só que eu me senti tão atraída por você de saída, e pensei como seria recomeçar com a pessoa certa, fazer a coisa *certa* dessa vez, mas sabia que você não ia pôr os olhos em mim outra vez se soubesse que eu era casada. Você disse isso, logo de cara. Você me disse que não poria. Disse que não acreditava em divórcio.

— Eu disse?
— Você disse que achava que o casamento devia ser permanente. Disse que o divórcio era pecado.

De repente ele era a pessoa errada, de alguma forma. Falou:

— Como posso ter dito isso? Eu próprio sou divorciado.

— Bem, só estou citando o que você me disse. Então, o que eu devia fazer, anunciar que era casada?

— Você poderia ter feito isso. Sim.

— E perder minha última chance de ser feliz?

Ele apertou os dedos sobre as têmporas. Disse:

— Não posso ter dito que o divórcio é pecado, Eunice. Você deve ter entendido mal. Mas eu levo o casamento a sério, sim. Mesmo o meu não tendo dado certo, sempre tentei me comportar de maneira... honrada. E agora descubro que estou saindo com a mulher de outro homem! Você imagina como me sinto com isso? Foi o que aconteceu quando eu era menino: um sujeito de fora aparecendo e arruinando o casamento dos meus pais. Como eu poderia achar justificável fazer a mesma coisa?

— Ah, *justificável* — falou Eunice. — Todas essas palavras honradas. Mas esta é a sua única vida, Liam! Não acha que merece passá-la com a pessoa que ama?

Seu celular tocou — o coral de "Aleluia", ligeiramente abafado por sua bolsa. Ela o ignorou. Fitava Liam com uma expressão implorante, o corpo inclinado para a frente na cadeira e agarrada ao seu quadrado de lenço de papel.

— É melhor atender — disse ele.

— É só o Sr. C.

— Bem, *atenda*, Eunice. Você não quer perder o emprego.

Ela vasculhou dentro da bolsa, mas continuava com os olhos fixos em Liam. Sem dúvida, ela o considerava insensível por pensar em trabalho num momento como aquele. Mas não era em seu trabalho que ele estava pensando, na verdade. Estava buscando uma oportunidade de sair daquela conversa.

Porque, como ele poderia discutir com ela? *Era* sua única vida. Ele não merecia passá-la com a pessoa que amava?

Não a acompanhou até o carro. Foi com ela à porta, mas quando Eunice ergueu o rosto para um beijo, ele recuou. Ela perguntou:
— Liam? Eu venho hoje à noite?
— Acho que não.
A recusa lhe deu uma satisfação perversa. Uma parte dele, Liam achou interessante observar, estava de fato furiosa com ela. Mas só uma parte, então, quando ela perguntou:
— Você nunca mais vai me deixar vir aqui? Nunca mais vamos nos ver?
Ele disse:
— Só preciso de um tempo para pensar, Eunice.
Então ele ficou ainda mais furioso com ela quando viu a expressão de alívio que passou por seu rosto. Sentiu uma súbita vontade de lhe dizer que agora *tinha* pensado, e que era o fim entre eles. Se as pessoas não podiam confiar uma na outra, qual o sentido de estarem juntas?

Mas se controlou, e fechou a porta com suavidade depois que ela saiu, em vez de batê-la.

Conhecia bem aqueles rompantes de ódio. (Tinha sido casado duas vezes, afinal.) Conhecia-os o suficiente para não agir quando tomado por eles.

Mas depois que voltou a se sentar em sua cadeira afundou numa raiva mais profunda e mais amarga. Começou com a memória daquela cena com a Sra. Dunstead — tão humilhante, de fazer o rosto se contorcer. O que ela devia ter pensado! Voltou às mentiras de Eunice, e cada uma o humilhava ainda mais, porque não conseguia acreditar que estivera cego de tão bom grado durante tanto tempo. E refletiu sobre o fato de que em alguns aspectos ela era, como ela mesma tinha dito, uma fracassada. Em *muitos* aspectos ela era uma fracassada. Era ingênua e levava tudo ao pé da letra, e não conseguia se manter num emprego por mais que tentasse. E, além disso, quem teria dificuldade em encontrar um emprego na área de *biologia,* por Deus? Usava sandálias que pareciam aquelas canoas antigas. Corava e ficava cheia de erupções na pele. Só um homem de idade, amigável e sem muito o que fazer teria se convencido a amá-la.

Será que ele estava tão desesperado assim?

E então o pior de tudo: tinha invadido um casamento. Não era assim tão diferente de Esther Jo Baddingley, apropriadamente chamada de "A Outra", que destruíra sua família.

A igreja de Louise provavelmente diria que não tinha a menor diferença — que aquilo era um pecado, de todo modo, mesmo que inconsciente. Mas Liam, é claro, sabia que não era assim. Naquela contagem de pontos, ele não tinha culpa.

Ou quase não tinha culpa.

Ou *devia* não ter culpa.

Ele deixou a cabeça cair entre as mãos.

Kitty veio para casa com um saco de papel cheio de tomates. Disse que um de seus dentistas morava em Greenspring Valley e todos os seus tomates tinham amadurecido ao mesmo tempo.

— Então podemos fazer algum tipo de massa para o jantar? — perguntou a Liam. — Alguma coisa italiana, e Damian pode vir comer conosco?

— Claro — respondeu Liam, sem se mexer.

Naquelas vezes em que Eunice se afastara dele quando Kitty entrava, não era por causa de Kitty. Ela estava pensando em si mesma. Em sua reputação. Não queria testemunhas.

— Olá? — disse Kitty.

E em seguida:

— Por que você está sentado aí?

— Por nada.

— Está tudo bem?

— Estou bem.

Ele se levantou e foi para a cozinha, seguido pela filha com seu saco de tomates.

— Vamos ver — disse ele, abrindo um armário. — Massa de ovos, mas só um punhado. Cabelo de anjo, outro punhado. Bem, talvez pudéssemos combinar as duas. Tenho orégano. Mas não tenho alho. Acho que precisaríamos de alho para qualquer coisa italiana.

— Vou pedir a Damian que traga um pouco da casa da mãe dele — falou Kitty.

— Está bem.

Ele se inclinou para pegar uma panela no armário. Achou seu peso incomum. Parecia estar avançando em meio à lama. Seus braços e suas pernas pesavam uma tonelada.

Kitty começou a colocar os tomates em cima do balcão.

— Alguns parecem ter passado da data de validade — comentou ela.

— Melhor ainda para fazer um molho! Mais fácil de esmagar!

A voz dele tinha uma alegria falsa, mas Kitty não pareceu notar.

Foi trocar suas roupas do trabalho, e no instante em que saiu o telefone tocou. *DUNSTEAD E L.* Ele começou a procurar o azeite. O telefone continuou tocando.

— Não vai atender? — gritou Kitty, do gabinete.

— Não.

Ele teve medo de que ela mesma fosse atender, mas em seguida a ouviu falando com Damian pelo celular. Sempre sabia quando era Damian, porque ela falava numa voz tão baixa que parecia estar cantarolando.

O telefone da cozinha se calou no meio de um toque, dando um pio final interrompido que pareceu patético a Liam.

Ele se perguntou se Eunice preparava o jantar para o marido. Faria sentido que sim, pelo menos se o marido emergisse do laboratório, e, contudo, Liam não conseguia imaginar aquilo. Também não conseguia imaginá-la indo fazer compras no supermercado, aspirando a casa ou passando roupa. Quando tentava, o marido dela se materializava no fundo. Era um vulto sombrio com uma camiseta de baixo, sem mangas, musculoso e taciturno, algo ao estilo de Marlon Brando em *Uma rua chamada pecado*.

Negativo, fora como Eunice chamara o marido. O que ela queria dizer com isso? Liam parecia incapaz de parar de analisar cada palavra da conversa daquela tarde. *Não faz bem à minha saúde mental* era ponto contra ela — uma daquelas observações *new age* que só os jovens e os egocêntricos fariam. Ah, definitivamente, ele estava melhor sem ela.

Ou não.

Se soubesse desde o início que ela era casada, não estaria nessa situação difícil. Teria sido fácil desligar seus sentimentos antes que começassem; ele fazia isso constantemente, todo mundo fazia, sem nem mesmo pensar no assunto.

(Uma memória lhe voltou à mente, de Janice Elmer em St. Dyfrig, cujo marido estava fora com a Guarda Nacional. Uma vez ela perguntou a Liam se ele gostava de comida chinesa, e ele disse: "Não gosto de *nenhuma* comida" — uma reação tão enfática que ele se deu conta de que era sua defesa instintiva contra a possibilidade, provavelmente imaginada, de algum convite comprometedor.)

Agora, porém, era tarde demais para desligar seus sentimentos por Eunice. Agora, tinha se habituado a ela.

Colocou os tomates na panela para cozinhar e acrescentou o saco vazio à sua sacola de supermercado cheia de jornais, que levou para a lata de lixo reciclável. O sol havia começado a baixar e o ar lá fora estava mais fresco do que dentro de casa, com uma leve brisa agitando os pinheiros acima da calçada. Liam viu alguém diante dele carregando uma caixa de papelão vazia — um homem troncudo numa camisa com estampa havaiana.

— Ora, olá! — disse o homem, parando para esperá-lo.

— Oi — cumprimentou Liam.

— Como vai?

— Ahn, bem.

— Não se lembra de mim, não é? Bob Hunstler. O casal que ligou para a emergência.

— Ah! Desculpe — disse Liam. Moveu a sacola para o lado e o cumprimentou com um aperto de mãos.

— Imagino que tenha visto onde foi que prenderam o sujeito — disse o Sr. Hunstler.

— Prenderam?

— Estava no jornal de domingo. Você não viu? Bem aqui, no condomínio.

— *Neste* condomínio? — perguntou Liam. Olhou ao redor.

— Bem, ele não mora aqui. Mas a mãe mora. A Sra. Twill, no edifício D. Nós *conhecemos* aquela mulher, de vista, pelo menos. A pessoa mais gentil do mundo. Mas não é culpa dela ter um filho malandro, não é mesmo?

— Não, acho que não.

— Eles o pegaram no B, fugindo com um equipamento de som. É a mesma coisa todas as vezes que ele visita a mãe, simplesmente passa no apartamento de alguém quando está de saída e pega uma coisinha para levar para casa.

— É mesmo? A polícia não voltou a me procurar.

— Bem, talvez por terem pegado o sujeito no edifício B com a mão na massa achem que não há mais necessidade de envolver ninguém.

O Sr. Hunstler voltou a andar, balançando a caixa de papelão ao lado do corpo, mas Liam diminuiu o passo até parar.

— Foi bom ver você — exclamou ele.

— Ah, você não estava indo até a lata de lixo?

— Vou procurar esse jornal.

O Sr. Hunstler ergueu o braço numa espécie de aceno e seguiu em frente, se arrastando.

De volta ao apartamento, Liam derramou a sacola de cabeça para baixo sobre uma cadeira. Sábado, 5 de agosto. Ahá. Encontrou as notícias policiais na seção de Maryland. *Homem preso em flagrante em roubos na periferia*; devia ser isso. Um parágrafo que não chegava a ter quatro centímetros, sem foto.

> *Supõe-se que a prisão de Lamont Edward Twill, 24, vá pôr fim a uma série de invasões domiciliares em Baltimore County. O Sr. Twill foi detido por um residente do condomínio Windy Pines, onde foi visto colocando equipamento eletrônico roubado em sua caminhonete.*
>
> *Uma busca em sua residência em Lutherville revelou vários itens que haviam desaparecido de moradias nas áreas de Towson e Timonium nos últimos meses.*

— Seus tomates estão explodindo — disse Kitty, entrando na sala.

— Diminua o fogo, então.

— O que são todos esse jornais?

Ele lhe entregou a seção de Maryland.

— Meu ladrão.

— Sério?

Ela pegou o jornal e leu onde ele apontava.

— Ora, vejam só — disse ela. Depois devolveu o jornal a ele e foi até o fogão. — Achei que você fosse esperar pelo alho antes de começar a cozinhar os tomates — exclamou ela, no instante seguinte.

— Acrescento quando chegar.

— Não vai adiantar muito *nesse* estágio.

Liam não se deu o trabalho de responder. Estava relendo a notícia repetidas vezes. Gostaria que tivessem incluído uma fotografia. Talvez algum detalhe ao acaso fosse disparar uma centelha em seu cérebro. Só a visão de relance de um bigode, digamos, ou de um sinal de nascença ou de uma cicatriz, e ele pensaria: "Espere! Já não vi isso antes em algum lugar?"

O esforço familiar de tentar se lembrar do que não estava ali o levou de volta a Eunice — a Eunice original; Eunice como ele fantasiara inicialmente, quando imaginou que ela talvez o salvasse.

No fim das contas, misturar massa de ovos e cabelo de anjo não foi uma ideia muito boa. Ou, pelo menos, os dois deveriam ter sido cozidos em panelas separadas. O macarrão ainda mostrava certa resistência no meio e o cabelo de anjo estava cozido demais. Liam e Kitty deram conta do seu, independente disso, mas Damian, Liam notou, pescou com o garfo cada fio de cabelo de anjo, um a um, e deixou o macarrão. Mesmo a política de Liam sendo a de nunca se desculpar pela comida que preparava, acabou dizendo:

— Talvez o macarrão pudesse ter ficado mais uns minutos.

— Nah, está ótimo! — disse-lhe Damian.

Liam se sentiu comovido. Kitty também, evidentemente, porque estendeu o braço e deu um tapinha afetuoso no punho de Damian.

Liam desviou o olhar.

Damian ficou muito interessado na notícia da prisão. Achou que Liam devia ir ver os itens roubados.

— Pode ser que encontre alguma coisa ali que nem sabia estar faltando — comentou ele.

— Nesse caso, por que pegar de volta? — perguntou Liam.

— Porque, daqui a seis meses, o senhor pode pensar, de repente: "Ei, eu não tinha um negócio assim ou assado?" E aí vai se arrepender de não ter ido ver quando teve a chance.

— Bem, mas essas coisas não estão em exibição pública em algum lugar — disse Liam.

Ele gostaria que Xanthe pudesse ouvir a conversa deles. Estava tão segura de que o invasor tinha sido Damian! Ele se lembrava de como ela fora embora com impaciência ao descobrir que Damian estava por ali. Não voltara desde então, na verdade. Mas ali estava Damian, alegremente ignorante do fato de que alguém sonhasse em suspeitar dele. Agora propunha que Liam fosse ao reconhecimento.

— Reconhecimento? Que reconhecimento? — indagou Liam. — Por que eles fariam um reconhecimento? Você anda vendo TV demais.

— Eles deviam pelo menos deixar que o senhor conhecesse o cara. Não quer ver quem era? Não quer, sei lá, confrontá-lo?

— Ah, não sou grande coisa em confrontos — disse Liam. — *Seria*, talvez, se isso trouxesse minha memória de volta...

Ele se interrompeu, porque sabia que todo mundo achava que estava dando importância demais à questão da memória. Disse:

— Mas, quanto a conhecê-lo só para ver quem ele é... bem, qual o sentido? Ele não me escolheu. Foi como um desses acidentes sobre os quais você lê no jornal: um viaduto desaba e um homem que passava de carro por baixo dele morre na hora. Ele estava em sua faixa, obedeceu aos sinais, verificou o espelho retrovisor, respeitou o limite de velocidade, e *ainda assim* morreu. Essas coisas simplesmente acontecem.

— Não simplesmente aconteceu de o sujeito dar uma pancada na sua cabeça — argumentou Damian.

— Na verdade, simplesmente aconteceu, porque aconteceu de eu estar ali. Não faz sentido ir vê-lo agora e lhe perguntar por quê.

Damian franziu a testa, visivelmente desconcertado. Talvez tivesse continuado discutindo, mas nesse momento o telefone tocou. Liam continuou sentado. Kitty perguntou:
— Quer que eu atenda?
— Deixa para lá — disse Liam.
— Não tem problema, eu já terminei. — Ela se levantou e pegou o telefone. — Alô? Oi. Claro, só um instante. É Eunice, pai.
— Estou comendo — disse Liam a ela. E, para comprová-lo, pegou o molho de tomate e colocou uma colherada em seu prato vazio.

Depois de uma pausa, Kitty disse:
— Eunice? Ele pode ligar mais tarde? Está bem. Tchau.

Voltou para a mesa e se sentou. Tanto ela quanto Damian ficaram em silêncio.

— Acho que você tinha razão quanto ao alho — disse Liam. — Eu devia ter acrescentado no início. Não consigo nem sentir o gosto.

Ele pegou o queijo parmesão e salpicou sobre o molho. Veio de lugar nenhum a memória de um espaguete que ele e Eunice tinham jantado na semana anterior, num café mal-iluminado no shopping center do outro lado da rua. A garçonete começara se apresentando.

— Oi — dissera ela. — Sou Debbie, e vou ser a sua garçonete hoje.

Era uma prática que sempre fazia Liam revirar os olhos, mas Eunice parecia achar simpático. Durante todo o jantar ela usara contente o nome da mulher. "Debbie, poderia nos trazer mais pão?" e "Estava delicioso, Debbie". Liam se sentira o tempo todo um pouco irritado com ela. Agora, porém, pareceu-lhe engraçado. Uma risada chegou a lhe escapar, e ele abaixou a cabeça para escondê-la se ocupando com sua comida.

10

O pai de Liam morava perto da Harford Road, num bairro com chalés simples dos anos 1940 e laterais revestidas de ripas de madeira marrom, varandas atarracadas na frente e faixas de gramado bem-cuidadas. Liam poderia ter encontrado aquele lugar de olhos fechados, e não apenas por ser uma linha reta saindo da Northern Parkway. Viajava para lá desde a adolescência. Na verdade, foi o primeiro endereço para onde dirigiu, no primeiro dia em que se viu com sua carteira de motorista. Pedira permissão para pegar emprestado o carro da família e fugira (foi como pensou nisso), agarrando o volante com ambas as mãos e verificando constantemente o espelho retrovisor, conforme o instrutor havia lhe ensinado, mas o leve formigamento na espinha viera menos do nervosismo de ser um motorista recente que da consciência de que estava traindo sua mãe. Ela teria ficado tão angustiada se soubesse aonde ele estava indo. Era, de modo geral, uma mulher que se angustiava com facilidade. "Isso fere os meus sentimentos", era sua observação mais comum. E também "Acho que estou sem apetite", enquanto empurrava o prato tristemente depois que Liam tinha feito algo que a desapontara. Ele a desapontava com frequência, por mais que tentasse evitá-lo.

O cenário não mudara muito em todos aqueles anos. Até mesmo as flores no jardim tinham um aspecto datado — grumos azuis ou brancos em forma de sino em arbustos, eles próprios podados até ficar com um formato arredondado. Havia ornamentos de jardim em abundância — gnomos de gesso, corças e famílias de patos, banheiras de pássaros, moinhos de vento, reluzentes globos de alumínio, figuras recortadas em madeira de garotas usando touca e curvadas sobre os canteiros com seus regadores de lata. O jardim do pai de Liam tinha uma minicarroça plantada com gerânios vermelhos e presa a um pônei de gesso.

Liam estacionou atrás daquela banheira que era o Chevy do pai e caminhou até a varanda. Não tinha telefonado antes. Nunca fazia isso. Na juventude, o que ele queria era um efeito de improviso e casualidade, e a essa altura já era tradição. Bard Pennywell se aposentara havia muito da Seguros Sure-Tee, e Esther Jo tinha sido convidada a sair de lá quando eles se casaram.

Foi Esther Jo quem atendeu a campainha.

— Liam! — falou ela.

Eles nunca desenvolveram o hábito de se beijar quando se encontravam. Para Liam, quando adolescente, ela parecia perigosa demais, obviamente sexy demais para que ele arriscasse. Agora era ela uma mulher inchada, em formato de pombo, com seus 70 e poucos anos, usando um avental de criança e chinelos de pano, mas, se você soubesse procurar as pistas — os cachos em seu cabelo louro-claro, as sobrancelhas depiladas no formato de fios irregulares —, ainda conseguia perceber que ela havia sido, no passado, a "sensação" do escritório.

— Espero que eu não tenha vindo num momento ruim — disse Liam a ela.

— Não, não, de jeito nenhum. Seu pai só estava... Bard? É Liam! Seu pai só estava podando a grama lá nos fundos. Não que haja muita coisa para podar, ultimamente. Como está seco! Eu já quase me esqueci de como é a chuva.

Ela conduzia Liam à sala de estar, que sempre parecera a ele um lugar estranhamente infantil, como um quarto de menina. Havia uma fila de bichos de pelúcia sobre o sofá de brocado, e, na estante de madeira escura, uma coleção de bonecas com vestidos antigos, crinolinas e calções aparecendo sob a bainha.

Liam se instalou numa poltrona, mas se levantou outra vez quando seu pai entrou.

— Ora, olá, estranho! — disse seu pai.

Ele usava uma camisa bem-passada e uma gravata listrada; não era o tipo de homem que se vestia de modo deselegante nem mesmo para podar a grama. Ao contrário de Liam, ele emagrecera e encolhera ao envelhecer, e o alto de sua cabeça era completamente careca, seu cabelo não mais do que dois tufos brancos emoldurando um rosto estreito e muito enrugado.

Ao apertarem as mãos, Liam disse:

— Só pensei em passar para ver como vocês estavam.

— Estamos bem! Nada mal! Foi uma ótima surpresa, filho. — Bard se sentou no sofá, estendendo o braço sem olhar para afastar um urso de pelúcia com roupa de líder de torcida. — Como vai você? Como vão as meninas?

— Estão todas bem — disse Liam, sentando-se outra vez. — Mandaram lembranças.

Ou teriam mandado, pensou Liam, se soubessem que ele estava indo vê-lo. Quase não havia contato entre as duas partes de sua família.

— Vou pegar um pouco de chá gelado — falou Esther Jo. Seus braços estavam cruzados firmemente sob o peito, como se ela sentisse que precisava se aquecer. — Vocês dois, fiquem sentadinhos aí. Não se levantem! Fiquem aí e conversem um pouco. Vou deixá-los em paz.

Ela saiu da sala, seus chinelos fazendo um ruído como o de sussurros sobre as tábuas do piso.

— Pensei que você estivesse no trabalho, a uma hora dessas — comentou o pai de Liam, olhando de relance para o relógio de pulso. Passava um pouco do meio-dia, Liam sabia sem precisar olhar. — As aulas de verão já acabaram?

— Não vou fazer isso este ano.
— Ah! Precisava de um descanso, não é?
— Bem... e estive de mudança.
— De mudança?! Para onde?
— Um lugar menor, perto da Beltway. Me lembre de lhe dar o telefone.

Seu pai fez que sim com a cabeça.

— *Nós* devíamos nos mudar — falou. — Ficar livres de todo este trabalho no quintal. Mas não sei, sua madrasta gosta tanto da casa.

Como Liam não conseguia muito bem ligar Esther Jo à palavra "madrasta", teve um pequeno branco antes de dizer:

— Ah! Bem, isso é compreensível.
— Ela diz: "Onde é que eu ia colocar todas as minhas coisinhas bonitas? Onde minha irmã ficaria quando viesse nos visitar?"
— Não que um apartamento não possa ter um quarto de visitas — disse Liam.
— Não, mas você sabe...
— Na verdade, Kitty está ficando lá em casa atualmente.
— Ora, vejam só! — Seu pai alisou a ponta da gravata.

Na verdade, os dois não tinham o que dizer um ao outro. Por que Liam precisava descobrir isso todas as vezes que ia visitá-lo?

Tentavam, porém. Ambos tentavam. Seu pai perguntou:

— E como vai Kitty, por falar nisso?
— Ela está bem — disse Liam. — Está trabalhando no consultório de um dentista, este verão.
— Ela está pensando em virar especialista em higiene bucal, é isso?
— Não, não. É só um trabalho temporário, durante o verão. Está preenchendo fichas.

Seu pai pigarreou.

— E a sua irmã?
— Ela também está bem.

Liam percebeu que estava tentando ouvir algum som vindo da cozinha, se perguntando se Esther Jo viria salvá-los.

— Na verdade, faz algum tempo que não vejo Julia.

— Eu também — falou seu pai, e deu uma risada que mais parecia uma tosse seca, embora seu rosto permanecesse sério. (Fazia quarenta e poucos anos que ele não via Julia, e isso porque aparecera sem ser convidado na formatura dela, no último ano da escola.) Ele se mexeu de leve no assento, como se estivesse arrependido da piadinha, e alisou outra vez a gravata.

— Fui demitido de St. Dyfrig — disse Liam.

Pelo menos era um tópico para conversa.

— Demitido!

— Eles vão juntar as duas turmas do quinto ano, no próximo ano.

— Mas você está lá há séculos!

— Mais ou menos isso.

— Você não tem preferência por ser mais velho?

— Ah, bem, não sei. Não é assim que funciona, por lá.

— E *como* funciona?

— Não sei, já disse — falou Liam. Olhou agradecido na direção da cozinha, onde ouviu o chocalhar de cubos de gelo se aproximando.

— Chá feito em casa! — anunciou Esther Jo, aparecendo com uma bandeja. — Tenho que confessar que nunca me dei bem com chá instantâneo. Parece ter um gosto meio de poeira.

Ela colocou a bandeja na mesa de centro e entregou um copo alto a cada um. Naquele ínterim, passara batom. Seus lábios brilhantes, cor de cereja, fizeram Liam se lembrar dos tempos em que ela e seu pai começaram a namorar, quando ela era aquela estrela de cinema, linda em seu suéter que destacava seu corpo exuberante e suas saias retas e justas de pregas nas pontas.

Não era incrível, pensou ele, que uma espécie teoricamente tão evoluída quanto a humana ainda estivesse tão sujeita à biologia?

E agora ali estavam eles: seu pai idoso encolhido e mais parecendo palha de milho, os pés inchados da *femme fatale* metidos em chinelos de chita.

— Liam perdeu o emprego — disse Bard a Esther Jo.
— Ah, não, Liam! — exclamou ela.
Liam disse:
— É.
— O que você vai *fazer*? — perguntou ela.
— Bem, estou pensando no assunto.
— Você sabe que em menos de um segundo alguém vai querer contratá-lo — garantiu-lhe ela. — Que tal uma das escolas públicas? Estão precisando desesperadamente de bons professores nas escolas públicas.
— Mas não sou licenciado — disse Liam.
— Bem, *alguma coisa* vai surgir, tenho certeza. Sabe do que mais? — acrescentou ela, apoiando o copo na mesa. — Eu devia ler a sua sorte.
— Ah, sim, querida, boa ideia — concordou Bard. — Faz um bom tempo que você não lê a sorte.
— Não a minha, pelo menos — disse Liam.
Ele se lembrou de quando ela lera sua sorte, na época em que Liam estava se candidatando a cursos de pós-graduação. Dissera que iria para um lugar que seria bom profissionalmente, mas não pessoalmente. E o que isso queria *dizer*? Seria preciso lhe perguntar, mas não tinha importância; pelo menos, se ela lesse a sua sorte, isso lhes daria algo com que preencher o silêncio. Ele perguntou:
— Você faria isso?
— Bem, se eu ainda souber como — disse ela. — Parece que, quanto mais velhos os nossos amigos ficam, menos se importam com isso. Nem me lembro de qual foi a última vez... Betty Adler, talvez. Foi Betty? — perguntou a Bard. — Betty queria saber se devia se mudar para o Novo México para ficar perto da filha casada. Me deixe levar este banquinho mais para perto.

Ela empurrou o banquinho para a frente de Liam e se sentou nele, colocando decorosamente os dois joelhos para um lado. De perto, tinha um suave aroma de rosas.

— Me deixe ver as suas mãos — ordenou, e Liam as estendeu para ela, obedientemente. Ela segurou ambas na ponta dos dedos e as curvou de leve para trás, a fim de alisá-las. Seus dedos estavam frios e úmidos do copo de chá gelado. Disse: — Muito bem, o que eu gosto de fazer primeiro é... ah!

Ela fitava sua palma esquerda — a linha serrilhada da cicatriz.

— O que *aconteceu*?

— Sofri um pequeno acidente.

Ela estalou a língua, parecendo aturdida.

— Bem, isso distorce tudo. Nunca me deparei com uma coisa destas antes.

— É só uma cicatriz — observou Liam. Por algum motivo, ele achou importante levar aquilo adiante, **agora**. — Não vejo por que faria diferença.

— Mas devo tratá-la como se fosse uma linha nova em folha, ou o quê? E como leio o que está por baixo? *Não sei* o que está por baixo! A sua mão esquerda é o seu passado inteiro! Será que algum dos meus livros trata disso?

— Se é o meu passado, qual o problema? Só queremos saber do meu futuro.

— Ah, não é possível ler um sem o outro — disse Esther Jo. — Estão misturados. Se projetam um no outro. Isso é o que os amadores não entendem.

Ela soltou as mãos dele com um tapinha que deu a Liam uma sensação de rejeição, bastante absurda.

— Vamos ver se consigo explicar isso — falou ela. — Sabe como os fazendeiros conseguem prever como vai ser o inverno olhando para os frutos secos e as frutas silvestres? Esses frutos estão do jeito como estão por causa do que aconteceu antes; quanta chuva caiu etc. etc. Um bocado de coisas depende do que já aconteceu. E os fazendeiros sabem disso.

Esther Jo fez que sim com a cabeça, rapidamente, confirmando o que ela mesma dizia.

— Bem, da mesma maneira, alguém que lê a sorte de verdade, e não é por me gabar, mas *eu* leio a sorte de verdade, de algum modo sempre tive esse dom... mas alguém que lê a sorte de verdade sabe que o seu futuro depende do seu passado. Ele continua mudando, não está gravado a ferro e fogo. Continua se projetando do que quer que tenha acontecido antes. Então, não, não posso fazer nada sem ver o que está na palma da sua mão esquerda.

E ela se endireitou sobre o banquinho com uma expressão incomodamente presunçosa e entrelaçou os dedos em torno dos joelhos.

Liam perguntou:

— Será que não pode pelo menos fazer uma tentativa?

Ela sacudiu a cabeça de forma vigorosa.

— Você sabe o que eles dizem — declarou. — Aqueles que esquecem o passado tendem a lamentar o futuro.

— O quê?

Bard interveio:

— Ah, querida. Acho que você podia abrir uma exceção desta vez.

— Não é uma questão de escolha.

Ele falou:

— Pelo menos isso ia nos ajudar a passar o tempo. Olhe para as coisas sob esse ângulo.

— Passar o tempo! — disse ela. — Eu não lhe disse que leio a sorte de verdade?

— Ah, bem, *de verdade;* ha-ha...

— Você não sabe que eu leio a sorte das pessoas desde que tinha 7 anos?

— O rapaz só estava querendo saber onde arranjar um emprego, Esther Jo.

Liam disse:

— Ah, não, não é importante. — Agora ele se sentia um tolo, como se fosse de fato um "rapaz" mendigando migalhas de sabedoria. — Eu só estava curioso. Sei que não significa nada.

— Não significa nada! — ecoou Esther Jo.

— Ou, na verdade... claro que significa alguma coisa, mas...

Como as coisas tinham chegado àquele ponto? Mas não era culpa *dele*. Honestamente, não achava que devia assumir a responsabilidade por aquilo. Olhou para o pai, que não parecia perturbado.

— Bem, que tola eu sou, não? — disse Esther Jo. — Que tola por achar que vocês iam levar isso a sério.

Ela pulou do banquinho, de modo mais enérgico do que seria de se esperar de uma mulher da sua idade, e foi pisando duro de volta à sua poltrona, onde se deixou cair.

— Não sei por que me dei o trabalho — falou, para o teto.

— Ah, princesa — disse Bard, dócil. — Será que não podemos só conversar amigavelmente? Beba o seu chá.

— Não estou com sede — afirmou ela, ainda se dirigindo ao teto.

— Por favor, querida. Seja boazinha.

Ela não respondeu, mas pegou o copo e deu um gole, por fim. Liam falou:

— Bem, de todo modo eu preciso ir. Só quis dar uma passada e dizer "oi".

Bard pareceu aliviado.

— Obrigado. É sempre bom ver você, filho.

Ele e Liam se levantaram, mas Esther Jo continuou sentada, fitando o próprio copo. Liam disse:

— Obrigado pelo chá, Esther.

— Não tem de quê — murmurou ela, sem erguer os olhos.

Bard deu um tapa no ombro de Liam e lhe disse:

— Vou acompanhá-lo até o carro.

Normalmente Liam teria protestado, mas dessa vez permitiu. Enquanto desciam os degraus da varanda, falou:

— Eu não pretendia magoá-la.

Bard disse:

— *Ah*, você sabe. — E olhou para a carroça do pônei como se nunca tivesse reparado nela antes. Liam estava decepcionado; esperava (agora percebia isso) que seu pai dissesse alguma coisa significativa, que lhe desse alguma pista sobre sua vida.

Chegaram ao meio-fio, e Liam diminuiu o passo e se virou. Falou:

— Aliás, eu estou... saindo com uma pessoa ultimamente.

— É mesmo? — perguntou Bard, por fim fixando os olhos nele.

— Eu a conheci neste verão.

— Que bom, filho. Não é certo viver sozinho.

— Exceto que acabei de descobrir que ela é casada.

Houve uma pausa. Seu pai olhou para ele com uma expressão hermética.

— Quando nos conhecemos, eu não fazia ideia — falou Liam.

— Ela não lhe disse?

— Nem uma palavra.

Seu pai suspirou e se abaixou para arrancar um mato.

— Isso é duro — disse ele, depois que se levantou.

— Eu nunca teria me envolvido se soubesse. Jamais romperia intencionalmente o casamento de alguém.

— Ah, bem, nem sempre dá para escolher essas coisas — falou o pai dele.

— Acho que o que tem de ser feito é romper — disse Liam.

Seu pai deixou o olhar se desviar para o gnomo no jardim de um vizinho. Por fim, disse:

— Bem, não sei se concordaria com isso, filho. Quando você chega à minha idade, começa a se dar conta de que é melhor se agarrar a qualquer felicidade que vier em sua direção, neste mundo.

Liam falou:

— Bem, se *esse* é o seu raciocínio, então por que não dizer o mesmo para um... ah, para um pedófilo, por exemplo? "Vá em frente", você diria. "O importante é ser feliz."

— Liam! Meu bom Deus do céu!

— Bem? Qual é a diferença?

— Existe um mundo de diferença! Um pedófilo arruína a vida de outra pessoa!

Dessa vez a pausa se esticou por um tempo muito longo. Liam não fez qualquer tentativa de encerrá-la.

— Você, com certeza, não está dizendo que Esther Jo e eu arruinamos a vida da sua mãe — disse Bard.

Liam não respondeu. Para ser honesto, ele não sabia o que estava dizendo. Aquela conversa não era a que planejara ter.

— Ou a *sua* vida — acrescentou Bard.

— Não, é claro que não — disse Liam, por fim.

— Então! Como é o nome dessa coisinha? — perguntou Bard. Olhava para o carro de Liam.

— O nome é Geo Prizm — disse Liam. Tirou as chaves do bolso.

— Eu, pessoalmente, prefiro algo mais substancial — comentou Bard. — Sobretudo na Beltway. Eles dirigem como loucos na Beltway! E não há nenhum policial por perto. Gostaria que você parasse de agir como se eu os tivesse abandonado ou coisa assim.

A mudança de assunto foi tão repentina que Liam quase não percebeu. Estava prestes a fazer a volta no carro, até a porta do motorista, quando parou e disse:

— Perdão?

— Eu não *desertei*, sabe. Fiz tudo de maneira justa. Fui sincero com a sua mãe e pedi o divórcio. Mandei para ela dinheiro todo mês, sem atraso, e tentei manter contato com você e com Julia. Pensa que foi fácil? Foi um inferno, durante algum tempo. E todo mundo olhando para mim como se eu fosse um vilão, algum sujeito do mal num romance vagabundo. Eu não era nenhum vilão. Só queria minha cota de felicidade. Não entende como me senti?

Liam não sabia como responder a isso.

— Não há nada de mais em *você* também obter sua cota de felicidade — disse Bard. Então recuou, de súbito, como se tivesse envergonhado a si mesmo. Ergueu a mão num cumprimento, virou-se e começou a voltar para casa, e Liam entrou no carro.

Droga, ele se esquecera de dar seu novo telefone. Bem, podia fazer isso outra hora. Eles raramente se falavam por telefone, de todo modo. A suposição não dita era de que o número seria usado somente em emergências extremas, provavelmente envolvendo a saúde de Bard. Claro que, a essa altura, até mesmo Esther Jo — outrora a mulher escandalosamente mais nova — era uma candidata a essas emergências; mas Liam conseguia imaginar com mais facilidade que seria ela a dar o telefonema fatídico numa manhã, avisando-o de que não conseguira acordar seu pai. E isso seria o fim da grandiosa e heroica história de amor que sacudira o lar dos Pennywell e a Companhia de Seguros Sure-Tee.

Ele parou num sinal na Northern Parkway e observou uma jovem mãe atravessando diante dele com um bebê num carregador pendurado no peito — algo que sempre lhe parecia jactancioso. Aqui estou eu! Vejam o que eu tenho! O bebê se inclinava para a frente como uma figura de proa, e talvez, para contrabalançar o peso, a mãe se inclinava para trás, o que fazia com que seu caminhar ficasse meio atrevido, meio pomposo. Parecia que ela havia inventado a própria noção de ser mãe (ou pai). Liam achava que ele próprio devia ter se sentido desse jeito, embora não conseguisse se lembrar. Lembrava-se, sim, de ir buscar Millie e a recém-nascida Xanthe no hospital e ficar maravilhado com o fato de serem dois ao entrar ali e três ao sair.

E agora Xanthe estava com 30 e poucos anos e furiosa com ele por algum motivo.

Levamos vidas tão emaranhadas e frágeis, pensou ele, mas no fim morremos como todos os outros animais e somos enterrados no chão. E depois de alguns anos é como se não tivéssemos existido.

Isso devia tê-lo deprimido, mas em vez disso fez com que se sentisse melhor. O sinal abriu e ele voltou a dirigir.

11

Eunice falou que o passatempo de seu marido era fazê-la infeliz.

Falou que ele era o tipo de homem que levava um dia de mau tempo como algo pessoal.

O tipo que perguntava "Por que eu, Deus?", quando seu assistente era atropelado.

E estava sempre se zangando com os erros gramaticais das outras pessoas.

— Ele tem um problema com modificadores frasais — disse ela a Liam. — Você sabe o que são modificadores frasais?

— Claro.

— Bem, não sabia. Tipo: "Aos 8 anos, minha mãe morreu." Essas coisas o deixam maluco.

— Ah, eu concordo — disse Liam. — E: "Caminhando pela praia, um tubarão apareceu."

— O quê? Na primavera passada ele fez um registro diário de todos os modificadores frasais no *Baltimore Sun*, e no fim de um mês mandou a lista ao editor. Mas nunca foi publicada.

— Que surpresa — murmurou Liam.

— Então, no mês seguinte, fiz um registro também, numa daquelas agendinhas que eles mandam de brinde pelo correio. Todos os dias eu escrevia "Somou" ou "Subtraiu". "Somou" significava que o meu marido tinha acrescentado algo de positivo à minha vida naquele dia. "Subtraiu" significava que tinha sido negativo. Sua taxa de "Somou" foi de 12 por cento. Patético! Mas sabe o que ele fez quando mostrei? Apenas destacou os erros do meu método de cálculo.

Liam massageava a testa com as pontas dos dedos.

— Bem, foi um mês com 31 dias — falou Eunice. — Qualquer um teria tido dificuldades com isso.

Liam não fez comentários.

— Ele ignorou por completo a verdadeira questão, que era o fato de eu não estar feliz com ele.

— É, mas ainda assim — disse Liam —, você está *com* ele.

— Mas posso ir embora, Liam! Não tenho que ficar. Por que você não me pede para deixá-lo?

— Por que eu não saio na rua e peço a carteira de um estranho?

— O quê?

— Você é a mulher de outra pessoa, lembra? Já está comprometida.

— Posso desfazer o comprometimento! As pessoas fazem isso o tempo todo. Você fez isso.

— Foi só entre mim e Barbara. Não havia uma terceira pessoa roubando um de nós dois.

— Olhe — falou Eunice. — Tudo o que tenho de fazer é passar um tempo resolvendo detalhes legais e depois disso eu e você podemos ficar juntos, sem segredos. Você não *quer* se casar comigo?

Estavam andando em círculos, pensou Liam. Eram como hamsters numa roda de exercício. Dia após dia discutiam tudo aquilo — Eunice aparecia às 6 da manhã com os olhos inchados, ou telefonava num sussurro urgente do escritório de Ishmael Cope, ou chegava do trabalho já falando enquanto Liam abria a porta para ela. E se, naquele exato minuto, ela fosse viver sozinha? *Então* estaria tudo bem eles se casarem? E que tipo de intervalo ele requereria? Um mês? Seis meses? Um ano?

— Ainda assim — falou ele —, não deixaria de ser verdade que você era casada quando eu a conheci.

— Bem, o que posso fazer quanto a *isso*, Liam? Não posso desfazer o que já foi feito.

— É justamente o que estou querendo dizer.

— Você é impossível!

— A *situação* é impossível.

Às vezes eles discutiam durante tanto tempo que o apartamento ficava escuro sem que se dessem conta, e eles não se lembravam de acender as luzes até Kitty chegar e dizer: "Ah! Eu não sabia que havia alguém aqui." Eles então se apressavam em cumprimentá-la, usando suas vozes mais prosaicas.

Era culpa de Liam o fato de aquilo estar se arrastando. Ele sabia disso. Podia ter dito: "Eunice, basta. Temos que parar de nos ver." Mas continuava procrastinando. Disse a si mesmo que primeiro tinham que conversar sobre aquilo. Tinham que organizar a situação. Não queriam deixar fios soltos pendendo.

Patético.

E no fim de suas conversas ele, em geral, estava com dor de cabeça, e sua voz estava enevoada e parecendo a de um ancião, pois falava demais. Mas, na verdade, *não havia* um fim às suas conversas. Os dois só continuavam falando até a exaustão, ou até Eunice romper em lágrimas, ou até Kitty interrompê-los. Nada jamais era resolvido. A semana se arrastava, o fim de semana chegava, outra semana começava. Tudo continuava igual ao dia em que ele descobrira que ela era casada.

O que isso lhe recordava? Os últimos meses com Millie, deu-se conta — suas brigas repetitivas e inúteis durante o curto período antes de ela morrer. Agora ele via que a esposa devia estar profundamente deprimida, mas tudo o que sabia naquela época era que ela parecia insatisfeita com todos os aspectos da vida deles juntos. Ela era capaz de criticar e reclamar num tom monótono, repetindo as mesmas coisas várias vezes, enquanto o bebê fazia barulho ao fundo e, sim, a luz no apartamento diminuía devagar, sem que notassem. "Você sempre...", dizia Millie, e "Você nunca...", e "Por que você nunca pode...?". E Liam se defendera de cada acusação, uma após a outra, como alguém correndo para deter esse vazamento, aquele vazamento, com novos vazamentos aparecendo o tempo todo em outro lugar. Então, com frequência, ele desistia e ia embora — simplesmente saía, sentindo-se ferido e prejudicado, e não voltava até ter certeza de que ela havia se deitado.

Mas Eunice e Millie não se pareciam em nada. Eunice tinha mais energia; era mais... resolvida, Liam imaginava que seria possível afirmar. Ainda assim, de algum modo ela também lhe transmitia a sensação de que ele era a pessoa responsável. Tinha aquele mesmo modo de achar que Liam consertaria sua vida.

Como se ele fosse capaz de consertar a vida de quem quer que fosse, até mesmo a própria!

Ele falou:

— Eunice. Querida. Estou tentando fazer a coisa certa.

Mas *qual* era a coisa certa? Seria possível que ele, na verdade, estivesse sendo rígido demais, moralista demais, careta demais? Que o bem maior era aproveitar ao máximo o tempo deles aqui na Terra? Sim! Por que não? E ele sentiu uma onda de alegre imprudência, que Eunice devia ter adivinhado, pois deu um pulo, atravessou a sala, atirou-se em seu colo e passou os braços em torno do pescoço dele. Sua pele estava morna e cheirosa, e seus seios estavam sedutoramente apertados contra o peito dele.

Será que ela se sentava assim no colo do marido?

O nome do marido dela era Norman. Ele dirigia um Prius, desde que os Prius começaram a ser fabricados. Tinha uma irmã gêmea, falou Eunice, que era deficiente.

Liam afastou Eunice com gentileza para o lado e se levantou.

— Você deveria ir embora — disse a ela.

* * *

Louise telefonou na sexta pela manhã e perguntou se ele podia cuidar de Jonah.

— Minha babá fugiu de casa para se casar — disse ela —, sem dizer uma palavra.

— Ela se casou com Chicken Little? — perguntou Liam.

— Como você sabe a respeito de Chicken Little?

— Ah, tenho as minhas fontes.

— Eu poderia matá-la — disse Louise a ele. — Amanhã é o dia de Volta à Casa na nossa igreja e eu prometi que ajudaria a decorar. Dougall sugeriu que eu levasse Jonah comigo, mas desse jeito eu seria mais um estorvo do que uma ajuda.

— Claro, traga-o para cá.

— Obrigada, pai.

Na verdade, a distração seria bem-vinda. Ele teria algo em que pensar além de Eunice. A sensação que tinha era de que os dois haviam passado as últimas semanas em algum porão apinhado de coisas e sem ar.

Louise estava começando a parecer grávida. Magra como era, não tinha onde esconder um bebê, Liam supunha. Usava uma saia curta e uma camiseta de tecido leve, e suas clavículas eram tão protuberantes que você quase poderia envolvê-las com os dedos. Atrás dela vinha Jonah, indiferente, com um punhado de livros nos braços.

— Oi, Jonah — disse Liam.

— Oi.

— Vamos colorir outra vez?

Jonah só olhou para ele.

— *Alguém* acordou com o pé esquerdo hoje — murmurou Louise.

— Bem, não tem problema; vamos ficar bem — disse Liam. — Dou o almoço dele? Quanto tempo você vai ficar fora?

— Só até o meio-dia, mais ou menos, eu espero. Depende de quantas pessoas aparecerem. Estamos encarregadas de decorar o

Salão da Comunhão; é lá que vão servir comida aos novos convertidos na festa de Volta à Casa.

Salão de Comunhão, Volta à Casa... Era quase uma língua estrangeira. Mas Liam estava determinado a evitar qualquer aparência de desaprovação.

— Isso é como reuniões de ex-alunos? — perguntou ele, em seu tom de voz mais cortês. — Pessoas que se formaram ou que se mudaram e voltam para visitar a escola?

— Isso não tem nada a ver com escola, pai!

— Não, eu só queria dizer...

— Isso é para os pecadores que viram o erro de sua conduta. O que está bem longe da formatura, acredite em mim.

— Sim, é claro — disse Liam.

— Não sei por que você tem que tentar discutir essas coisas.

— Deve ser minha natureza, sempre do contra — falou Liam, dócil. Acompanhou-a até a porta. — Você trouxe algum lanche? — lembrou-se de perguntar. — Não tenho muita coisa em casa para Jonah comer.

— Ele tem biscoitos Goldfish na mochila.

— Ah, está bem.

Ele esperou que ela saísse e voltou à sala de estar. Jonah ainda estava parado ali, segurando seus livros nos braços. Ficaram observando um ao outro em silêncio.

— Bem — disse Liam, por fim. — Cá estamos, eu acho.
Jonah suspirou fundo. Disse:

— Acho que agora Deirdre não vai mais me levar à Feira Estadual.

— Por que não? Ela ainda poderia fazer isso.

— Ela se casou.

— Pessoas casadas vão à feira.

— Mas a minha mãe nunca mais vai falar com ela.

— Isso é só conversa fiada — falou Liam. — Você conhece a sua mãe.

— Eu não gostava mesmo do Chicken Little — disse Jonah, como se fizesse uma confidência.

— Não?

— Ele rouba no futebol.

— Como é possível roubar no futebol? — perguntou Liam.

Jonah apenas deu de ombros daquele jeito seu.

— Não sei, mas ele rouba. É muito errado.

— Bem, vou dizer a você o que mais: vamos ler alguns desses livros que trouxe. O que tem aí?

Jonah estendeu a pilha. Dr. Seuss, Liam viu, e mais um Dr. Seuss, e um livro do Little Bear... Ele disse:

— Ótimo! Você escolhe o primeiro.

Antes que pudessem se sentar, ele teve que ajudar o neto a tirar a mochila. Em seguida se acomodaram numa poltrona, Jonah espremido nos poucos centímetros que sobravam ao lado de Liam. Ele usava tênis, hoje, tênis vermelhos desproporcionalmente grandes e de cano alto. Projetavam-se para a frente, diante dele, e o esquerdo ficava chutando o joelho esquerdo de Liam. De fato devia comprar um sofá, pensou ele pela centésima vez. A imagem de Eunice lhe veio à mente, e ele sentiu um súbito vazio.

Seria um daqueles homens que morrem sozinhos em meio a pilhas de papéis amarelados e cascas secas de sanduíche mofando nos pratos.

Abriu o primeiro livro da pilha de Jonah e começou a ler em voz alta. Era *O gatola da cartola*. Liam conhecia bem. Suas filhas costumavam reclamar que ele lia rápido demais, então fez questão de não se apressar, pronunciando cada palavra e acrescentando um bocado de expressividade. Jonah ouviu sem reagir. Sua cabeça pequenina exalava um cheiro morno, como pão recém-assado ou mel aquecido.

Hop on Pop. Green Eggs and Ham. Father Bear Comes Home, que Jonah interrompeu no meio para anunciar que precisava fazer xixi.

— Pode ir, eu espero — disse Liam. Sentiu-se grato pela pausa. Ler com expressividade estava fazendo sua garganta doer.

Quando Jonah saiu do banheiro, não voltou para a poltrona, mas, em vez disso, foi até onde estava sua mochila. Tirou dali um saco plástico de biscoitos Goldfish e se sentou no carpete para comê-los, selecionando os biscoitos um a um, como se alguns fossem melhores do que outros. Não estava claro se tinha se cansado de Little Bear ou se apenas fazia uma pausa. Liam marcou a página em que estavam, pelo sim, pelo não. Perguntou:

— Gostaria de colorir um pouco?

— Não estou mais colorindo — disse Jonah.

— Terminou o livro?

— Não gosto mais.

— Ah!

Jonah virou o saco de cabeça para baixo, esvaziando o restante dos Goldfish no carpete junto com uma chuva de pó cor de laranja.

— Você conhece Noé? — perguntou a Liam.

— Noé da Bíblia?

Jonah fez que sim com a cabeça.

— Sim, conheço Noé.

— Ele fez uns cem animais morrerem — disse Jonah.

— Foi mesmo?

— Deixou se afogarem. Só levava duas de cada coisa.

— Ah. Certo.

— Levou duas girafas e deixou o resto se afogar.

— Bem, lembre-se de que ele não tinha muito espaço.

— Onde ele comprou gasolina? — perguntou Jonah.

— O quê?

— Onde ele comprou gasolina para o barco se era o único cara no mundo?

— Ele não precisava de gasolina — replicou Liam. — Não era esse tipo de barco.

— Era um barco a vela, então?

— Bem, sim, acho que era — respondeu Liam. Embora ele nunca visse velas nos desenhos, agora que pensava no assunto. — Na verdade — continuou —, acho que ele também não precisava das velas, porque não ia a lugar nenhum.

— Não ia a lugar nenhum!

— Não havia lugar nenhum *aonde ir*. Ele só estava tentando flutuar. Só estava se balançando para cima e para baixo, então não precisava de uma bússola, ou de um leme, ou de um sextante...

— O que é um sextante?

— Acho que é algo que faz com que você se localize usando as estrelas. Mas Noé não precisava se localizar, porque o mundo inteiro estava debaixo d'água, então não fazia diferença.

— Ahn — disse Jonah. Ele parecia ter perdido o interesse. Lambeu a ponta do dedo e começou a catar as migalhas do carpete.

Liam pensou em salientar que aquilo era uma espécie de conto de fadas, mas não queria que Louise ficasse mais furiosa com ele do que já estava.

Eunice falou que às vezes se perguntava se o problema de memória do Sr. C. poderia ser contagioso.

— Por exemplo. Acabamos de ir à festa de aposentadoria da recepcionista. A recepcionista deles está se aposentando. O Sr. C. pega um punhado de nozes de uma tigela e começa a comer, mas então para. "Estas nozes estão *ranzinzas*", diz ele. Eu pergunto: "O quê?" "Elas estão ranzinzas. Leve-as embora." "Ah", falei. "O senhor quer dizer..." Mas eu não conseguia me lembrar da palavra.

Não conseguia me lembrar da palavra. Sabia que não era "ranzinza", mas não conseguia me lembrar *qual* palavra era.

Estavam de pé na alcova da cozinha, aonde Liam havia ido pegar a água gelada que ela pedira no instante em que chegou. (Lá fora estava quente e úmido, uma típica tarde de agosto, densa como lama.) Ele segurava um copo sob o *dispenser* na porta da geladeira, e Eunice veio por trás, envolveu-o com os braços e apoiou o rosto em suas costas.

— É como se eu tivesse deslizado para dentro do mundo do Sr. C. por um momento — disse ela. Seu hálito estava quente e úmido sobre o ombro esquerdo de Liam.

Ele encheu o copo d'água e se virou para ela. Em vez de pegar o copo, ela desabotoou o botão de cima da camisa dele. Liam falou:

— Sua água.

— É como se eu tivesse visto como ele deve se sentir — disse ela. — Como tudo deve parecer... volátil, borrado e assustador.

— Vamos para a sala.

Tentava se afastar dela, mas estava preso de encontro à geladeira. Eunice desabotoou o resto da camisa dele, mantendo sua atenção fixa nos botões e sem olhar para o rosto de Liam.

— Não — disse ela. — Vamos para o quarto.

— Não podemos fazer isso.

— Não temos onde sentar na sala.

— Há duas poltronas bastante confortáveis.

— Vamos para a cama — disse ela.

Seus dedos eram pontos delicados de calor sobre a pele de Liam. Ela deixou as mãos baixarem até o cinto dele e abriu a fivela.

— Devíamos nos sentar — disse Liam. Afastou-se para o lado dela.

— Devíamos nos *deitar* — falou Eunice.

Ele começou a andar na direção da sala, ainda segurando o copo d'água, mas quando ela o seguiu ele diminuiu o passo até parar e deixou que ela pressionasse o corpo de encontro às suas costas e o abraçasse outra vez. Sentia-se confuso com a combinação do abraço apertado dela e a cintura frouxa de sua calça. Sua camisa tinha se soltado por conta própria, e ele pensou em como seria bom se livrar de *todas* as roupas. Queria colocar o copo d'água em algum lugar, mas não queria se separar dela durante tempo suficiente para fazer isso.

Então a porta da frente se abriu de súbito e alguém cantarolou: "Toc-toc!"

Barbara entrou, arrastando uma mala de vinil azul.

Liam se afastou de Eunice com um puxão e segurou a frente da camisa com a mão livre.

Barbara disse:

— Ah, me desculpe. — Mas num tom não particularmente apologético. Parecia estar achando graça, mais do que qualquer outra coisa. Colocou a mala no chão para puxar de volta uma mecha de cabelo que caíra sobre a testa.

Liam perguntou:

— O que você está fazendo aqui?

— Você deixou a porta destrancada — salientou Barbara.

— Isso não significa que você devia ir entrando!

— Bem, eu disse "Toc-toc", não disse? — perguntou Barbara a Eunice. — Acho que não nos conhecemos.

Liam disse:

— Esta é... uma amiga minha, Eunice Dunstead. Ela só estava me ajudando com o meu currículo.

— Sou Barbara — falou para Eunice.

Eunice disse:

— Tenho que ir.

Seu rosto estava coberto de manchas vermelhas. Ela pegou a bolsa na cadeira de balanço e correu para a porta. Barbara se afastou para deixá-la passar, observando-a de forma pensativa. Liam aproveitou o momento para colocar em algum lugar o copo d'água e afivelar seu cinto.

— Desculpa — disse Barbara a ele, depois que a porta se fechou com um estrondo.

— Francamente, Barbara.

— *Desculpa!*

— O que você veio fazer aqui? — perguntou ele.

— Trouxe as roupas de praia de Kitty.

— Praia?

Casualmente, como se sua mente estivesse em outro lugar, ele deixou a mão se aproximar da frente da camisa, tateou-a em busca de cada botão e a abotoou. Barbara inclinou a cabeça enquanto observava.

— Ela vai passar alguns dias em Ocean City com os tios de Damian. Não combinou nada com você?

— Hmm...

— Liam, você não está tomando conta das idas e vindas de Kitty? Porque, se for esse o caso, ela não devia estar sob os seus cuidados.

— Estou tomando conta! Só me esqueci.

— De verdade.

Eunice estaria se afastando mais a cada segundo, às lágrimas, e sem dúvida perdendo as esperanças quanto a ele, pensando no quão pouco cavalheiro e leal ele havia sido. Mas Barbara, pela primeira vez, não parecia ter pressa em ir embora. Foi até a cadeira de balanço e se sentou, puxando a camiseta de malha no lugar onde estava presa à sua barriga. Sua roupa hoje estava singularmente pouco atraente. A camiseta estava esticada e manchada de grama, e o short cáqui revelava as largas coxas brancas, ainda mais largas sobre o assento da cadeira.

Como se ela adivinhasse o que ele estava pensando, disse:

— Estou horrível. Estava fazendo faxina.

Ele não disse nada. Sentou-se na poltrona mais distante dela, empoleirado bem na ponta, para sugerir que tinha o que fazer.

— Então — disse ela —, me fale dessa tal Eunice. Há quanto tempo você a conhece?

— O que você tem a ver com isso? — perguntou Liam.

Era tão bom falar desse jeito — dizer o que queria, para variar, sem se preocupar com a opinião de Barbara sobre ele — que Liam fez de novo:

— O que você tem a ver com *isso*, Barbara? Em que isso lhe diz respeito?

Barbara se balançou para trás em sua cadeira e disse:

— Minha nossa!

— Eu não pergunto sobre Howie, pergunto?

— Quem?

— Howie, o basset? Howie, o cara que tem fobia de comida.

— Está se referindo a Howard Neal?

— Isso — falou Liam, arriscando.

— Meu Deus, Liam, por que foi que você *o* desenterrou?

Liam franziu as sobrancelhas para ela.

— Deus, eu não penso em Howard faz... — Ela sacudiu a cabeça, parecendo mais uma vez achar graça. — Então, a Srta. Eunice é assunto proibido. Tudo bem. Esqueça que perguntei.

Liam disse:

— Eu e você *somos* divorciados, afinal. Eu tenho uma vida privada.

— Você vive falando da sua vida privada — disse Barbara —, mas já pensou nisto, Liam? Você é o único sujeito em Baltimore que conheço que deixa a porta da frente destrancada. Mesmo tendo sofrido um roubo! Deixa completamente destrancada, mas então toda vez que alguém entra você reclama que estão invadindo. "Tsc-tsc", você diz. "Sou um sujeito muito, muito reserrrvado e especial. Quero ficarrr sozinho!" — Essa última frase dita com uma má imitação do sotaque de Greta Garbo. — Se correr o bicho pega, se ficar o bicho come. Eis aqui o triste, solitário e velho Liam, e que Deus ajude a quem quer que tente se aproximar dele.

— Bem, talvez, se batessem na porta primeiro...

— E eu suponho que essa pobre Eunice seja exatamente como o restante de nós — disse Barbara. — Todas essas mulheres ignorantes que sofrem por você. Ela imagina que será aquela capaz de fazer, por fim, seu coração bater mais forte.

— Barbara! Ela não é *pobre*! Ela não é "essa pobre Eunice"! Jesus, Barbara! O que lhe dá o *direito*?

Barbara pareceu surpresa. Disse:

— Ora, me desculpe.

— Não está na hora de você ir embora?

— Tudo bem — disse ela. — Certo. — E se levantou. — Eu só queria dizer que...

— Não me importa o que você queria dizer. Só vá embora.

— Tudo bem, Liam, estou indo embora. Diga a Kitty para me ligar, por favor, está bem?

— Está bem.

Liam já estava se sentindo envergonhado por aquela explosão, mas se recusava a pedir desculpas. Levantou-se e acompanhou Barbara até a porta.

— Até logo — disse ele.

— Tchau, Liam.

Ele não foi com ela até o estacionamento.

Pensou em Eunice: como ela havia sido firme e direta. Não tinha dito: "Prazer em conhecê-la", quando fora apresentada a Barbara. Não ficara por ali jogando conversa fora. "Tenho que ir", dissera, e partira. Enquanto ele, por mais que desejasse correr atrás dela, sentara-se covardemente com Barbara e tivera uma conversa sem sentido. Estava tão preocupado com as aparências, com o que Barbara pensava dele, que deixara de demonstrar a mais básica gentileza humana.

O fato era que Eunice era uma pessoa muito melhor do que ele.

* * *

Todo mundo conhecia o St. Paul Arms. Era um prédio residencial cinzento e em mau estado a uns dois quarteirões do *campus* da Hopkins, onde moravam alunos de pós-graduação, instrutores e o pessoal de nível mais baixo da universidade. De seu antigo apartamento Liam poderia andar até lá em poucos minutos. Até mesmo de seu novo apartamento não era muito longe, de carro, mas naquela tarde pareceu demorar um século. Todos os sinais ficavam vermelhos antes que ele chegasse; todos os carros à sua frente tentavam virar à esquerda diante do tráfego que vinha na contramão. Liam estava irritado de frustração. Tamborilava no volante enquanto esperava que um pedestre idoso atravessasse uma faixa centímetro a centímetro.

Não tinha, na verdade, se passado muito tempo desde que Eunice saíra às pressas de sua casa. Ele tinha esperanças de encontrá-la diante do seu prédio, interceptando-a antes que ela entrasse. Conforme os minutos se passavam, porém, ele viu que isso não era realista. Tudo bem: simplesmente entraria no apartamento dela e exporia seu caso. Se o marido estivesse lá, ótimo. Não mudaria nada.

O rádio do carro estava tocando um estudo de Chopin que retinia sem parar e sem chegar a lugar algum. Ele desligou.

Não havia vagas em frente ao prédio dela, então ele virou numa rua lateral e parou ali. Caminhou em seguida pela St. Paul e abriu a pesada porta de madeira do St. Paul Arms.

Droga, um interfone. Uma porta de vidro trancada bloqueando seu caminho e um daqueles estúpidos interfones em que você tinha que localizar o código especial de um morador e digitá-lo. Procurou por Dunstead, dando-se conta, desanimado, de que se esquecera qual o sobrenome do marido dela; mas estava com sorte: *Dunstead/Simmons*, ele encontrou. Ah, sim: o assobio entre os dois sons do *s*. Digitou o código.

Primeiro ouviu o som da linha e em seguida a voz de Eunice, alta demais:

— Sim?

— Sou eu.

Nenhuma resposta.

— É Liam — disse ele.

— O que você quer?

— Quero subir.

No silêncio que se seguiu, ele franziu a testa para a coleção de cardápios de entrega em domicílio pisoteados que pavimentava o chão do vestíbulo. Por fim, uma campainha elétrica soou. Ele agarrou a maçaneta da porta de vidro como se ela estivesse prestes a desaparecer.

Eunice morava no 4B, de acordo com a lista no vestíbulo. O elevador não parecia confiável e ele decidiu subir pelas escadas. Evidentemente, muitas pessoas haviam feito a mesma escolha; os degraus de mármore estavam gastos no meio feito velhas barras de sabão. Depois do segundo andar, o mármore deu lugar a um carpete puído cor de ameixa. Agora ele lamentava não ter tomado o elevador, porque estava ficando sem fôlego. Não queria chegar ofegando.

O marido devia ser um corredor ou algo assim. Com certeza, ele era mais jovem e estava em melhor forma.

No quarto andar, uma porta estava aberta e Eunice, parada ali, esperando — um bom sinal, pensou ele. Mas quando chegou mais perto dela viu que sua expressão era de pedra, e ela não recuou para que ele entrasse.

— O que você quer?

— Você está sozinha?

Um ajuste infinitesimal no ângulo da cabeça significava que sim, ele deduziu.

— Precisamos conversar — disse ele.

— Não se dê o trabalho; já sei que sou apenas uma "amiga".

— Peço desculpas por isso — falou ele. Olhou ao redor. O hall estava vazio, mas as pessoas podiam estar escutando por trás de suas portas, e ela não fazia qualquer esforço para falar baixo.

— Posso entrar? — perguntou ele.

Eunice hesitou, depois recuou uns poucos centímetros. Liam passou por ela virando o corpo de lado e se viu num corredor longo e estreito com piso de madeira escura, um tapete oval trançado e uma mesa de dobrar com pés em formato de garras coberta de propaganda que vinha pelo correio.

— Eu peço sinceras desculpas — disse ele.

Ela ergueu o queixo. Pelo aspecto pontudo e separado de seus cílios, ele podia ver que estivera chorando, mas seu rosto estava recomposto.

Ele continuou:

— Por favor, diga que me desculpa. Detestei ver você ir embora daquele jeito.

— Bem, habitue-se a isso — falou ela. — Você não pode ter tudo, Liam. Não pode me pedir para ficar com meu marido e depois não querer que eu vá embora da sua casa.

— Você está coberta de razão. Por favor, acha que podemos nos sentar em algum lugar?

Ela soltou o ar de forma exasperada, mas em seguida se virou e o conduziu pelo corredor.

Se Liam não soubesse qual era a realidade, diria que a sala de estar de Eunice pertencia a uma velha senhora. Havia excesso de mobília, e ela consistia em mesas com contorno elaborado, sofás de dois lugares com faixas de cetim, cadeiras bordadas com pernas arqueadas e tapetinhos desbotados. Coisa da mãe dela, ele imaginava. Ou coisa das *duas* mães — as duas mulheres se encontrando ali com levas de detritos da família, arrumando tudo para seus filhos imprestáveis. Até mesmo os quadros nas paredes pareciam de segunda mão: paisagens marinhas e montanhas com a pintura rachada e um retrato de corpo inteiro de uma mulher num vestido com saia em formato de sino dos anos 1950, época recente demais para ser de algum interesse.

Ele se instalou num dos sofás, que era duro como um banco de parque e tão escorregadio que teve de firmar os pés para não deslizar. Esperava que Eunice fosse se sentar ao seu lado, mas ela preferiu uma cadeira. Logo ela, que antes reclamava do fato de Liam não ter um sofá.

— Ela vai morar com você, não vai? — falou Eunice.
— O quê?
— Barbara. Ela vai morar com você.
— Céus! Que ideia. *Não*, ela não vai morar comigo. Pelo amor de Deus, Eunice!
— Eu vi a mala! A mala azul-clara.
— Era a mala de Kitty — explicou Liam.
— Era a mala de uma pessoa de idade; você não me engana. Só uma pessoa de idade teria uma mala azul-clara. Era de Barbara. Aposto que ela tem um conjunto inteiro combinando guardado no sótão.

A ideia de Barbara como uma "pessoa de idade" fez Liam perder a fala.

— Ela vai morar com você e os dois vão retomar de onde pararam — falou Eunice. — Porque é assim que as pessoas casadas *são*; elas continuam envolvidas para sempre mesmo se forem divorciadas.

— Eunice, você não está escutando. Barbara estava levando as coisas de praia de Kitty; Kitty vai para Ocean City. Não é minha culpa o tipo de mala em que ela coloca as roupas! E, seja como for — disse ele, interrompido por um pensamento. — O que você quer dizer com "é assim que as pessoas casadas são"? É você quem é casada, se me permite observar.

Eunice se recostou de leve na cadeira.

— Bem, você está certo — falou, depois de uma pausa. — Mas eu não sei. De algum modo, não me *sinto* casada. Sinto que todo mundo é casado, menos eu.

Os dois ficaram em silêncio por um momento.

— Sinto como se sempre fosse a pessoa de fora. A "amiga" que está "ajudando com o currículo".

Ela indicou as aspas com dois pares de dedos curvos.

— Eu já pedi desculpas por isso — declarou Liam. — Foi muito errado da minha parte. Barbara me pegou de surpresa, foi isso que aconteceu. Eu estava com medo do que ela poderia pensar.

— Você estava com medo de ainda amar Barbara.

— Não, não...

— Bem, por que você não está me pegando no colo, então, e me levando embora? Por que não está dizendo "Barbara que se dane! Você é a mulher que eu amo, e a vida é curta demais para atravessá-la sem você"!

— Barbara que se dane — disse Liam. — Você é a mulher que eu amo, e a vida é curta demais para atravessá-la sem você.

Ela o fitou.

Uma chave chocalhou na porta da frente, e alguém chamou:

— Euny?

O homem que apareceu na entrada era magricela e de pele clara; usava jeans e uma camisa xadrez de mangas curtas e trazia uma sacola plástica de supermercado. Seu cabelo louro era muito fino e comprido demais, cobrindo suas orelhas e lhe conferindo um jeito de órfão. E seu bigode claro e fino também era comprido demais, de modo que era impossível não imaginar como os fios ficariam desagradavelmente úmidos todas as vezes que ele comesse.

Eunice se colocou de pé com um salto, mas apenas ficou ali, desajeitada.

— Norman, este é Liam. Estamos só... trabalhando no *curriculum* de Liam.

— Ah, oi — disse Norman a Liam.

Liam se levantou e apertou a mão de Norman, que parecia ser só ossos.

— Não quero interromper — disse Norman. — Vou começar a preparar o jantar. Você vai jantar conosco, Liam?

Liam disse:

— Não, eu...

Ao mesmo tempo em que Eunice falou:

— Não, ele...

— Eu tenho que ir embora. Mas obrigado — disse Liam.

— Que pena — exclamou Norman. — Hoje tem tahine! — E ele ergueu a sacola de compras.

— Norman está passando por uma fase Oriente Médio atualmente — contou Eunice a Liam. Seu rosto estava corado, e ela não fitava nenhum dos dois nos olhos.

— É você quem cozinha? — perguntou Liam a Norman.

— Sim, bem, Eunice não é lá grande coisa na cozinha. E você, Liam, você cozinha?

— Na verdade, não — respondeu Liam. O modo como Norman ficava usando o seu nome fazia com que ele se sentisse como se estivesse sendo entrevistado. Disse: — Faço mais o estilo sopa em lata.

— Bem, entendo isso. Eu era assim. Sopa de lentilhas Progresso; esse foi nosso prato principal numa época! Pergunte a Eunice. Mas algumas pessoas no meu laboratório são de diferentes países e estão sempre trazendo pratos nativos. A comida do Oriente Médio é a minha favorita. Não é só uma fase — disse ele, com um olhar de desafio estranhamente infantil na direção de Eunice. — A cozinha do Oriente Médio é muito sofisticada.

Demonstrando, ele abriu a sacola de compras, enfiou a cabeça nela e respirou fundo.

— Açafrão! — disse, reemergindo. — Sumagre! Tentei encontrar romãs, mas não deve estar na época. Estou pensando em usar arando seco no lugar.

— É uma ideia — disse Liam.

Ele se encaminhava ao hall de entrada, agora. Isso significava passar por Norman, que estava obviamente em seu caminho. Perguntou:

— *Você* sabe quando é época de romã, Liam?

— Hmm, não de memória...

— Romãs me fascinam — disse Norman. (Eunice ergueu os olhos para o teto.) — Se você pensar no assunto, são uma coisa meio estranha para se comer. Na verdade, não têm nada além de sementes! Algumas das pessoas do Oriente Médio que conheço mastigam as sementes. Dá para ouvi-los mastigando. Mas eu gosto de mordê-las só até um ponto, e assim posso tirar o caldo suculento sem ter que romper as cascas. Não gosto daquele amargo, sabe? E aqueles pedacinhos amargos que grudam no seu dente. Então cuspo as sementes quando ninguém está olhando.

— Norman, pelo amor de Deus, deixe ele ir para casa jantar — falou Eunice.

— Ah! Desculpe. — Ele passou a sacola de compras para a mão esquerda de modo a poder cumprimentar Liam. — Prazer em conhecer você, Liam.

— Prazer em conhecer *você* — disse Liam a ele.

Tinha consciência, quando seguiu na direção do vestíbulo, de Eunice o seguindo de perto, mas não olhou na direção dela nem mesmo quando já estavam fora do campo de visão de Norman. Na porta, ele disse, numa voz alta e forte:

— Bem, obrigado pela ajuda!

— Liam — sussurrou ela.

Ele estendeu a mão para a maçaneta.

— Liam, é verdade o que você disse?

— Vamos ter que conversar! — disse ele, entusiasticamente.

Dos fundos do apartamento ele podia ouvir agora as panelas batendo, e o assovio de Norman, sem melodia.

— Vejo você em breve!

Então saiu para o vestíbulo e fechou a porta em seguida.

A caminho de North Charles, ele dirigiu tão mal que foi um milagre não ter sofrido um acidente. Carros pareciam vir de lugar nenhum; ele ficava um bom tempo parado depois que o sinal abria; acelerava aos trancos e de modo errático. Mas isso não era porque tivesse algo em particular em mente. Não tinha nada em mente. Estava tentando manter a mente vazia.

Seu plano era chegar ao apartamento e simplesmente, ah, desabar. Ficar olhando fixamente para algum lugar por um bom tempo. Imaginava seu apartamento como um refúgio de solidão. Mas quando entrou na sala encontrou Kitty ajoelhada no carpete. Ela tirava as coisas de dentro da mala azul de vinil, fazendo pilhas de roupas num semicírculo ao seu redor.

— Eu tinha mais roupa de praia do que *isto* — falou ela, sem levantar os olhos.

Ele atravessou a sala sem responder.

— Alô? — disse ela.

— De quanta roupa de praia você precisa? — perguntou ele. A pergunta foi automática, como uma fala que lhe coubesse numa peça de teatro; a pergunta do homem que não entendia nada, e que ele sabia ser o que ela esperava dele.

— Bem — começou ela. Sentou-se sobre os pés e começou a contar nos dedos. — O meu biquíni, para começar. É um biquíni bem pequeno e sem alças, para não deixar marca. E o meu biquíni *reserva*, do mesmo modelo, para usar se o primeiro ficar molhado. E tem também o meu maiô de velhinha; ha! Para quando os tios de Damian estiverem conosco...

Ele afundou numa poltrona e deixou Kitty tagarelar até ela dizer outra vez:

— Alô?

Ele olhou para ela.

— Você escutou o que eu acabei de dizer? Não vou ficar para o jantar.

— Tudo bem.

Ele próprio não estava com fome para jantar, mas quando viu o relógio de pulso descobriu que passava das seis. Levantou-se e foi até a cozinha preparar o que fosse mais fácil. Na geladeira, encontrou meia cebola, uma embalagem de leite quase vazia e uma panela com os restos da sopa de tomate que esquentara para o almoço. ("Sopa de lentilhas Progresso; esse foi nosso prato principal numa época", ele ouviu Norman dizer.) Definitivamente, não queria aquela sopa. Num armário, encontrou uma caixa de cereal Cheerios, já aberta. Despejou o equivalente a uma xícara, aproximadamente, numa tigela. Em seguida acrescentou leite, pegou uma colher e se sentou à mesa.

Kitty estava experimentando uma saída de praia listrada de rosa-shocking e verde-limão.

— Isto me deixa parecendo uma melancia? — perguntou ela.

Ele se esqueceu de responder.

— Papi?

— De jeito nenhum.

Pegou uma colherada de Cheerios e mastigou diligentemente. Se Kitty disse mais alguma coisa, ele não conseguiu ouvir devido ao barulho de sua própria mastigação.

Liam havia se esquecido do quanto detestava cereal frio. Tinha alguma coisa a ver com a disjunção entre os pedaços crocantes e o leite frio e molhado. Eles não derretiam, ou algo assim. Continuavam separados demais em sua boca. Pegou mais uma colherada e começou a pensar em romãs. Sabia o que Norman queria dizer com tentar comer a parte suculenta sem morder as sementes. Nas poucas vezes em que comera romã, ele fizera o mesmo, e a descrição de Norman trouxera de volta com nitidez o gosto ácido por trás do doce, e a sensação de pedacinhos duros alojados em seu molares. Sim, exatamente; ele sabia exatamente.

Ele quase poderia *ser* Norman; sabia com tanta exatidão como Norman se sentia.

Kitty perguntou:

— Esta aqui fica melhor?

Estava experimentando outra saída de praia, curta, azul e de pano felpudo, uma peça que nem de longe iria protegê-la do sol. Mas antes que ele pudesse dizer isso bateram à porta.

Kitty gritou:

— Entre!

Em vez de entrar, quem quer que fosse bateu de novo.

Kitty deu um suspiro resignado e foi abrir a porta. Liam comeu mais uma colherada de cereal.

— Ah! — Ele a ouviu dizer. — Oi.

Ele se virou em sua cadeira e viu Eunice entrar, segurando uma bolsa de náilon cinza. Era uma bolsa grande, mas não podia estar muito cheia, porque pendia frouxamente de seus braços, vazia no meio e protuberante apenas dos lados.

Ele largou a colher e se levantou. Disse:

— Eunice?

— Dane-se Barbara — exclamou ela com uma voz animada. — Dane-se Norman. Danem-se *todos*.

— Eunice, não.

— O quê?

— Não — disse ele. — Não podemos fazer isso. Vá embora.

— *O quê?*

Kitty olhava de um para o outro.

— Sinto muito, mas estou falando sério.

Ele podia vê-la começando a acreditar nele. A animação se esvaiu gradualmente de seu rosto até que todos os seus traços murcharam. Ela ficou imóvel, parada, suas sandálias grandalhonas viradas para fora como pés de pato, os braços cheios de náilon cinza murcho.

Então ela se virou e foi embora.

Liam se sentou outra vez em sua cadeira.

Kitty parecia prestes a dizer alguma coisa, mas no fim só sacudiu de leve os ombros, como num arrepio, e amarrou a faixa de sua saída de praia.

12

A cadeira de balanço de Liam, na qual ele prazerosamente se imaginou desfrutando da sua velhice, não era nem um pouco tão confortável assim. As ripas de madeira pareciam encontrar suas costas nos lugares errados. E a menor das poltronas era pequena *demais,* o assento curto demais para suas pernas. Mas a poltrona maior servia. Ele podia se sentar na poltrona maior por dias a fio.

E foi o que fez.

Observava como o sol mudava a cor dos pinheiros conforme avançava no céu, fazendo as agulhas passarem de preto a verde, projetando faixas inclinadas de luz através dos galhos. Havia um momento, toda tarde, em que a linha da sombra coincidia precisamente com a linha do meio-fio do estacionamento, lá na frente. Liam esperava por esse momento. Se por acaso passasse sem que ele percebesse, sentia-se traído.

Disse a si mesmo que o encanto logo teria passado, se ele e Eunice ficassem juntos. Ele começaria a corrigir sua gramática, e ela começaria a notar sua idade e sua irritabilidade. Ele perguntaria por que ela precisava bater os pés com tanta força quando caminhava, e ela diria que *antes* ele não se incomodava com seu modo de caminhar.

Ah, e de toda forma o mundo estava cheio de pessoas cujas vidas não tinham sentido. Havia homens que passavam toda a sua carreira catando lixo das ruas das cidades, ou ajustando o mesmo pino, no mesmo buraco, repetidas vezes. Havia homens na prisão, homens em instituições psiquiátricas, homens confinados a leitos de hospital que só conseguiam mexer o dedo mínimo.

Mas mesmo assim...

Ele se lembrou de um projeto artístico sobre o qual lera em algum lugar; você escrevia os seus segredos mais sombrios e profundos em cartões-postais e os enviava, para serem lidos pelo público. Pensou que o seu cartão-postal diria *Não sou particularmente infeliz, mas não vejo uma razão especial para continuar vivo.*

Certa manhã, enquanto estava sentado, ouviu baterem à porta, e se levantou com um pulo para atender, embora soubesse que não devia. Mas quando a abriu deparou-se com uma desconhecida, de batom, com cabelos ruivos bagunçados e brincos de cobre do tamanho de descansos para copos. Estava parada com o quadril inclinado para o lado, segurando uma lata de Pepsi Diet.

— Oi — disse ela.

— Oi.

— Sou Bootsie Twill. Posso entrar?

— Bem...

— Você é Liam, certo?

— Bem, sim...

— Sou a mãe de Lamont. O cara que eles prenderam.

— Ah! — disse Liam.

Ele recuou um passo e ela entrou.

Deu um gole da lata e olhou ao redor, para a sala.

— Você tem mais luz do que eu — comentou. — Para que direção o seu apartamento dá?

— Hmm, norte?

— Talvez eu devesse tirar as minhas cortinas — disse ela. Atravessou a sala e se deixou cair na poltrona que ele acabara de desocupar. Usava uma calça capri com uma estampa geométrica vermelha e amarela, e ao cruzar o tornozelo direito sobre o joelho esquerdo a bainha subiu, expondo canelas brilhantes e bronzeadas.

Não era a viúva gorducha estilo "João-e-o-pé-de-feijão" que Liam imaginara quando soube da prisão do filho dela.

— O que posso fazer pela senhora, Sra. Twill? — perguntou ele, sentando-se na cadeira de balanço.

— Bootsie — disse ela. Deu mais um gole no refrigerante. — Lamont saiu, sob fiança. Ele quer um julgamento. Vai se declarar inocente.

Liam se perguntou como isso poderia dar certo. Mas o que ele sabia, afinal, sobre essas coisas? Tentou parecer simpático.

— Pensei em perguntar se poderia ser testemunha dele — disse ela.

— Testemunha!

— Isso.

— Sra. Twill...

— Bootsie.

— Bootsie, seu filho me agrediu, sabia disso? Fez com que eu apagasse com uma pancada na cabeça e mordeu a minha mão.

— Sim, mas, veja, ele não levou nada, não é mesmo? Não levou absolutamente nada do senhor. Ele ficou, digamos, tomado de remorso quando viu o que tinha feito e foi embora.

Liam se balançou para trás em sua cadeira e a fitou. Considerou a possibilidade de que tudo aquilo fosse uma piada — alguma espécie de situação ao estilo *Candid Camera* preparada por, digamos, Bundy ou alguém assim.

— Não acha? — insistiu ela.

— Não — disse ele, de modo parecido. — Acho que fiz um barulho, os vizinhos ouviram e ele foi embora.

— Ah, por que você precisa ficar fazendo *julgamentos*?

Ele optou por não responder.

— Ei — disse ela. — Entendo que você tenha motivos para estar furioso com ele, mas não está a par de toda a sua história. Estamos falando de um garoto bondoso, gentil, de bom coração. Só que ele é produto de um lar desfeito e o pai dele era um babaca, e na escola ele teve dislexia, o que o deixou com baixa autoestima. Além disso, eu acho que ele talvez seja bipolar, ou, como é que chamam? DDA. Então tudo bem, tudo o que estou pedindo é uma segunda chance para ele, certo? Se você pudesse dizer ao júri como ele invadiu seu apartamento, mas depois ficou arrependido...

— Olhe, Sra. Twill.

— Bootsie.

— Eu estava *inconsciente* — disse Liam. — Seu filho me deixou inconsciente, está me ouvindo? Não tenho a menor ideia do que ele pensou, porque eu estava apagado. Não sei nem mesmo que cara ele tem. Nem sequer me lembro de ele ter invadido meu apartamento. Perdi completamente a memória do que aconteceu.

— Tudo bem, certo, mas você talvez recobre a memória. Isto é, se o visse. Então olha o que poderíamos fazer: eu poderia levar você para visitá-lo. Ou trazê-lo aqui, se quiser. Claro! O que quer que seja mais conveniente para *você*; é você quem manda, claro. E ele pode lhe contar como ficou tomado pelo remorso e coisa e tal, o que seria interessante que você escutasse; ainda não ouviu o lado dele da história. E então, enquanto estivesse olhando para ele, você poderia pensar: "Ei! *Agora* me lembro!" Vê-lo serviria para trazer tudo de volta à sua mente, sabe?

Liam sabia. Era o tipo de situação com que ele fantasiara quando estava bastante incomodado com a amnésia. Mas em algum momento ele parecia ter parado de se importar com aquilo; não sabia dizer exatamente quando. Se a memória da agressão lhe fosse entregue hoje, ele apenas perguntaria: É *isso*?

Onde está o resto? Onde estão todas as outras coisas de que me esqueci: minha infância e minha juventude, meu primeiro casamento, meu segundo casamento e minhas filhas crescendo?

Ora, ele tivera amnésia o tempo todo.

— E tem mais uma coisa — dizia a Sra. Twill. — Se você apenas olhasse o rosto dele, mesmo que não se lembrasse de nada, compreenderia que garoto bom ele é. Só um garoto! Muito tímido e desajeitado, sempre se corta fazendo a barba. Isso diria muito sobre o seu caráter. Talvez até fosse ajudar você a superar isso. Quer dizer, imagino que esteja se sentindo meio assustado hoje em dia. Aposto que a cada vez que uma tábua do piso range o seu coração bate mais rápido, estou certa?

Ela estava errada. A cada vez que uma tábua do piso rangia, ele apenas pigarreava ou fazia um ruído com o jornal — abafava o barulho, de algum modo, como sempre abafara barulhos suspeitos mesmo antes da invasão.

Desde o início, ao que parecia, ele só experimentara a relação mais tênue com sua própria vida. Tinha fugido das questões difíceis, evitado os conflitos, contornado graciosamente a aventura.

Permitiu que a Sra. Twill deixasse seu telefone porque era a maneira mais fácil de se livrar dela, e em seguida a acompanhou até lá fora.

Quando voltou a se sentar em sua poltrona (desagradavelmente quente agora, por causa do traseiro ossudo da Sra. Twill), ele percebeu que havia perdido o fio do pensamento. Sentia-se inquieto e distraído. Refletiu se não deveria sair para dar uma caminhada. Ou fazer compras de supermercado, talvez? O suco de laranja estava quase no fim. Ele ensaiou os preparativos em sua mente: fazer uma lista, pegar as sacolas recicláveis...

Viu a Sra. Twill do jeito como ela estava quando ele abrira a porta — sua postura estilo "não-estou-nem-aí", seu batom berrante, seu rosto nada familiar, nada acolhedor, nada... Eunice.

— Ah, Liam. — Ele ouviu Eunice dizer, de novo. *A Liam*, ele viu, em sua caligrafia arredondada de estudante, pois tinha o hábito de escrever *ah* sem o *h,* o que conferia aos seus bilhetes com carinhas sorridentes um tom inesperadamente poético. (*A como eu gostaria que o Sr. C. não tivesse aquela reunião com a contabilidade amanhã...*)

Às vezes, sem sua permissão, as memórias mais específicas de Eunice afloravam de repente. Sua recusa em dirigir em autoestradas movimentadas, por exemplo, porque temia o que chamava de "pressão dos colegas" por parte dos motoristas atrás dela nas rampas de acesso. Sua tendência a falar de qualquer assunto que estivesse em sua mente, não importava quem estivesse ouvindo, de modo que era perfeitamente capaz de perguntar ao carteiro que presente devia levar a um chá de bebê. E seu modo de morder o lábio inferior quando se concentrava em alguma coisa — seus dois dentes da frente, pequeninos e perolados, lembrando os dentes de uma velha boneca de porcelana que uma de suas filhas tinha.

E uma das lembranças mais duras, de após descobrir que ela era casada.

— Mas e quanto à nossa *vida* única? — Ele a ouviu dizer, e era quase uma melodia, uma cançãozinha queixosa entoada com a voz clara e pairando no ar da sala.

Por que ele conhecera tantas mulheres tristes?

Sua mãe, para começo de conversa — abandonada pelo marido, eternamente mal de saúde, sem qualquer consolo além dos filhos, como ela estava sempre destacando.

— Se *vocês* dois me deixassem, não sei como eu suportaria — disse ela.

E, então, o que Liam fez? Deixou-a. Aceitou uma bolsa parcial numa universidade no Meio-Oeste, embora a Universidade de Maryland também lhe tivesse oferecido uma bolsa, e, aliás, uma bolsa integral. Como ele pôde? Todas as amigas dela da igreja pediram. Graças ao bom Deus por Julia; filhas eram sempre um consolo; mas não seria de se esperar que Liam ficasse pelo menos na mesma área geográfica? Quando sua mãe estava tão sozinha, tão triste, uma vítima das circunstâncias! Uma santa, na verdade. (Como ela dizia com tanta frequência: "Parece que eu simplesmente me coloco em último lugar, mesmo todo mundo me dizendo que não deveria. Sei que eles devem ter razão, mas acho que fui feita desse jeito, só isso.")

Liam não argumentou. Não havia argumento algum. Ele se lembrou, com muita sensatez, de que alguém *sempre* diria algo em desaprovação. Não fazia sentido deixar que aquilo o abalasse

Engraçado, costumava ser tão simples resumir sua mãe numa imagem, mas agora que olhava para trás parecia estar numa emboscada de complexidades. Viu mais uma vez a expressão assustada nos olhos dela quando enfrentou sua última doença, e suas mãos pequeninas e recurvadas. Ocorreu-lhe que a vida, de modo geral, era um grande sofrimento — palavra que ele não usava à toa.

As namoradas de Liam tinham sido tipos tristonhos também, não que ele as escolhesse conscientemente por sua tristeza. Mais cedo ou mais tarde, ao que parecia, todas as garotas com quem ele saía acabavam revelando algum pesar secreto — um pai alcoólatra ou uma mãe sofrendo de doença mental ou, no mínimo, uma infância estigmatizada.

Bem, quem sabe. Talvez o mundo inteiro fosse assim.

Mas Millie: Millie era uma garota de ouro. Era alta e magra, com um véu de cabelo liso e louro e um belo rosto pálido. Seus olhos eram profundos e de cor surpreendentemente clara, as pálpebras luminosas como cascas de ovo, e tinha um jeito leve e confortável de andar.

Millie, pensou ele agora, me desculpe. Eu tinha esquecido o quanto amava você.

A primeira vez em que a vira fora no apartamento de um amigo. Ela tocava violoncelo num quarteto de cordas improvisado e muito desajeitado, reunido de qualquer maneira, o que a fazia rir. Ela ria com o cabelo jogado para trás, o corpo solto e relaxado, os joelhos abertos para apoiar o instrumento. Era uma pista falsa, na verdade. Millie não era uma pessoa estilo joelhos abertos. Não era nem mesmo violoncelista; era harpista. Liam ficou sabendo mais tarde que ela havia ido alguns meses antes pegar uma saia na lavanderia, mas o lugar estava fechado para o almoço, e então, em vez disso, ela entrou na loja de música vizinha e comprou um violoncelo. Assim era Millie: extravagante. Estranha. Uma espécie de fada da água. Liam ficara de quatro. Perseguira-a com esse único propósito em mente até ela concordar em se casar com ele, menos de seis meses depois que se conheceram.

Será que ele havia sido insistente demais? Será que ela nutria apreensões? Liam não pensava que sim à época, mas agora não tinha tanta certeza. No início do casamento, achava que Millie estava contente. (Embora sempre, agora que ele olhava em retrospecto, um tanto calada, um tanto distante.) É verdade que ela não era alguém que *desfrutava* das coisas. Parecia considerar o sexo uma espécie de provação, e lamentava a atenção excessiva que as outras pessoas — mesmo Liam, naquela época — davam à comida e à bebida. Na verdade, ela logo se tornou vegetariana estrita, o que a deixou ainda mais pálida e com um aspecto translúcido.

Mas a mudança maior datava de sua gravidez. Era uma gravidez assumidamente não planejada, mas não era o fim do mundo. Ambos estavam de acordo quanto a isso. Quando ela começou a dormir demais e ficou ainda mais desconectada da vida cotidiana, bem, era de se esperar, não? Mas então ela não voltou ao normal depois que o bebê nasceu.

Ou talvez ela sempre tivesse sido assim, e a Liam só faltasse a sabedoria para percebê-lo.

Como ser arrastado pelos tornozelos para dentro de um pântano, foi assim que a vida começou a lhe parecer. Millie já havia submergido, e ele lutava para sustentar o peso dela.

Claro que o psicólogo da universidade foi consultado, mas Millie disse que ele não sabia do que estava falando, de modo que a coisa toda não deu em nada. E depois, durante um breve período, seu médico surgiu com a hipótese de que ela estivesse sofrendo de uma forma silenciosa de apendicite — alguma infecção crônica e menor, que explicasse o constante cansaço e a falta de entusiasmo. Ambos (Millie também, Liam agora se entristecia ao lembrar) tinham ficado quase tontos de alívio. Ah, então era isso! Só alguma coisa médica! Algo curável com cirurgia!

Mas essa teoria fora desacreditada, aos poucos, e ela retornara à terrível desesperança, mal se arrastando pelos dias. Com frequência Liam chegava em casa à noite e a encontrava ainda de roupão, o bebê todo descabelado e irritado, o apartamento cheirando a fraldas sujas, a pia cheia de pratos sujos. Ah, Deus, *morra logo de uma vez!*, pensara ele mais de uma vez. Mas não era sério, claro.

Seria possível que no fundo Liam tivesse adivinhado, antes da hora, que ela talvez tomasse aqueles comprimidos? E não tivesse feito nada para impedi-la?

Não, achava que não.

Mas tinha que admitir que a culpava pela infelicidade da vida dela. Ele sentia uma espécie de superioridade; perguntava-se por que ela simplesmente não se recompunha, meu Deus!

A velha senhora do apartamento vizinho ao deles foi até o hall quando ele chegou em casa, certa noite.

— Sr. Pennywell, o bebê está chorando desde de manhã. De vez em quando para, mas depois recomeça a chorar. Desde as oito horas da manhã, e sua voz já está rouca. Toquei a sua campainha duas vezes, mas ninguém atendeu, e sua esposa trancou a porta.

— Bem, obrigado — disse ele, não se sentindo nem um pouco grato. Velha intrometida. Não podiam esperar que ele fizesse tudo! Entrou no apartamento e então pensou: "Desde as oito horas da manhã?"

Ele saíra para ir ao seu cubículo na biblioteca um pouco depois das sete. Millie era um vulto protuberante por baixo do xale de lã, no sofá da sala. Com frequência ela saía da cama à noite, quando não conseguia dormir, e assistia a filmes antigos na TV. Ele desligara o aparelho e saíra sem tentar acordá-la.

Oito horas da manhã, pensou ele, e gelou, sem nem mesmo respirar, ouvindo o silêncio vasto e oco por baixo dos soluços roucos do bebê.

As pessoas diziam, tentando ajudar: "É natural ficar com raiva." Mas Liam dava de ombros, rejeitando aquela opinião.

— Não estou com raiva, nem um pouco — dizia ele. — Por que vocês pensariam que estou com raiva?

Em vez disso, ele estava muito enérgico e eficiente. Dedicou as primeiras semanas a encontrar uma creche, fazendo malabarismo com o trabalho e o bebê. Ele amava sua filha; ou sentia-se ligado a ela, pelo menos; ou pelo menos sentia-se muito preocupado com o bem-estar dela. Ainda assim, seu devaneio favorito era a visão de si mesmo sentado sozinho num quarto vazio durante horas e horas a fio, sem ser interrompido, sem ser incomodado, sem ser requisitado por um único ser humano que fosse.

Mas dizia aos amigos "Estou bem!" e "Nunca estive melhor!".

Ele via o ajuste em suas expressões, uma espécie de estalo, passando da solicitude ao choque e a uma cuidadosa neutralidade. "Bem, que ótimo, então", diziam.

Acrescentavam: "É maravilhoso que você consiga levar sua vida adiante desse jeito. Deixar o passado no passado! Muito saudável."

Ele e Xanthe voltaram para Baltimore no outono. Era admitir uma derrota; ele estava aprendendo o quanto um bebê pequeno pode consumir uma pessoa. Alugou um apartamento não muito longe de onde sua mãe e sua irmã moravam, e começou a dar aulas na Fremont School — um declínio, sem dúvida. Em sua universidade ele tinha uma posição de instrutor e estava começando sua tese. Na Fremont School, ensinava história, que não era nem mesmo sua área, só perifericamente relacionada aos filósofos que tanto amava. Mas era uma escola de muito prestígio, e sem créditos em pedagogia ele se sentia sortudo por ter sido contratado.

Colocou Xanthe numa creche que parecia ficar fechada mais tempo do que aberta; respeitava feriados que ele nem sabia que existiam, o que significava estar sempre lutando para encontrar babás. Contava muito com sua mãe, por mais inadequada que ela fosse, e umas poucas mulheres negras de idade que uma agência lhe enviava. Xanthe suportou essas soluções improvisadas sem fazer objeção — na verdade, sem reagir de modo algum. Ela era uma criança impassível, de rosto solene, vigilante e obviamente sem mãe. De algum modo ela exibia uma aura visível de alguém que não tinha mãe. Isso era tão pateticamente aparente que as mulheres colocavam os olhos nela e enlouqueciam. Levavam bolinhos, biscoitos e presuntos imensos para Liam. Ficavam paradas à sua porta sorrindo deslumbradas, oferecendo-se para arrumar sua casa um pouquinho e se perguntando se sua filha tinha preferências alimentares. Xanthe praticamente não comia. Ele não sabia como ela ficara tão rechonchuda, comendo tão pouco.

Aquelas mulheres tinham ingressos extras para o circo e bilhetes grátis para filmes da Disney. Conheciam um spray especial que desembaraçava os cabelos das menininhas. Adoravam, adoravam, adoravam fazer piqueniques em Cow Hill.

Quanto a Liam, ele detestava piqueniques. Detestava os dois pontos úmidos que sempre surgiam nos fundilhos de sua calça mesmo nos dias mais secos. Ele parecia ser um ímã que atraía mosquitos. E precisava fazer esforço demais para se alçar ao nível dessas mulheres. Elas eram, todas elas, da primeira à última, cheias de alegria e entusiasmo. Ele se sentava junto às toalhas de mesa xadrez se sentindo uma *poça*, murcho e mudo, ao lado de sua filha muda.

Barbara, por outro lado, não lhe pedira nada. Ele a conheceu quando passou a almoçar na biblioteca da escola, a fim de evitar os outros professores, entre os quais havia duas "Moças de Piquenique". Claro que comer na biblioteca não era permitido, mas seu almoço era quase imperceptível — uma fatia de queijo, um pedaço de fruta —, e Barbara fingia não notar. Naquela época ela estava com seus 30 e poucos anos, uma mulher amigável, de rosto agradável, uns poucos anos mais velha do que ele, e não era alguém em quem Liam prestasse qualquer atenção em particular. Em geral, ela o deixava fazer o que quisesse, ou eles tinham no máximo uma breve conversa sobre algum livro que ele tivesse tirado por acaso de uma estante. Barbara não era, em absoluto, como as outras.

Ao longo do seu primeiro ano ali e durante metade do segundo, ele se arrastou por essa rotina confortável e nada exigente. Semestre do outono, semestre da primavera, semestre do outono de novo. Alunos jovens que eram bastante agradáveis, em sua maioria, e que de vez em quando mostravam uma centelha de interesse em suas aulas. Almoços na biblioteca, com Barbara parando junto à sua mesa e trocando algumas palavras ou ocasionalmente se sentando por um instante na cadeira ao lado da dele. Ela conhecia a realidade simples da vida dele a essa altura, e ele conhecia a da *sua*, tal como era. Morava sozinha no terceiro andar de uma casa antiga na Roland Avenue. Seu pai estava num asilo. Ela achava seu trabalho bastante agradável.

Um dia, quando ela lhe mostrava um novo livro sobre a cidade-Estado de Cartago, ele a beijou. Ela correspondeu. Eram adultos sensatos; não fizeram grande estardalhaço sobre aquilo. Ele certamente não sentiu aquela exaltação trêmula que sentira nos primeiros dias com Millie, mas tampouco queria isso. Apreciava a alegria de Barbara. Gostava de sua autoconfiança.

Ah, mas provavelmente ele *precisava* ter feito um estardalhaço. Devia ter sido um marido horrível. (Bem, é claro que fora, se você considerasse como tudo terminou.) Quando se recordou de como Barbara costumava dançar nos bailes estudantis — colocando todo o seu coração em "Surf City" e "Dr. Octopus" —, ele se perguntou como pôde ter sido tão cego. Ela devia querer tanta coisa, no fundo! E ele lhe dera tão pouco.

Tudo isso de ficar vivendo no passado era culpa de Eunice. Se não fosse por ela — ou por tê-la perdido —, ele não estaria pensando nessas coisas.

Do modo mais imprevisível, Eunice de fato tinha acabado se tornando sua rememoradora.

Kitty voltou de Ocean City com a pele cor de caramelo, exceto pelo nariz, que estava cor-de-rosa e descascando. Entrou com a bolsa por cima do ombro, deixando atrás de si a porta escancarada.

— Papi! Oi!

Era domingo de manhã, e Liam estava preparando ovos mexidos para o café. Levou um momento para registrar a presença dela.

— Você pode dar uma carona a Damian? — perguntou ela.

— Para onde?

— Para a casa da mãe dele, daqui a pouco. Senão ele vai ter que ir agora, com os tios.

— Acho que sim.

Jogou a bolsa numa cadeira e girou o corpo para voltar à porta.

— Tudo bem! — gritou ela, numa voz estridente.

Tanto barulho, de repente! Liam se sentia meio atordoado.

Quando Kitty voltou, Damian estava com ela. Ele trazia uma mochila e sua pele estava tão branca como quando fora embora.

— Pelo menos *alguém* presta atenção nas recomendações — disse Liam a ele.

Damian falou:

— Ahn?

— As recomendações dos dermatologistas.

A expressão no rosto de Damian era vazia.

— Ele ficou no sol tanto quanto eu — falou Kitty —, mas o sol não o afeta.

Liam perguntou:

— É mesmo? — Aquilo parecia meio aterrorizante, como se Damian fosse alguma espécie de vampiro, mas ele afastou esse pensamento. — Alguém quer tomar café da manhã?

— Café da manhã! — disse Kitty. — São quase onze horas.

— Eu acordei tarde.

— Acordou *mesmo*.

— É fim de semana, afinal.

— E você está parecendo um sem-teto. Está deixando a barba crescer ou algo assim?

— É fim de semana! — repetiu ele. Esfregou o queixo.

Damian disse:

— Eu até que tomaria café da manhã.

— Você tomou café há algumas horas — observou Kitty.

— É por isso que eu até que tomaria de novo.

— Agora não, Damian; temos que conversar.

Liam estava intrigado (eles não tiveram a viagem à praia inteira para conversar?), mas depois se deu conta de que era com ele que ela planejava conversar. Ela se aproximou dele e disse:

— Papi, andei pensando.

Ele se preparou.

— Estou pensando que deveria ficar aqui durante o ano escolar.

— O quê?! Ficar *comigo*?

— Isso.

Ele sentiu uma mistura confusa de reações a essa proposta. E quanto à sua privacidade, e quanto à sua bela vida solitária? Mas também teve consciência de uma estranha sensação de alívio. Largou a espátula.

— Mas não há espaço suficiente — disse ele. — Só há o meu gabinete.

— Você não está usando o seu gabinete!

— Não tenho podido usar, para ser honesto.

— O que você faria ali?

Ele não conseguiu pensar numa resposta. Disse:

— Bem, vamos falar sobre isso mais tarde. Temos tempo de sobra para discutir isso.

— Não, não temos. O verão já está quase acabando.

— Está?

— A escola começa em duas semanas.

— Começa?

Na quinta-feira passada, uma mulher havia telefonado de um lugar chamado Bet Ha-Midrash e dito a ele ter ouvido que talvez estivesse interessado num emprego ali.

— Um emprego — dissera ele, pego de surpresa.

— Um emprego como zayda na turma de três anos.

— Ah! Está bem...

— Gostaria de nos mandar a sua candidatura?

— Está bem...

Mas de algum modo ele achara que tinha semanas a fio para fazer isso, e na verdade não voltara a pensar no assunto.

— Estamos em agosto — disse, então, incrédulo.

— Estamos no *fim* de agosto — informou-lhe Kitty.

— É sempre desse jeito? — perguntou Liam a Damian. — O verão passa voando.

E Eunice havia sido apenas um romance de verão, se você não estivesse a par da história toda.

Damian tinha se sentado à mesa e estava comendo um pedaço de torrada — a torrada de Liam, por acaso. Talvez não tivesse notado que Liam se dirigia a ele. Kitty falou:

— O verão não passou voando para *mim*. Eu estava enterrada viva no consultório de um dentista.

— Bem, vou ter que pensar sobre isso — disse Liam, tentando ganhar tempo. Colocou os ovos num prato. — É claro que vai depender do que a sua mãe disser.

— Ela vai dizer que não — falou Kitty.

— Então, nesse caso, não será possível, não é mesmo?

— Mas se você conversasse com ela...

— Eu disse que conversaria.

— Quando?

— Ah... eu ligo para ela hoje à tarde.

— Não! Não por telefone! É fácil demais para ela dizer que não por telefone. Devíamos ir vê-la pessoalmente.

Liam a estudou, desconfiado.

— Quero que ela perceba que estamos falando sério — disse Kitty. — Eu e você devíamos ir até lá agora mesmo e expor os nossos motivos.

— Quais *são* os nossos motivos?

— Nós não nos metemos um na vida do outro, para começar.

Liam disse:

— Com isso você quer dizer que sou mais condescendente, então sua mãe vai dizer que você deveria ficar com *ela*. E estaria com a razão.

Oops, ele fizera com que Kitty assumisse sua postura de donzela rezando, as mãos unidas junto ao peito. Damian parou de mastigar e olhou para ela.

— Por favor, por favor, por favor — disse ela. — Eu dei algum trabalho este verão? Violei meu toque de recolher por um centésimo de segundo que fosse? Eu imploro, papi. Tenha pena de mim. Tudo em que eu conseguia pensar na praia era que a escola está para começar e eu vou ter que voltar para casa e lidar com mamãe de novo. Não é justo! Eu deveria poder morar com você um pouco. Nunca morei com você, não quando já era grande o bastante para saber. Em toda a minha vida, tudo o que tive foi esse pedacinho de verão, julho e parte de agosto. Xanthe e Louise tiveram *muito* mais tempo do que eu. E é só por um ano, você sabe. Depois disso vou estar na faculdade. Você nunca mais vai ter uma chance comigo!

Liam riu.

Parecia fazer séculos que não ria.

— Bem — falou ele —, vamos ver o que sua mãe diz.

Kitty se pôs outra vez de pé, com dificuldade, e alisou a roupa. Damian perguntou:

— A gente tem alguma geleia?

Era uma prova do quão a sério Kitty estava levando tudo aquilo o fato de não deixar Damian ir com eles à casa de Barbara.

— Você só iria complicar as coisas — disse-lhe ela. — Deixamos você na casa de sua mãe no caminho

Damian falou:

— Muito obrigado!

Mas Kitty não prestou atenção; já havia se virado para Liam, agora.

— Espero que você esteja planejando fazer a barba — comentou com ele.

— Bem, acho que posso fazer isso. Depois que tiver tomado o café da manhã.

— E quanto à roupa que vai usar?

— O que tem ela?

— Você não está planejando *sair* com essa roupa, está?

Liam olhou para sua roupa: uma camiseta de malha perfeitamente respeitável e uma calça à qual ele sempre se referia como sua calça de jardinagem, embora não tivesse um jardim.

— O que há de errado com ela? Eu não vou aparecer em público, nem nada.

— Mamãe vai achar que você não está parecendo... confiável.

— Está bem, eu troco. Só me deixe terminar o café da manhã, pode ser?

Kitty se afastou, mas ele tinha consciência de que pairava à margem de seu campo de visão, irrequieta e fazendo gestos repentinos e pegando coisas e as colocando de volta no lugar. Damian, enquanto isso, tinha assumido uma posição horizontal numa poltrona, com a seção de esportes do *Sun*. De vez em quando ele lia o resultado de um jogo de beisebol para Kitty, mas ela não parecia estar escutando.

Enquanto Liam fazia a barba, ocorreu-lhe se perguntar por que tinha dito "sim" a ela. Não queria aquela filha morando com ele permanentemente! Para começar, estava exausto de todos aqueles xampus e condicionadores com cheiro de frutas amontoados na beirada da banheira. E o carpete no gabinete não era visível desde que ela se mudara para lá.

Mas quando ele apareceu, vestido de modo apresentável, viu que ela havia lavado e secado os pratos do café da manhã e limpado a cozinha. Ficou tocado com a honestidade daquele gesto, mesmo sabendo que ele não se repetiria.

O dia estava nublado, mas agradável o bastante para as pessoas estarem na rua, com suas atividades de domingo: descendo a ciclovia ao longo da North Charles, correndo, caminhando, saindo em bandos de várias igrejas. Na rua onde a mãe de Damian morava, dois adolescentes jogavam uma bola de futebol americano um para o outro, e Damian saiu do banco de trás mal dizendo "Obrigado" e foi se juntar a eles.

— Depois eu conto como foi! — exclamou Kitty para ele.

Damian levantou o braço para mostrar que tinha ouvido, mas não se virou. Era o seu braço quebrado — o gesso cinza de sujeira a essa altura, e todo rabiscado de grafite. Evidentemente, isso não o atrapalhava, porém, porque, quando um dos garotos jogou a bola em sua direção, ele a apanhou com facilidade.

— Na terça eles vão cortar o gesso para que não cubra mais o cotovelo — disse Kitty a Liam —, então ele vai poder voltar a dirigir. Você não vai precisar ficar bancando o meu motorista depois disso. Está vendo como tudo está dando certo para que eu more com você?

— Só não fique com muitas esperanças — advertiu-a Liam. — Não tenho certeza de que a sua mãe vá topar.

— Ah, por que você é sempre tão *negativo*? Por que sempre espera o pior?

Ele deixou a pergunta sem resposta.

No bairro de Barbara — o bairro *dele*, tempos atrás, verde, bem-cuidado e à sombra de árvores antigas —, o lago de peixes central estava cercado por crianças dando migalhas de pão aos patos. Havia carrinhos de bebê e triciclos espalhados pela grama, e mantas espalhadas aqui e ali para os bebês se sentarem. Liam dirigia devagar, em nome da segurança. Freou para deixar um pequeno grupo atravessar à frente, dois casais conduzindo uma menininha e um menino mais alto que podia ser seu irmão.

— *Era* a mesma tartaruga que a gente viu da última vez; eu sei que era e... — dizia a menininha, e Liam se perguntou se por acaso seria a mesma tartaruga que ele e suas filhas costumavam ver.

Louise sempre tentava acariciá-la; esticava-se tanto por cima da beirada do lago, a mão na direção da água, que Liam sentia a necessidade de segurar as alças de sua jardineira, para o caso de ela cair. E uma vez Xanthe *tinha* caído, quando as meninas foram patinar no gelo numa tarde de inverno. O lago não era fundo o bastante para oferecer perigo, mas a água estava cruelmente gélida. Ela chegara em casa às lágrimas, Liam se lembrava, e Louise também estava chorando, em solidariedade.

Ele dobrou a esquina da rua de Barbara e parou diante da antiga casa deles, que era modesta, em estilo colonial, com tabuinhas; não era nem de longe tão grande ou imponente quanto a maioria. Quando ela e Madigan se casaram, falou-se sobre comprarem algo em Guilford, mas ela não queria deixar seu bairro. Secretamente, Liam ficara contente com isso. Teria se sentido mais rejeitado, mais *excluído*, se ela tivesse se mudado para algum lugar que ele não conseguisse visualizar quando pensasse nela.

Estava saindo de trás da direção quando Kitty falou:

— Ah, droga.

— O que houve?

— Xanthe está aqui.

Ele olhou ao redor.

— Está? — perguntou. — Como você sabe?

— É o carro dela na nossa frente.

— Esse é o carro de *Xanthe*?

Era um daqueles novos carros em formato de caixote, com ângulos pronunciados. Até onde ele sabia, Xanthe dirigia um Jetta vermelho. Mas Kitty disse:

— É.

— O que aconteceu com o Jetta?

— Ela trocou.

— É mesmo? — perguntou Liam. Tentou se lembrar quanto tempo fazia que ele e Xanthe não se viam.

— É a última coisa de que nós precisamos — falou Kitty enquanto seguiam pelo caminho de entrada.

— E por quê?

— Ela está furiosa comigo, não sei por quê. Seria a cara dela ficar contra mim e do lado de mamãe só para me chatear.

— Ela também está furiosa comigo.

— Que ótimo.

Se Xanthe estava incluindo Kitty nesse seu atual estado de irritação, então devia ser verdade que Damian era o motivo. Alguém devia informar a ela que uma pessoa inteiramente diferente havia sido presa pela invasão. Liam começou a dizer isso para Kitty, mas se interrompeu. Kitty não devia ter a menor ideia das suspeitas de Xanthe.

Já estavam na porta da frente quando Kitty falou:

— Espera, acho que estou escutando elas conversando lá nos fundos.

Ao mesmo tempo que Liam também ouviu vozes vindo dos fundos da casa. Fizeram a curva para seguir pelo caminho que levava pelo jardim lateral. Quando saíram de baixo da magnólia, encontraram Barbara e Xanthe. Próximo a elas, Jonah estava agachado nas pedras do piso e desenhava pequenos círculos tortos com um pedaço de giz. Foi o primeiro a vê-los.

— Oi Kitty. Oi, papi — disse ele, levantando-se.

— Oi, Jonah.

Liam não tinha se dado conta até então de que Jonah o chamava de papi.

Barbara disse:

— Vejam quem está aqui! — Mas Xanthe, depois de um brevíssimo olhar, ficou inexpressiva e voltou a passar manteiga num pão.

— Você não passou protetor solar, passou? — perguntou Barbara a Kitty. — Depois de eu ter falado tanto! Onde é que você está com a *cabeça*? Ficou torrada.

— Oh, bem, obrigada por perguntar, mãezinha querida — disse Kitty. — Minha viagem foi ótima.

Sem se alterar, Barbara se voltou para Liam.

— Jonah está passando o fim de semana comigo — disse ela —, porque Louise e Dougall foram com a Igreja para um Retiro de Renovação do Casamento.

Liam tinha várias perguntas sobre isso — o casamento deles *precisava* de renovação? Ele devia estar preocupado? —, mas, antes que pudesse fazê-las, Barbara se levantou, dizendo:

— Me deixem trazer mais alguns pratos. Vocês dois podem se sentar.

— Não precisa trazer prato para mim, obrigado. Acabei de tomar o café da manhã — disse Liam.

Mas Barbara já se encaminhava à porta dos fundos, e Kitty fazia uns movimentos na direção de Liam:

— Vá com ela! — mandou, mexendo a boca sem fazer som.

Obediente, Liam seguiu Barbara. (Era um alívio, de todo modo, deixar a atmosfera gélida em torno de Xanthe.) Ele abriu a porta de tela, e Barbara disse:

— Ah, obrigada.

Enquanto entravam em casa, ela falou:

— Não acho que essa menina tenha um pingo de juízo. Espere só até ela ficar com melanoma! Aí, então, vai se arrepender.

— Ah, bem, *nós* crescemos sem protetor solar.

— É diferente — disse ela, sem qualquer lógica.

Liam adorava a cozinha de Barbara. Não havia sido reformada uma única vez, até onde ele se lembrava. Em algum momento, uma lava-louça fora colocada ao lado da pia, mas a aparência geral datava dos anos 1930. O piso gasto de linóleo tinha traços de um padrão estilo Mondrian, a geladeira possuía ângulos arredondados e os armários foram pintados tantas vezes que as portas já não fechavam direito. Até mesmo as plantas no peitoril da janela pareciam antiquadas: um filodendro subindo pelo pau da cortina e depois descendo e um cacto cheio de espinhos espremido num vaso de cerâmica, no formato de um burrico. Ele podia afundar numa das cadeiras vermelhas de madeira e ficar ali para sempre, sentindo-se em paz e em casa.

Mas lá vinha Kitty recordar-lhe de sua missão. Ela deixou a porta de tela bater com força depois de entrar e lançou a Liam um olhar conspiratório, mas foi até a pia, com uma expressão entediada, e abriu a torneira sem motivo aparente.

— Aliás — começou Liam. Ele falava para as costas de Barbara; ela estendia a mão para o armário de pratos. Usava uma calça de linho branco que a deixava mais incisiva e autoritária do que o habitual. Ele disse: — Andei pensando.

Não estava claro que ela o tivesse escutado por cima do ruído da água correndo. Colocou dois pratos no balcão e abriu a gaveta de talheres.

— Eu estive me perguntando se Kitty deveria ficar comigo durante o ano escolar.

Assumir total responsabilidade pela pergunta — *eu* estive me perguntando — foi um gesto de cavalheirismo, mas Kitty estragou o efeito fechando a torneira com determinação e se virando para dizer:

— Por favor, mãe?

Barbara se virou para Liam:

— Perdão?

— Ela poderia ficar no meu apartamento — explicou Liam. — Isto é, só durante o último ano da escola. Depois disso ela vai para a faculdade.

— O quê, Liam? Você está dizendo que vai verificar o dever de casa dela, levar outras garotas para os jogos de lacrosse e buscá-la depois do treino de natação? Vai participar de reuniões com o conselheiro para a universidade e se certificar de que ela tome as vacinas contra alergia?

Isso parecia um compromisso maior do que ele se dera conta, na verdade. Lançou um olhar incerto para Kitty. Ela avançou um passo, mas, em vez de se jogar de joelhos e parecer que estava rezando, como ele em parte esperava, ela apontou para Liam com a mão, a palma voltada para cima, e disse:

— *Alguém* tem que ficar de olho. Dê uma olhada nele!

Liam piscou os olhos.

Barbara o examinou mais de perto. Perguntou:

— Sim, o que há de errado com você?

— O que você quer dizer com isso, o que há de errado comigo?

— Você parece... mais magro.

Ele teve a impressão de que ela estava prestes a dizer outra coisa, algo menos elogioso.

— Estou bem.

Franziu a testa para Kitty. Ela estava redondamente enganada se achava que ele ia dizer mais uma palavra que fosse para ajudá-la.

Kitty retribuiu com docilidade o olhar dele.

Barbara disse:

— Kitty, pode, por favor, levar estas coisas para o pátio?

— Mas...

— Vá — disse Barbara, e entregou a Kitty os pratos com um punhado de talheres por cima.

Kitty pegou tudo, mas, enquanto saía pela porta de tela, seus olhos estavam fixos em Liam, implorando.

Ele se recusou a lhe dar qualquer sinal de encorajamento.

— Não é por mim — dirigiu-se a Barbara, assim que se viram sozinhos. — Ela está tentando enrolar você.

— Sim, sim... Liam, eu não quero me meter, mas fico me perguntando se a sua vida tem *espaço* para uma adolescente.

— Bem, talvez não tenha — disse Liam. Que diabos.

— Você não poderia receber outra pessoa para passar a noite com você se Kitty estivesse lá; está ciente disso.

— Passar a noite?

— Se eu soubesse que você estava envolvido com alguém, nunca teria mandado Kitty ficar com você, para começo de conversa.

— Não estou envolvido com ninguém.

— Não está?

— Não.

— Bem, outro dia pareceu...

— Não mais.

— Entendo — disse ela. Em seguida falou: — Sinto muito.

Algo no tom da sua voz — tão delicada, tão cheia de tato — implicava que ela supunha que o rompimento não havia sido escolha dele. Seu rosto ficou gentil e pesaroso, como se ele tivesse acabado de anunciar a perda de um ente amado.

— Mas — disse ele —, quanto a Kitty! Sabe, talvez você tenha razão. Eu provavelmente seria um pai horrível, a longo prazo.

Barbara deu uma risada curta.

— O quê? — disse ele.

— Ah, nada.

— O que é tão engraçado?

— É só — disse ela — o modo como você nunca discute as opiniões negativas que as pessoas têm de você. Podem dizer as piores coisas, que você não tem a menor noção de nada, que é insensível, e você diz: "Sim, bem, talvez você tenha razão." Se eu fosse você, ficaria arrasada!

— É mesmo? — perguntou Liam. Ficou intrigado. — Sim, bem, talvez você... Ou, antes... Você ficaria arrasada ainda que de fato concordasse com essas pessoas?

— Sobretudo se eu concordasse com elas! — falou ela. — Está me dizendo que concorda? Você acha que é má pessoa?

— Ah, não má no sentido de ruim. Mas encare os fatos: eu não sou lá tão bem-sucedido. Eu apenas... não pareço ter jeito para as coisas, de algum modo. É como se eu nunca tivesse estado inteiramente presente na minha própria vida.

Ela estava calada, fitando-o de novo com aquela expressão gentil demais.

Ele disse:

— Você se lembra de um programa na TV apresentado por Dean Martin? Deve ter sido nos anos 1970; Millie gostava de assistir. Não estou me lembrando do nome.

— *The Dean Martin Show?* — sugeriu Barbara.

— Sim, talvez; e ele vivia fazendo piadas sobre o seu hábito de beber, lembra? Sempre falava de suas bebedeiras. Então, um dia, um de seus convidados estava se lembrando de uma festa a que tinham ido e Dean Martin perguntou: "Eu me diverti?"

Barbara deu um sorriso fraco, não parecendo ter achado graça alguma.

— Se ele se divertiu — disse Liam. — Rá!

— Aonde você está querendo chegar, Liam?

— Eu poderia fazer a mesma pergunta a você — disse ele a ela.

— Você poderia me perguntar aonde eu estou querendo chegar?

— Eu poderia perguntar se você se divertiu.

Barbara franziu a testa.

— Ah! — disse Liam. — Deixa para lá.

Foi um alívio finalmente desistir. Foi um alívio se virar para a outra direção e ver Kitty se aproximando — Kitty, uma pessoa simples e direta, escancarando a porta de tela e perguntando:

— Vocês decidiram?

— Estávamos discutindo Dean Martin — falou Barbara, seca.

— Quem? Mas e *eu*?

— Bem — disse Barbara. Refletiu durante um momento. Depois acrescentou (do nada, ao que pareceu a Liam): — Acho que poderíamos tentar.

Kitty disse:

— Maravilha!

— É só condicionalmente, entenda.

— Eu entendo!

— Mas se eu ouvir uma palavra sobre você descumprindo as regras, senhorita, ou dando qualquer tipo de trabalho ao seu pai...

— Eu sei, eu sei... — falou Kitty, e saiu correndo na direção da escada, provavelmente para arrumar suas coisas.

Barbara olhou para Liam.

— Eu estou falando sério sobre as regras — declarou ela.

Ele fez que sim. No íntimo, porém, sentia-se pego de surpresa. No que se metera?

Como se adivinhasse seus pensamentos, Barbara sorriu e lhe deu um tapinha no punho.

— Venha almoçar — disse ela.

Ele se esqueceu de lhe recordar que não estava com fome. Acompanhou-a de volta pela cozinha, saindo pela porta de tela.

No pátio, Jonah tinha abandonado o giz e estava sentado bem na ponta da cadeira, ao lado de Xanthe.

— Vimos um *animal*! — gritou ele. — Tem um animal no seu quintal, vó! Ou era uma raposa ou um tamanduá.

— Ah, espero que não tenha sido um tamanduá — comentou Barbara. — Nunca apareceu um por aqui antes.

— Ele tinha ou um focinho comprido ou um rabo comprido, um dos dois. Onde está Kitty? Tenho que contar para Kitty.

— Ela vai estar aqui daqui a pouco, querido. Está arrumando as malas.

Liam puxou uma cadeira e se sentou ao lado de Jonah. Estava em frente a Xanthe, mas ela se recusava a olhar para ele.

— Arrumando as malas para quê? — perguntou ela a Barbara.

— Ela vai ficar com o seu pai.

— Ahn?

— Ela vai ficar com ele durante o ano escolar. *Se* por acaso se comportar.

Então Xanthe olhou para ele, boquiaberta. Virou-se para Barbara e falou:

— Ela vai *morar* com ele?

— Ora, vai sim — disse Barbara, mas agora ela não parecia tão segura.

— Não posso acreditar nisso — exclamou Xanthe a Liam.

Liam falou:

— Perdão?

— Primeiro você deixa que ela fique lá o verão inteiro. Diz: "Tudo bem, Kitty, o que você quiser. Claro que sim, Kitty. O que o seu coração desejar." A princesinha Kitty andando por aí com o imprestável do seu namorado.

Liam disse:

— Sim? E?

— Enquanto você nunca *me* deixou morar com você! — exclamou Xanthe. — E eu era só uma criança! Eu era *muito* mais nova do que Kitty quando você e Barbara se separaram. Você me deixou para trás com uma mulher que nem era minha parente e foi embora, para sempre!

Liam estava chocado. Ele perguntou:

— É com isso que você está zangada?

Barbara disse:

— Ah, Xanthe, eu *me sinto* sua parente. Sempre senti que você era minha filha de verdade; com certeza sabe disso.

— Não se trata de você, Barbara — falou Xanthe num tom mais suave. — Não tenho queixas de você. Mas *ele*... — E ela se virou outra vez para Liam.

— Achei que estava lhe fazendo um favor — disse Liam.

— Ah, claro.

— Suas duas irmãs mais novas estavam aqui, e você parecia tão feliz, finalmente, e Barbara era tão afetuosa, franca e carinhosa.

— Ora, obrigada, Liam — disse Barbara.

Ele parou no meio do que dizia e olhou de relance para Barbara. Ela parecia quase envergonhada. Ele precisava se concentrar em Xanthe, de modo que se voltou para ela de novo. Falou:

— Epíteto disse...

— Ah, não ele de novo! — explodiu Xanthe. — Que Epíteto *se dane*! — E se levantou com um pulo e começou a empilhar sua louça.

Liam deu a ela um momento, depois recomeçou. Em seu tom de voz mais suave e conciliatório, falou:

— Epíteto diz que tudo tem duas alças, uma pela qual a coisa pode ser erguida e outra pela qual não pode. Se o seu irmão comete um pecado contra você, diz ele, não se segure ao mal que ele lhe causou, mas ao fato de que é seu irmão. É desse modo que a coisa pode ser erguida.

Xanthe fez um som de *tssh!* e colocou com força o seu prato de pão sobre o prato maior.

— Estou tentando pedir desculpas, Xanthe — disse ele. — Eu não sabia. Honestamente, não me dei conta. Você não tem condições de me desculpar?

Ela pegou os talheres com um gesto brusco.

Em desespero, ele empurrou a cadeira para trás e deslizou para a frente até estar ajoelhado no pátio. Podia sentir a irregularidade das pedras do piso através do tecido de sua calça; podia sentir a dor do sofrimento tomando sua garganta. Xanthe congelou, boquiaberta, ainda segurando os pratos.

— Por favor — disse ele, juntando as mãos diante do corpo. — Não posso aguentar a ideia de que cometi um erro tão grave. Não tenho condições de tolerar isso. Estou implorando, Xanthe.

Jonah disse:

— Papi?

Xanthe apoiou os pratos sobre a mesa e segurou o braço dele.

— Pelo amor de Deus, pai, levante-se. Caramba! Você está fazendo papel de tolo! — Ela o puxou até ele estar de pé e então se curvou para limpar seus joelhos.

— Meu Deus, Liam — disse Barbara, num tom suave. Tirou uma folha da calça dele.

Ao redor de Liam havia, ao que parecia, um alvoroço de tapinhas e murmúrios.

— O que você vai inventar a seguir? — perguntou Xanthe, mas já o estava guiando de volta à sua cadeira enquanto falava.

Ele afundou na cadeira se sentindo exausto, como uma criança depois de uma crise de choro. Olhou de soslaio para Jonah e se obrigou a sorrir.

— Então — falou. — Vamos almoçar?

De olhos arregalados, Jonah empurrou uma tigela de salada de batata alguns centímetros para mais perto dele.

— Obrigado — disse Liam. Colocou uma colherada em seu prato.

As duas mulheres retornaram às suas cadeiras, mas só ficaram ali sentadas, observando-o.

— O quê? — perguntou Liam.

Elas não responderam.

Ele escolheu um ovo recheado de uma travessa e colocou em seu prato. Pegou um sanduíche de atum que estava cortado num triângulo delicado.

Ocorreu-lhe que estava, finalmente, jantando com duas "Moças de Piquenique", afinal.

13

Diante da janela que ficava na extremidade da sala das crianças de 3 anos havia uma comprida mesa de madeira que era conhecida como a Mesa das Texturas. Toda manhã, ao chegar, as crianças se dirigiam à Mesa das Texturas para saber que atividade lhes havia sido designada. Às vezes, encontravam tinas de água, canecas e jarros para servir. Às vezes, encontravam areia. Com frequência, havia recipientes com argila, ou latas com feijão seco e macarrão, ou formas de plástico, ou tinta para pintura a dedo. Pintura a dedo era do que Liam menos gostava. Ele devia ser o monitor da Mesa das Texturas enquanto a Srta. Sarah desgrudava os recém-chegados de suas mães, e nos dias de pintura a dedo ele passava todo o tempo impedindo que os menininhos imprimissem suas mãos em vermelho e azul nos vestidos das menininhas, e nos assentos das cadeiras em miniatura, e nos cabelos uns dos outros. Liam era da opinião de que pintura a dedo devia ser abolida.

A Srta. Sarah, porém, achava que pintura a dedo expandia a alma. A Srta. Sarah era cheia de teorias desse tipo. (Cheia *demais*, na opinião de Liam.) Ela parecia ter uns 12 anos, e ia trabalhar de jeans, e seu rosto redondo e sardento em geral tinha uma mancha de tinta, giz ou caneta hidrográfica. Ela dizia a Liam que pintura a dedo era especialmente boa para crianças muito meticulosas — "tensas", como as descrevia. A maioria das crianças "tensas" era meninas. Puxavam a manga de Liam com lágrimas nos olhos, expressão de indignação no rosto e diziam: "Zadya, viu o que Joshua fez?"

Então Liam teria de tranquilizá-las garantindo que a tinta sairia com água, e depois disso encaminharia Joshua (ou Nathan, ou Ben) pelos ombros até a outra ponta da mesa.

— Pegue, experimente o trator — diria ele. — Passe o trator pela poça de tinta roxa e você consegue fazer marcas roxas de pneu.

Ele nunca sabia com antecedência o que haveria na Mesa das Texturas, porque seu horário ali era das oito às três e a mesa do dia seguinte só era arrumada no final da tarde, depois que o pessoal da limpeza tivesse terminado seu serviço. Então, todas as manhãs, ao chegar, ele se aproximava da mesa com certa curiosidade. Afinal, poderia ser uma verdadeira surpresa — algo que não tivessem encontrado antes, uma doação de um pai, uma mãe ou um comerciante local. Uma vez havia uma quantidade imensa de plástico bolha. As crianças compreenderam de imediato as possibilidades. Puseram mãos à obra estourando as bolhas com seus dedinhos em pinça, "snap-snap-snap" por toda parte diante da mesa. Até mesmo Liam estourou algumas. Havia algo de muito agradável naquilo, ele descobriu. Então Joshua e seu melhor amigo, Danny, conceberam um plano para enrolar as folhas de plástico e torcê-las como panos de prato, estourando dezenas de bolhas ao mesmo tempo, e daí passaram a colocar os rolos no chão e pisar neles com os dois pés.

— Vocês estão fazendo nosso ouvido doer! — gritavam as meninas, tapando os ouvidos com as mãos. — Zayda, faz eles pararem!

Liam ficava perplexo com a confiança cega que as crianças tinham nele. Desde o primeiro dia de escola, era "Preciso fazer xixi, Zayda" e "Zayda, conserta o meu rabo de cavalo?". Sem dúvida, naquela idade eles confiariam em praticamente qualquer um, mas a Srta. Sarah disse que também ajudava o fato de ele não agir com eles daquele jeito falsamente simpático.

— O senhor fala com uma voz normal, resmungando — disse ela. — As crianças gostam quando os adultos não se esforçam demais.

Embora estivesse claro que ela, pessoalmente, achava Liam um tanto insuficiente.

No Dia das Bruxas, a Mesa das Texturas tinha abóboras sem a parte de cima, e as crianças enfiaram os braços até a altura dos cotovelos ali dentro e tiraram punhados de sementes e fibras. Em seguida, desenharam rostos nas abóboras com hidrocor preto, porque facas, claro, não eram permitidas.

No Dia de Ação de Graças, tinham cabaças de todos os formatos, cores e tamanhos, algumas lisas e algumas de superfície irregular e rugosa. (Mas não era possível fazer muitas coisas com cabaças, como logo ficou claro.)

Para o Chanuca, fizeram menorás com uma argila especial que podia ser assada em forno comum. Eram somente faixas polidas com nove buracos para velas — nada sofisticado. Liam inscreveu os nomes das crianças na parte de baixo de suas criações, e, enquanto elas estavam no horário de Compartilhar, ele levou as menorás numa caixa de papelão até a cozinha, onde ele e a Srta. LaSheena, a cozinheira, colocaram uma a uma no forno pré-aquecido. Os pequeninos objetos desajeitados — irregulares e disformes, os buracos visivelmente feitos por dedos muito pequenos — pareciam revelar um pouco do fervor e da energia das próprias crianças. Liam virou um objeto particularmente chamativo, roxo e verde, com cinco buracos extras. *Joshua,* ele leu. Devia ter adivinhado.

Era novidade para ele o modo como crianças pequenas mantinham uma estrutura social tão firme. Desempenhavam papéis consistentes ao lidar uns com os outros; tinham noções severas de justiça; formavam alianças e comitês *ad hoc* e grupinhos *vigilantes*. Os almoços eram paródias de jantares dos adultos, só que com diferentes tópicos de conversa. Danny discorreu longamente sobre a semelhança entre espaguete e minhocas, e algumas das menininhas disseram "Eca!" e empurraram seus pratos para longe, mas em seguida Hannah — pigarreando primeiro, com um tom importante — fez um discurso sobre uma formiga coberta de chocolate que ela comera uma vez, enquanto o pequeno Jake, tímido, observava todo mundo com admiração, sem participar.

Na hora do cochilo, eles espalhavam seus sacos de dormir em fileiras — sacos de dormir da Hello Kitty, do Batman, de Star Wars — e adormeciam instantaneamente, como que consumidos pelas paixões da manhã. Era tarefa de Liam tomar conta deles enquanto a Srta. Sarah tirava um tempo de folga na sala dos professores. Ele se sentava à mesa dela e supervisionava os corpinhos largados ali e escutava o silêncio, que tinha aquela característica vibratória que vem depois de um barulho intenso. Ele quase podia ouvir o barulho se aquietar: "Isso não é justo!" e "Pode ser minha vez agora?" e a Srta. Sarah lendo A. A. Milne em voz alta: "*James, James, Morrison, Morrison, Weatherby George Dupree...*"

E então o *clinc* do brinco de Eunice caindo dentro do prato dela.

Ele havia perdido sua última oportunidade no amor; sabia disso. Estava com quase 61 anos, e olhou à sua volta, percebendo a sua vida atual — a sala de aula cheia de pôsteres do Garibaldo, seu apartamento anônimo, seu limitado círculo de relações. — Soube que seria assim até o fim.

O rei João não era um bom homem, ele tinha suas manias, e às vezes ninguém falava com ele por dias e dias e dias.

Pareciam esperar que a cada Natal ele comprasse um presente para Jonah. Nesse ano ele se decidiu por um quebra-cabeça com uma mãe girafa e seu bebê. Achava que Jonah tinha um apreço especial por girafas. Os adultos da família não trocavam mais presentes; ou talvez trocassem presentes, mas não diziam nada a Liam, o que por ele estava bem. Louise e Dougall trouxeram Jonah na tarde da véspera de Natal, e Liam serviu chocolate instantâneo com o tipo de marshmallow que sabia ser o preferido de Jonah — os pequeninos, em vez daqueles grandes e fofos.

Jonah parecia bastante grande comparado às crianças de 3 anos que Liam via diariamente. (Ele estava com quase 5 agora.) Usava um casaco do Homem-Aranha que se recusou a tirar. Louise falou que era um presente de Natal antes da hora.

— Estamos tentando diminuir um pouco o estrago — disse ela. — Seus outros avós exageram *demais*.

— Bem, nesse caso talvez ele pudesse abrir o meu presente mais cedo também — falou Liam.

— Posso? — perguntou Jonah.

Louise disse:

— Por que não?

Ela estava sentada numa poltrona enquanto Dougall, um homem louro, baixo e gordo, de aparência delicada, estava espremido numa cadeira de balanço. Liam sempre tivera o impulso de evitar olhar para Dougall, por gentileza; ele parecia muito desconfortável em seu próprio corpo.

Jonah gostou muito do presente. Ou, pelo menos, disse gostar. Falou:

— As girafas são os meus animais preferidos, junto com os elefantes.

— Ah! — disse Liam. — Eu não sabia dos elefantes.

— Pode dar o presente *dele* — disse Louise a Jonah.

— Eu tenho um presente? — perguntou Liam.

— Ele tem idade suficiente agora para saber que dar é uma estrada de mão dupla — explicou Louise.

— Fui eu mesmo que fiz — falou Jonah a ele. Estava tirando o presente do bolso do casaco, um pequeno retângulo chato embrulhado em papel de seda vermelho. — Por que eu não desembrulho para você?

— Isso seria de grande ajuda — falou Liam.

Jonah estava tão ansioso que atirou pedaços de papel para todo lado. Por fim, revelou um marcador de livros decorado com folhas prensadas.

— Veja — disse ele, colocando-o no joelho de Liam —, primeiro você cola as folhas no papel e depois a professora cola esse negócio transparente por cima com o treco de metal quente e brilhante que ela tem.

— Isso se chama ferro — disse Louise, agarrando o próprio cabelo. — Fiquei apavorada.

— Vou usar agora mesmo — comentou Liam com Jonah.

— Gostou?

— Não apenas gostei como preciso dele.

Jonah parecia satisfeito.

— Eu disse a você — falou ele à sua mãe.

— Ele insistiu que esse devia ser o seu presente — disse Louise a Liam. — Acho que, em tese, era para ser presente para um dos pais.

— Ora, que pena — exclamou Liam alegremente. — Agora é meu.

Jonah abriu um largo sorriso.

— Onde está Kitty? — perguntou Dougall a Liam. (A primeira coisa que dizia desde "oi".)

— Hmm, está na casa de Damian, eu acho.

Louise perguntou:

— Como assim, você *acha*?

— Bem, na verdade eu sei. Mas ela deve chegar a qualquer momento. Disse que estaria aqui para a sua visita.

Ela prometera ajudar a recebê-los, Liam se lembrou, pensativo. (Ele às vezes achava um pouco difícil conversar com Dougall.)

— Aquela menina está descontrolada — observou Louise.

— Ah, não, não; de modo geral ela tem sido bastante responsável. Esta é só a exceção que confirma a regra.

— Sabe, nunca entendi essa frase — falou Louise, pensativa. — Como pode uma exceção confirmar a regra?

— Sim, entendo o que você quer dizer. Ou "uma regra que existe para não ser cumprida".

— O quê?

— Essa é mais uma frase que parece se contradizer.

Louise disse:

— Quando eu tinha...

— Ou "arbitrário" — disse Liam. — Já reparou como "arbitrário" tem dois significados diametralmente opostos?

Ele estava começando a achar que recebê-los era mais fácil do que imaginara.

— Quando eu tinha a idade de Kitty — insistiu Louise —, não tinha permissão para sair na véspera de Natal. Mamãe dizia que era um feriado familiar e que tínhamos que ficar todos juntos.

— Ah, não consigo imaginar isso — falou Liam. — Sua mãe nunca deu tanta importância assim ao Natal.

— Claro que deu. Uma importância *imensa*.

— Mas, então, e quanto à vez em que ela deu a árvore? — perguntou Liam.

— Ela o quê?

— Já se esqueceu? Myrtle Ames, a vizinha de frente, apareceu com uma situação difícil certa manhã de Natal porque seu filho de repente decidira visitá-la e ela não tinha uma árvore. Sua mãe disse: "Leve a nossa; já usamos pelo tempo que precisávamos." Eu estava no quintal pegando lenha e de repente vi sua mãe e Myrtle levando embora nossa árvore de Natal.

— Não tenho nenhuma memória disso.

— Ainda estava com todos os enfeites — disse Liam. — Ainda tinha o anjo oscilando lá no alto e brilhos e fileiras de luzes. O fio elétrico se arrastava no asfalto atrás delas. As duas estavam de roupão de banho e andavam pela rua de um jeito meio secreto, encolhido.

Ele começou a rir. Ria de surpresa tanto quanto da graça que achava, porque ele próprio não se lembrara disso até agora, e no entanto a memória lhe voltara com todos os detalhes. De onde?, perguntou-se. E como esquecera aquilo, para começo de conversa? O problema em descartar memórias ruins era que, evidentemente, as boas iam junto. Ele enxugou os olhos e disse:

— Ah, Deus, fazia anos que eu não pensava nisso.

Louise ainda parecia desconfiada. Provavelmente ela teria continuado a discussão, mas nesse momento Kitty entrou, e assim o assunto foi deixado de lado.

Não incomodava a Liam o fato de que ia passar o dia de Natal sozinho. Ele tinha um novo livro sobre Sócrates que estava ansioso para ler, e havia comprado um frango assado no Giant na véspera. Quando deixou Kitty na casa de Barbara no meio da manhã, porém, a filha pareceu ter uma súbita crise de consciência.

— Tem certeza de que vai ficar bem? — perguntou ela, depois que saiu do carro. Inclinou-se para dentro através da janela e continuou: — Eu deveria lhe fazer companhia?

— Vou ficar bem — disse ele, e estava sendo sincero.

Liam acenou para Xanthe, que tinha vindo até a porta da frente, e ela acenou de volta, e ele se foi.

Se as ruas pudessem ser sempre vazias como estavam hoje! Ele seguiu com facilidade pela Charles Street, conseguindo passar por todos os cruzamentos sem um sinal vermelho. O tempo estava quente e cinzento, prestes a chover, o que fazia as luzes de Natal das pessoas aparecerem até mesmo de dia. Liam aprovava luzes de Natal. Gostava delas sobretudo em árvores nuas, sem folhas, das quais você conseguia ver todos os galhos. Embora ele próprio não conseguisse se imaginar tendo todo aquele trabalho.

Em seu condomínio, o estacionamento estava deserto. Todo mundo devia estar visitando parentes. Ele estacionou e entrou no prédio. O saguão de blocos cinza de concreto estava sensivelmente mais frio do que lá fora. Quando ele abriu sua porta, o cheiro fraco de chocolate da véspera fazia seu apartamento parecer o de outra pessoa — uma pessoa mais caseira e mais confortável.

Antes de se sentar com seu livro, ele colocou o frango no forno baixo e trocou os tênis por chinelos. Em seguida, acendeu o abajur ao lado de sua poltrona favorita. Sentou-se, abriu o livro e colocou o marcador de livros de Jonah na mesa ao seu lado. Recostou-se nas almofadas com um suspiro de satisfação. Tudo o que lhe faltava era uma lareira.

Mas tudo bem. Ele não precisava de uma lareira.

Sócrates disse... O que foi que ele disse? Algo sobre quanto menos fossem as suas necessidades, mais perto ele estaria dos deuses. E Liam na verdade não tinha necessidade alguma. Tinha um lugar decente onde morar, um trabalho satisfatório. Um livro para ler. Um frango no forno. Podia se sustentar, mesmo não sendo rico, e era saudável. Extraordinariamente saudável, na verdade — não tinha problemas nas costas, artrite, não operara os quadris nem os joelhos. O corte no crânio havia cicatrizado a ponto de ele não sentir mais do que uma pequena linha elevada, pouco mais grossa que um fio. Seu cabelo crescera de volta e a escondera por completo. E a cicatriz na palma da mão encolhera a ponto de ser apenas uma espécie de amassado.

Ele quase podia se convencer de que nunca havia se ferido.

Este livro foi composto na tipologia Minion Pro,
em corpo 11/14,8, e impresso em papel off-white
no Sistema Cameron da Divisão Gráfica
da Distribuidora Record.